Historias del taller de cerámica Soyo

Historias del taller de cerámica Soyo

YEON SOMIN

Traducción de Paula Martínez Gual

Plata

Argentina – Chile – Colombia – España
Estados Unidos – México – Perú – Uruguay

Título original: 공방의 계절 by 연소민
Editor original: Mojosa 2023 (Corea, 2023) / Viking (UK, 2024)
Traducción: Paula Martínez Gual

1.ª edición: noviembre 2024

Plaza de los Reyes Magos, 8, piso 1.º C y D – 28007 Madrid
www.letrasdeplata.com

ISBN: 978-84-92919-75-8
E-ISBN: 978-84-10365-39-1
Depósito legal: M-20.028-2024

Fotocomposición: Urano World Spain, S.A.U.
Impreso por: Rodesa, S.A. – Polígono Industrial San Miguel
Parcelas E7-E8 – 31132 Villatuerta (Navarra)

Impreso en España – *Printed in Spain*

¿QUÉ ES MÁS ARDIENTE QUE EL VERANO?

Jeongmin no podía olvidar la primera vez que se pinchó un dedo con una espina el otoño pasado.

Había muchísimas castañas tiradas por el suelo. Entre ellas, Jeongmin recogió una que seguía intacta, que había conseguido esquivar las pisadas de los transeúntes. Intentó quitar la cáscara para extraer el fruto, pero estaba vacía. Como si alguien ya se hubiera llevado la castaña. Una espina se le clavó en la palma de su delicada mano. Esa espina parecía especialmente furiosa, mucho más afilada que las demás, y se ocultaba entre otras de tamaño similar. Jeongmin apretó la cáscara con más fuerza. Quería castigar a la mano con la que escribía por haber sido tan descuidada. Pequeñas gotas redondas de sangre comenzaron a acumularse en su palma. Un dolor agudo viajó desde la palma de su mano hasta sus pies, recorriendo su columna vertebral.

A partir de ese día, Jeongmin dejó de salir de su apartamento. Aún no había pasado ni una estación desde que se mudó al distrito de Bamgashi.

El verano de ese año, cuando Jeongmin había ido a visitar por primera vez el apartamento, había hecho un calor abrasador. Las gotas de sudor se deslizaban por su cuello, haciendo que el tener que ir de un lado para otro visitando piso tras piso le resultase agotador. Estaba harta de mudarse cada dos años, y ya no le atraía en absoluto la idea de un «hogar»; tan solo pensaba en términos fríos y prácticos.

—¿Esta es la última casa hoy? —preguntó Jeongmin en tono fatigado.

El agente inmobiliario había llevado a Jeongmin por todo Ilsan, convenciéndola de que había muy buenas propiedades por allí, pero nada la había convencido del todo como para firmar. Cualquier piso medio decente, limpio y ordenado, se salía por completo de su presupuesto; si el precio era asequible, era porque estaba ubicado tan a las afueras que incluso el desplazamiento diario al trabajo sería un problema.

—¡Solo una más! Le enseñaré una casa que es perfecta para vivir sola. La última, ¡se lo prometo!

—De acuerdo, le echaré un vistazo…

Comenzó entonces una especie de guerra para ver quién era el más fuerte de los dos, si el agente, que intentaba por cualquier medio cerrar el contrato, o Jeongmin, que no ofrecía más que respuestas y reacciones indiferentes. Pero se había comprometido a visitar todas las propiedades disponibles y tomar una decisión ese mismo día, para evitar tener que pensar en ello durante el fin de semana. Jeongmin era redactora de programas televisivos, y la frontera entre los días laborables y los fines de semana siempre había sido difusa. Por eso, tener los fines de semana libres le parecía tan importante.

—¿Le gustan las castañas? —preguntó entonces, de repente, el agente mientras entraban en un callejón.

—No especialmente.

—Dicen que aquí todos los árboles que hay son castaños. En otoño, las castañas se abren y las calles están preciosas. Incluso las señoras del barrio se pasean y van recogiendo las que caen…

Jeongmin no respondió. Solo eran un conjunto de ramas marrones llenas de hojas verdes y abundantes; en verano, todos los árboles eran iguales a sus ojos, era imposible diferenciar cuáles eran castaños.

El complejo residencial número 4 estaba ubicado en la zona más alta del complejo de apartamentos. A medida que subían la calle cuesta arriba, el agente inmobiliario también se fue quedando sin palabras. Los dos se concentraron solo en caminar. Cuando llegaron al apartamento, Jeongmin se detuvo de golpe. Fue amor a primera vista. La fachada tenía la pintura desconchada en varias zonas. Sin embargo, las ventanas arqueadas, con sus pequeños balcones, eran muy poco comunes, y los marcos naranja de las ventanas recordaban a la arquitectura europea. Y aquel tono alegre y anaranjado combinaba perfectamente con la temperatura cálida del verano.

En el alféizar de uno de los apartamentos de la segunda planta había numerosas macetas pequeñas de suculentas. En uno de los balcones de la tercera planta, una serie de calcetines de todos los colores del arcoíris se secaban al sol en un tendedero, dándole la bienvenida al verano. También había unos calcetines amarillos diminutos, del tamaño de la palma de la mano, tendidos junto a aquellos otros. A través de la ventana del apartamento de al lado, se podía vislumbrar una estantería llena de volúmenes de lo más pesados. Tal vez era la casa de un profesor universitario a tiempo parcial, atareado con todas las clases que impartía en las distintas universidades de la ciudad. Era extraño, pero Jeongmin podía llegar a imaginarse su vida en aquel lugar.

Apartamento 201. Desde la ventana, observó el lugar donde había estado hacía tan solo unos minutos. Una inofensiva brisa de aire cálido envolvió todos y cada uno de los mechones de su largo cabello. Aunque el bloque de apartamentos no tuviese muchas plantas, al estar en lo alto de una colina, tenía unas vistas preciosas a las montañas que rodeaban el vecindario. En aquel momento, Jeongmin pensó por primera vez que quería colocar algo en la ventana para decorarla. Se quedó callada durante un buen rato, totalmente absorta en sus pensamientos, antes de volver al mundo real.

Entonces se volvió sin vacilar hacia el agente inmobiliario, que había estado observándola detenidamente, impaciente.

—Me la quedo.

Jeongmin podría vivir en este lugar sin cansarse de él durante mucho tiempo. Por fin la vida parecía irle bien, como una bicicleta que acelera sin necesidad de pedalear. A Jeongmin, por primera vez, le llegó a gustar el «hogar» en el que vivía.

Pero no pasó mucho tiempo hasta que el viento se llevó las expectativas de Jeongmin. De repente, la «bicicleta» en la que estaba montada bajaba a toda velocidad por la colina, y su vida se estaba acelerando tanto que terminó perdiendo el control. Supo que todo había terminado cuando los pedales dejaron de girar.

Fue alrededor del otoño, cuando los ladrillos comenzaron a cambiar de un color naranja a uno negruzco. Estaba trabajando en un documental sobre la onda terrestre cuando comunicó su intención de terminar el contrato. Prácticamente les lanzó su tarjeta de acceso a la cara al devolvérsela, y sin cambiar su expresión, sin saber de dónde le venía tanta confianza, recogió sus cosas y se marchó hecha una furia.

En realidad, Jeongmin no recordaba muy bien esa temporada. No fue hasta unos meses después, cuando un compañero le explicó lo que había sucedido aquel día, que comprendió lo que había ocurrido en realidad. Le dijo incluso qué era lo que llevaba puesto y Jeongmin se dio cuenta de que había sacado todo de quicio. No podía creer que ella, que se había entregado tanto a su trabajo, hubiese sido capaz de irse de su trabajo tan fácilmente. Lo único de lo que estaba segura era de que, a medida que pasaban las estaciones, esa sensación inexplicable de que alguien le había echado una maldición calaba cada vez más en su pecho.

Jeongmin ya no hablaba con la vecina a la que le encantaba adornar su casa con flores. Tampoco sentía ninguna curiosidad por cómo estaba creciendo el bebé de la tercera planta, que había nacido rechoncho. Ni siquiera le pedía prestadas novelas al estudiante de máster y ratón de biblioteca que vivía justo al lado. Jeongmin era incapaz de ser feliz en el barrio tranquilo y sereno donde los colores de los edificios cambiaban con la luz del sol. La ventana que le recordaba a la arquitectura europea y antes solía hacerla sonreír se convirtió en algo simple y práctico, algo que usaba solo para ventilar. Era como si el cielo despejado y tranquilo de otoño fuese a derrumbarse sobre su casa. En noviembre, cuando empezó a hacer frío, corrió las cortinas y ya no pudo volver a ver el cielo invernal. Cuando el aire de la casa se volvía pesado y los alrededores se tornaban especialmente silenciosos, lo único en lo que podía pensar era en si habría nevado. Dado que el edificio se había construido en lo alto de la colina, cuando empezó a caer la lluvia de primavera sintió que podía tocar el cielo, que se presentaba ante ella sucio como un trapo. El tiempo de Jeongmin corría en una línea recta, sin fluctuaciones, sin saber si ayer era hoy o si hoy era mañana. Se encontraba atrapada en el laberinto de «los treinta»; quizá porque todavía no había perdido la esperanza de poder escapar, pero tampoco lograba encontrar la salida. Sus esperanzas de poder vivir tranquilamente en aquella casa habían resultado ser una decepción.

Pasaron tres estaciones antes de que empezara a sumirse en el autodesprecio. Una mañana de verano, nueve meses después de que aquella espina se le clavase en la palma derecha, se puso de pie y gritó. No manifestó ninguna clase de objetivo o determinación. No, ni siquiera era una oración completa. Solo era un «grito» que no contenía ninguna palabra concreta. Pero su grito se debía a la presión que había comenzado a acumularse en su pecho, una de la que tenía que librarse como fuera. En realidad, llevaba conteniendo ese grito desde la primavera del año anterior. A medida que se convertía cada vez más en una reclusa con cada día que pasaba, empezó a pensar que nunca podría volver a vivir en sociedad y que poco a poco se estaba muriendo sola. Además, con solo respirar desaparecían cientos de miles de wones. Era como si cada mes le cobraran el precio de vivir. En ese sentido, pensó que al menos tenía que hacer algo significativo con su vida para sentir que no estaba tirando ese dinero.

El grito reverberó en el interior de su apartamento de una sola habitación prácticamente vacío. Cuando escuchó el eco se dio cuenta de que llevaba mucho tiempo sin usar su voz. En cuanto el eco rebotó en las esquinas del techo y desapareció, Jeongmin se enjuagó el sabor amargo la boca. Salió de casa en manga larga y pantalones largos, olvidándose de que era verano.

El intenso sol de agosto caldeaba el ambiente con fuerza. Jeongmin se tambaleó por la fuerza con la que el sol ardiente golpeaba su nuca. Era como si hubiera perdido la tolerancia al sol después de haber estado atrapada en una instalación esterilizada. No paraba de sudar. Había decidido ponerse una camiseta negra de manga larga y unos pantalones que le llegaban hasta los tobillos, así que se lo había buscado ella misma. Durante ese tiempo, Jeongmin había perdido mucho peso, porque sus caderas y pantorrillas estaban flácidas bajo la ropa holgada, como si se hubieran quedado sin su firmeza y su función habitual. Era como si todos sus músculos hubieran desaparecido.

No habían pasado ni treinta minutos desde que había salido de casa y ya estaba buscando un refugio en una cafetería. Había varias franquicias con carteles de colores vibrantes. Jeongmin decidió aprovechar que había tenido el valor de salir de una vez de su apartamento, para tomarse un buen café; no solo un café extra grande que solo sirviera para despertarla, sino uno preparado con amor y cuidado. Se adentró en un callejón con la esperanza de encontrar otra cafetería. Le llamó la atención un establecimiento que parecía una, pero que no tenía ningún cartel que la identificase como tal. Una de las paredes estaba hecha por completo de cristal, pero dadas las innumerables macetas que había repartidas enfrente, era imposible ver nada en el interior. Parecía la casa de una bruja, como las de los cuentos occidentales que leía cuando era pequeña. Los cactus que llenaban la mayoría de las macetas exhibían espinas afiladas y amenazadoras. Jeongmin nunca había visto una tienda así. Decidió que iba a ver esto como un desafío más, por lo que se adentró en el interior.

—Hola, esto es una…

Jeongmin fue incapaz de decir todo lo que quería. En cuanto cruzó la puerta, la asoló un olor intenso a arcilla y vislumbró varios estantes repletos de cerámicas expuestas. Había dos mujeres con delantales sucios. Una mujer joven de unos veinte años que se peleaba con el torno de alfarero, y otra de unos cuarenta que miraba desganada por la ventana, como si estuviese cansada de su propia vida.

—Lo siento, pensaba que era una cafetería.

Jeongmin se apresuró a disculparse, pero al ver a las mujeres completamente despreocupadas por su presencia, se sintió aún más desconcertada. Era como si la hubiesen estado esperando.

—La gente suele entrar pensando que es una cafetería. No se ve mucho el interior y el cartel es demasiado pequeño. Por desgracia, es un taller de cerámica. Pero parece que está sudando mucho.

La mujer de unos cuarenta años que parecía ser la dueña del taller habló sin vacilar.

—He salido a pasear y al final he terminado caminando bastante rato.

Jeongmin usó su mano como abanico, avergonzada. Bajó cuidadosamente la mirada para examinar su ropa, pero, por suerte, no tenía manchas de sudor.

—Hace mucho calor, siéntese a tomar un café. No puedo prometerle que vaya a saber igual que el que le servirían en una cafetería de verdad, pero tenemos bastantes tipos de café de filtro, o también le puedo preparar algo más dulce.

La mujer joven detuvo el torno de alfarero:

—Estábamos a punto de hacer una pausa para el café de todas formas —comentó, limpiándose las manos.

—Pero...

Jeongmin no sabía si ofrecer café a un desconocido que entra por la puerta podía ser considerado un gesto de buena educación o una intromisión excesiva.

—No pasa nada. Siéntese.

La joven trajo una silla de la parte de atrás del taller y esbozó una sonrisa amable. Jeongmin desconfió de esa sonrisa sin motivo aparente, pero no le desagradó. Quizá fue porque las cerámicas con colores verdes, azules y blancos que evocaban tanto los colores de la naturaleza ya le habían robado el corazón. Le parecía asombroso cómo unos objetos sólidos hechos a mano podían capturar tan fielmente los colores de la naturaleza. Hacía unos años, había participado en una entrevista llamada «Pregúntale a una profesional por su carrera universitaria», obligada por una de sus compañeras. A la pregunta tan trillada de «¿Dónde obtienes la inspiración para escribir?», ella dio una respuesta igualmente tópica: «De la naturaleza». No era mentira. Jeongmin solía inspirarse en la naturaleza, especialmente en lo extenso y azul, como el mar.

Si no era por la luz misteriosa y azulada que se deslizaba sobre la superficie de las cerámicas, tal vez era por las manos gruesas y con encanto de la mujer joven, al empujar su silla hacia atrás para levantarse. Pero, sobre todo, Jeongmin no podía rechazar el café porque la dueña del taller parecía alegrarse sinceramente por su visita. La expresión de la mujer que hacía un momento miraba aburrida por la ventana se iluminó. Aunque sorprendida por aquel repentino cambio, por algún motivo, aquello consiguió alegrar a Jeongmin.

—¿Lo prefiere dulce o solo?

—Solo, por favor.

—¿Le parece bien si tiene un regusto avellanado? El café solo que compramos normalmente estaba agotado. Tenemos una receta secreta para el café, así que independientemente de la preferencia por el tipo de grano, a todo el mundo le gusta. Ah, y la próxima vez elija el más dulce. En realidad, mi especialidad es el café dulce.

¿La próxima vez? ¿La estaba invitando a venir a tomar un café al taller en otra ocasión? Jeongmin sonrió por cortesía y respondió con una afirmación concisa. Le gustó que la mujer joven que se había sentado a su lado no hablara mucho. Detestaba tener que mantener una conversación insustancial.

Bajo la corriente fresca que manaba del aire acondicionado, su sudor se secó rápidamente. La cafetera, lo único que hacía ruido en el taller, expulsó humo con fuerza, como si quisiera que se notase que estaba allí. Mientras servía el café, su aroma se entremezcló con el olor a arcilla que flotaba por el aire. En un instante, el taller se llenó de un perfume imposible de describir con palabras. Era la armonía de la unión de la fragancia de la arcilla con la del café. Hasta ese momento nunca había imaginado ese aroma, pero no le disgustaba. Los valores fisiológicos de la nariz: dulce, amargo, repugnante, iban precedidos de un juicio emocional: «inofensivo». Jeongmin, muy sensible al olfato, no solía confiar más en sus emociones que en su nariz.

—Se lo he preparado con hielo.

Un café caliente y dos con hielo. El diseño de la taza era similar al de las otras expuestas en los estantes, como si también la hubieran hecho en el taller. La mujer que antes estaba trabajando en el torno de alfarero se bebió el café de un trago, como si se tratara de cerveza. Antes no se había parado a observarla con detenimiento, pero a juzgar por su aspecto cansado, parecía que luchar contra la arcilla era algo bastante difícil. Debido al sudor, Jeongmin había perdido muchos líquidos, por lo que el café solo y oscuro le resultaba especialmente apetecible. El café en el que la dueña de la tienda tenía tanta confianza estaba innegablemente bueno. No era nada del otro mundo, pero tenía un sabor característico que envolvía la lengua. Inhaló profundamente su aroma y se dio cuenta de que no era la misma clase de café que se solía usar en las franquicias. Jeongmin, que había estado trabajando en una emisora durante siete años y para quien pasar noches sin dormir se había convertido en algo habitual, no podía no reconocer el sabor del café de una franquicia. Con calma se lo llevó a los labios y lo saboreó durante un instante; intentó pensar, pero no le recordó nada en particular. Después recordó que tras haber dejado el trabajo se había quedado encerrada en casa durmiendo durante meses, así que no había tenido ninguna necesidad de tomar café; tal vez su sentido del gusto se había insensibilizado también.

—Está bueno. Muy bueno. ¿Puedo preguntar de dónde son los granos?

—Sinceramente, no tengo ni idea. Me los regalaron. Pero creo que es de Yirgacheffe.

Jeongmin se preguntó cuál sería el secreto de ese café. La dueña del taller vio cómo ladeaba la cabeza y añadió:

—La razón por la que nuestro café está bueno, con independencia de los granos que se usen, es por las tazas. Son cerámicas sólidas y fuertes que han soportado una temperatura de 1250 grados en el horno. El café solo sabe mejor si se bebe en un recipiente de celadón color jade. Y el café dulce que le he comentado antes se debe beber en una taza blanca brillante. Tal vez sea porque te recuerda a los dulces, pero sabe mejor cuando lo bebes allí.

La mujer joven añadió algo para aumentar la credibilidad del «secreto del café»:

—Yo tampoco me lo creía al principio. Pensé que era un efecto placebo, como la leyenda del monje Wonhyo: si yo quiero creer que el café sabe mejor en esta taza, efectivamente sabrá mejor*. Pero es algo más especial. Específicamente, lo que cambia no es el sabor, es el gusto. He estudiado química, así que me interesan mucho estas cosas. Después de investigar un poco, descubrí que existe una reacción química cuando el café entra en contacto con la superficie cerámica que cambia su composición. Ya sabes lo que dicen, la cerámica respira.

—Qué interesante.

Con independencia de si se lo creía o no, las palabras de las dos mujeres tenían sentido. Jeongmin sujetó la taza con ambas manos y valoró la posiblidad de que podría haber algún secreto en ese café que no tuviera que ver necesariamente con los granos utilizados. Era una taza llena de hielo, pero sentía que estaba sujetando algo a 1250 grados. Por primera vez, Jeongmin pensó en cómo sería una temperatura superior a mil grados. La calidez, aunque no el ardor, recorrió los vasos sanguíneos de las palmas de sus manos hasta llegar a las arterias. A diferencia del aire acondicionado, que había contrarrestado su calor de golpe, la calidez de la cerámica le impregnó los huesos lentamente, calmando sus nervios. Un cuerpo que se derrite con impotencia. La frialdad nunca puede vencer a la calidez. Estaba segura de que recordaría ese café. Específicamente, tal y como había dicho la mujer joven, el gusto, no el sabor.

—¿Venden las cerámicas expuestas?

—¡Claro! Siéntase libre de echar un vistazo. Estas tazas están a la izquierda.

A diferencia de las cerámicas de los grandes almacenes, que se exhiben cuidadosamente una por una con un precio desorbitado, esas tenían una apariencia más bien rústica. Estaban muy juntas, daba la sensación de que estuvieran

* La leyenda relata cómo este monje se refugia una noche en una cueva y bebe agua. Al amanecer, se da cuenta de que no era una cueva, sino una tumba, y que había bebido agua de un cráneo roto. Inmediatamente vomita y aprende la lección: «Todo depende de la mente de uno. No importa lo sucia que esté el agua; si la disfruto, es simplemente agua».

apiladas. Jeongmin pensó que podrían incluso romperse de lo juntas que estaban. Era un poco angustioso, pero también daban la impresión cálida de una cocina familiar. Vio una taza blanca y pulcra, que recordó de repente a un caramel machiatto. Cuando vio una taza con un degradado verde jade y blanco, le vino a la mente un té con leche. También había una taza con detalles negros, e inmediatamente le entraron ganas de comprar helado Excellent y prepararse un affogatto. Tal vez fuera por el «efecto imagen» que había comentado la dueña del taller. Imaginar todas esas posibilidades resultaba sencillo para alguien como Jeongmin, acostumbrada a escribir. Recogió con cuidado cada taza, la sostuvo entre sus manos, y sintió la temperatura en sus palmas. Tenía curiosidad por la temperatura del horno en el que habían estado. Y pensar que hacía un momento estaba maldiciendo el verano que la había hecho sudar tanto... Su impulso contradictorio por buscar algo más caliente que el clima resultaba gracioso.

—Me gusta mucho el café. La naturaleza de mi trabajo requería pasar más de una noche sin dormir. Hubiera estado bien tener una taza así.

—Entonces no la compre, ¿quiere intentar hacer una?

La mujer habló con un tono y una velocidad similares a cuando le había ofrecido un café. Parecía saber cómo hablar para que sus palabras no resultaran incómodas.

—No tengo mucha destreza. El arte siempre se me ha dado de pena. No podría hacerlo.

—No se preocupe por eso. Entre los otros miembros del taller hay algunos que antes de hacer cerámica nunca se habían atrevido con las manualidades. Pero ahora lo hacen tan bien que pueden vender sus artículos en ferias. Si tiene algo en mente que quiera poner en una taza, eso es razón suficiente para comenzar.

«Algo que poner en una taza». Jeongmin pensó en el caramel macchiato, el té con leche y el affogato. Y seguro que se le podían ocurrir muchas más bebidas. Cerámicas sólidas y cálidas que soportaron una temperatura de 1250 grados. Dentro de ese horno, ¿no habría también algo intangible?

—¿Vive por la zona? —preguntó la dueña del taller mientras bebía su café.

—Sí. En el edificio 4 de Bamgashi. Hace más o menos un año que vivo allí.

La mujer se sorprendió y abrió los ojos como platos.

—¡Eso está muy cerca de mi casa! Debemos de habernos cruzado alguna vez.

—No creo. Hace mucho tiempo que no salgo de casa. —Jeongmin soltó una risa débil.

—Yo también. En realidad, hace poco que he salido de mi cueva.

Jeongmin se mordió con fuerza el labio: «Te sacaré de la cueva». Hacía unos años una amiga le había dicho justo aquello. «Lo hago por tu bien», unas palabras que pondrían incómodo a cualquiera. Era una buena amiga, pero dado que en el corazón de Jeongmin ni siquiera quedaba espacio para que entrase un puño, percibió sus palabras como una amenaza.

—Pero la cueva tampoco está tan mal, ¿no?

Las siguientes palabras de la mujer le resultaron de lo más inesperadas. Jeongmin sintió una inexplicable sensación de tranquilidad hacia ella y asintió lentamente, sin soltar la taza.

La dueña del taller le preguntó por su disponibilidad para fijar una fecha para la clase. Jeongmin respondió que tenía la mayoría del tiempo libre. Una forma bonita de decir que estaba desempleada, por supuesto. Cuando decía que no tenía trabajo, las personas querían saber todos los detalles sobre su antiguo empleo. Esas conversaciones solían terminar con un intento por mostrar una falsa preocupación, diciendo cosas como «Debes estar muy preocupada», y por lo general concluían en que ella era una persona con un futuro incierto o incapaz de socializar. Pero la dueña del taller dijo: «Debe ser agradable poder llevar una vida tan relajada». Jeongmin se percató de que no tenía por qué ponerse nerviosa con ella, ya que no insistía en infiltrarse en su historia ni en sus motivos.

—¿Qué te parece si empezamos con dos clases a la semana, los martes y jueves? Lo que quiero es que durante estas dos semanas te familiarices con la arcilla y tus manos se adapten a moldearla. Después podríamos continuar con las clases los fines de semana. Me llamo Johee. Y ella es Jihye.

Cuando terminó de hablar, Johee inmediatamente arrancó la página de agosto del calendario que estaba encima del escritorio. Luego, marcó con un círculo los días en los que Jeongmin vendría y le entregó el papel. Cuando vio la hoja cuadrada del calendario llena de números, Jeongmin se dio cuenta de lo largo que era un mes.

SOLO UN SESENTA POR CIENTO

«¿Qué te parecen los martes y jueves?».

Las palabras resonaron en los oídos de Jeongmin como la persistente imagen de una luz parpadeante que sigue brillando en los ojos mucho después de haberse apagado. La noche anterior había programado la alarma por primera vez en mucho tiempo. Al ver la lista de alarmas con intervalos de cinco minutos entre las siete y las nueve de la mañana, recordó una época de competencia y cansancio. Al mismo tiempo, le tranquilizó pensar que, aunque no tuviera muchas fuerzas, ya no tenía la necesidad de vivir como vivía. Le habían dado permiso para volver a descansar.

Cuando el sonido de la alarma la despertó, recordó las palabras de Johee diciéndole que comiera bien antes de ir al taller. Jeongmin salió de casa después de preparar un buen almuerzo. No había imaginado que aprender algo nuevo le aceleraría el corazón. El brillo dorado que le recorría la sangre le resultaba totalmente desconocido; era un color que Jeongmin no podía poseer, que no se le permitía tener.

Entre los edificios uno y cuatro del barrio de Bamgashi había varias tiendas. Por lo general, en las plantas bajas solía haber restaurantes coreanos, tiendas de conveniencia o cafeterías antiguas, y los pisos superiores eran casas residenciales. Tal vez debido a que la población era escasa y la mayoría de los residentes eran de edad avanzada, el barrio resultaba bastante aburrido para los jóvenes. El taller de cerámica se encontraba en el callejón más escondido frente a una escuela primaria y el edificio 2. En esa ocasión Jeongmin llevaba ropa más adecuada a la temperatura, así que no sudó tanto como la última vez. Mientras escudriñaba meticulosamente el exterior del taller, descubrió el letrero oculto tras una enredadera de hiedra.

소요 SOYO

CERAMIC ART &

Las letras estaban escritas sin adornos, en negro sobre un cartel blanco, del mismo color que el edificio. Jeongmin abrió la puerta siguiendo el olor a arcilla tostada. Ese día el taller estaba lleno de gente. Había un niño pequeño y un estudiante de secundaria jugando con la arcilla y Jihye, con quien había tomado café la última vez. Jihye se acercó a ella amablemente y le presentó a los otros miembros.

—Este es Hansol, de la escuela primaria. Hoy parece que no ha venido su amiga... Aunque nunca se sabe cuándo va a venir. Si viene la próxima vez te la presento. Y aquí está el futuro de nuestro taller, Jun. Su nombre es corto, tiene solo una sílaba.

Hansol la saludó confuso y Jun simplemente miró a Jeongmin de soslayo.

Jihye preguntó si podía llamar a Jeongmin *unnie** y tutearla. Era la segunda vez que se veían; o, mejor dicho, era como la vez número 1,5. Jeongmin era una persona que insistía en el uso del «usted» incluso para referirse al vecino más joven que ella que acababa de graduarse de la universidad, llamándolo «escritor». Pero como no había conocido a Jihye en un entorno

---

* *Unnie* es una expresión de respeto utilizada por mujeres para referirse a otras mujeres de mayor edad con quienes tienen una relación cercana. Existen varios honoríficos para dirigirse respetuosamente a alguien.

profesional, Jeongmin decidió no pensarlo demasiado y asintió. La sonrisa de Jihye le pareció encantadora. Siempre se sentía un poco incómoda con las personas que habían crecido rodeadas de cariño y sin dificultades, pero no podía evitar sentirse atraída hacia ellas.

A Johee le sorprendió que Jeongmin llegara exactamente a la una y media, y bromeó diciendo que no le gustaban las personas perfectas. Como si fuera una rutina, antes de comenzar la clase, Johee siempre preparaba café. Esta vez hizo uno con sabor a avellana, que le supo delicioso incluso sin la espuma de leche.

—Antes he visto que hay un cartel en la entrada. El taller se llama Soyo, ¿verdad?

—¡Vaya! No se puede ver muy bien por las plantas, ¡pero has podido verlo! Lo he escondido a propósito para que solo lo pudieran encontrar las personas que tengan una buena capacidad de observación. Juro que no es porque sea un engorro mantenerlo.

El interior del taller estaba muy limpio para tratarse de un espacio donde se manejaba arcilla, así que Johee debía de estar diciendo la verdad.

—Las plantas de la entrada están un poco descuidadas. Al principio ni siquiera sabía que era un taller de cerámica. El nombre, Soyo, ¿significa que es necesario invertir tiempo para hacer cerámica?*

—Error. El nombre viene de los hanjas So (塑), que significa «amasar», y Yo (窯), «horno». Es un significado muy intuitivo: amasar arcilla y cocerla en el horno. Pero acabo de decidir que también voy a incluir el significado de «necesitar tiempo». Es un homónimo, qué buena idea.

—Es un buen nombre. Además es fácil de pronunciar.

—Ahora que ya hemos aclarado la identidad del taller, ¿nos ponemos manos a la obra?

* En coreano, que algo sea necesario es 소요되다 (*soyodueda*).

Johee llevó a Jeongmin hacia la parte trasera del taller. Había varios delantales colgados al lado del casillero donde se guardaban los artículos personales. Estaba emocionada y hablaba más que la primera vez que se conocieron.

—Cuando vengas al taller lo primero que debes hacer es dirigirte aquí para buscar tu delantal. Pero... ¡mira qué desastre! He olvidado pedir el tuyo. Hoy toma prestado uno de otro miembro. Solo viene los fines de semana, así que no sabe mucho sobre lo que pasa el resto de los días. Y aunque lo averigüe, no es el tipo de persona que diría algo. Es tan bueno... me recuerda a un oso.

Jeongmin tomó un delantal verde particularmente grande cubierto de arcilla. Tenía mal cosidas lo que parecían ser las iniciales del dueño, «G. S.». El dulce aroma del perfume impregnado en la tela la envolvió junto con el delantal. Cuando metió la mano en el bolsillo para dejar el móvil, palpó algo frío; un anillo fino de plata. No tenía grabados iniciales ni números pero Jeongmin inmediatamente supo que se trataba de un anillo de compromiso. Jeongmin, que al ver los defectos en el anillo comenzó a pensar en la posible larga duración de esa relación, de repente sintió un inexplicable sentimiento de culpa. Guardó de nuevo el anillo en el fondo del bolsillo. Aunque lo único que había hecho había sido tocarlo, sintió que se estaba metiendo en una historia de amor ajena.

No había hecho más que ponerse el delantal, pero ya estaba un tanto emocionada al haberse convertido oficialmente en ceramista. Jeongmin siempre había sido muy cauta con sus emociones, pero en esta ocasión decidió permitirse disfrutarlo. Se armó con un cubo de agua, dos esponjas y un torno y se sentó en el espacioso escritorio donde también estaba trabajando Hansol. Johee, sentada a su lado, preguntó:

—¿Has decidido lo que quieres hacer?

—Quiero hacer la taza en la que me disteis café la otra vez.

—Ajá, una taza tiene asa, así que es difícil de hacer. Normalmente se empieza por algo más simple, como un plato.

Jeongmin lamentó no poder hacer una taza y observó los platos expuestos en los estantes. No sabía qué hacer. Eran objetos que requerían técnicas demasiado difíciles para una principiante como ella.

—Hmm… ¿este plato amarillo es difícil de hacer? —preguntó mientras lo sostenía.

Lo que más le llamó la atención fue su llamativo color, pero más que nada se fijó en el diseño sencillo.

—Eso es un plato con una técnica valorada en cinco millones de wones. Originalmente fue hecho para exhibirse, no para venderse. Pero tienes buen ojo.

Jeongmin se sorprendió y dejó el plato rápidamente. Volvió a sentir cómo la distancia que la separaba de la cerámica se ampliaba de nuevo.

—Normalmente primero se piensa en el uso que le vas a dar al plato. En la cerámica, se piensa en la utilidad antes que en el diseño o la belleza. Aunque a ti todos deben parecerte más o menos iguales, solo que con una ligera diferencia de tamaño. —Johee fue hacia los estantes y comenzó a mostrar y a describir cada artículo:

«Este es ideal para comer pajeon los días de lluvia. Este está bien para comer algún postre cuando invitas amigos a casa, especialmente los postres que se hornean, como galletas o magdalenas. Este es un poco más alto, así que puede servir para preparaciones con caldo, como el dongchimi. Piensa en tu cocina. ¿Qué tipo de plato necesita?

—Hmm, mi cocina está vacía. En realidad no uso muchos platos. Normalmente no saco la comida de los tuppers. Tampoco como muchos postres. En realidad… no es que cocine mucho.

—Al parecer tienes muchos platos que hacer. Es divertido ver cómo tu despensa se va llenando poco a poco. ¿Qué te parece si hoy haces un plato multiusos? Que sea solo un poco más grande que la palma de tu mano. Lo simple siempre es lo mejor; un plato redondo sin mucha complicación de diseño. Cuanto más ambiguo sea el tamaño, más se adaptará a cualquier comida.

—Sí, cualquier cosa estará bien.

—Cuando toques la arcilla por primera vez te resultará un poco extraño. No intentes que te salga perfecto, usa solo el sesenta por ciento de tu esfuerzo. Ni más ni menos, solo el sesenta por ciento.

Johee trajo la arcilla blanca. Ese terrón de arcilla mugriento se iba a convertir en un plato… La arcilla que Jeongmin tocó por primera vez era suave y blanda, y más fría de lo que esperaba. Fue fácil empujar el rodillo para crear un grosor de ocho milímetros en lo que sería la parte inferior del plato y después colocar la masa en el torno.

—Ahora te tienes que concentrar. —Johee sacó un cuchillo pequeño.

Hizo girar el torno de alfarero y, con el cuchillo, dibujó vagamente un círculo del tamaño del plato. Jeongmin observó la demostración, pero le temblaban las manos cuando Johee le pasó el cuchillo. Hizo un primer intento nervioso. El círculo estaba perfectamente… deformado. Jeongmin miró a Johee como queriendo decir: «¿Y ahora qué?».

—No pasa nada. Inténtalo otra vez.

Volvió a hacer girar el torno, pero el círculo se deformó aún más. Jeongmin consiguió hacer un círculo decente después del tercer o cuarto intento, pero la masa de arcilla ya estaba cubierta de marcas de cuchillo. Miró a Johee intentando averiguar qué hacer.

—¿Debería intentarlo con otro terrón de arcilla?

—No. A diferencia de otros materiales como la madera, el cuero o el metal, la arcilla es blanda. Esto significa que se puede arreglar cuando quieras. Mira.

Johee frotó las marcas de cuchillo con la palma de su mano. Como si se tratara de una herida curándose rápidamente, las marcas se difuminaron y se esfumaron rápidamente, como si nunca hubieran existido.

—Siempre se puede arreglar... —Jeongmin susurró en voz baja.

—¿Sabes por qué se te deforma el círculo? Porque no lo manejas con seguridad. Tu mano sigue el movimiento del torno de alfarero. Lo que tienes que hacer es dar fuerza a tus manos y mantener la posición fija.

Johee le dijo que borrara el círculo que había conseguido y que lo intentara de nuevo. El torno giraba a toda velocidad, como si estuviese animándola a que se diese más prisa. Jeongmin fortaleció la mano con la que sostenía el cuchillo y lo colocó en la posición de las tres en punto; después bajó la mano. Aunque había bajado el cuchillo, la forma de la arcilla aún era ligeramente ovalada, pero esa vez la mano de Jeongmin se había mantenido firme. Cuando levantó el cuchillo, el trazo seguía estando en la posición de las tres en punto. Luego intentó darle forma a la arcilla con sus manos y creó un círculo perfecto.

La textura de la arcilla al ser cortada por el cuchillo también le resultaba desconocida. Era como intentar cortar una masa de pan suave y elástica. Cuando trató de limpiar la arcilla con una esponja, fue como si estuviese acariciando la superficie de un pastel de arroz cubierto de aceite de sésamo.

—Ahora ha llegado el momento de hacer los rollos. Tienes que intentar que la forma sea fina y larga, como un garaettok*. Luego los apilaremos.

Jeongmin se remojó las manos en agua y empezó a dar forma a la arcilla; al principio estaba fría, pero al contacto con sus manos se fue calentando.

—Si ves que la arcilla se calienta, eso es señal de que está secándose. Procura añadir más agua a medida que se calienta. Tienes que comunicarte con ella.

* El garaettok es un tipo de ttok, o pastel de arroz, que se caracteriza por su forma de cilindro largo y blanco.

Johee le explicó la técnica de los rollos y se fue a supervisar el trabajo de Hansol. Cuando Jeongmin supo que se podían cometer errores con la arcilla, dejó de tenerle miedo a trabajar sola. No era una profesional, así que tampoco tenía la necesidad de crear artículos tan sobresalientes como los de su profesora. En lugar de utilizar grandes expresiones como «amasar la arcilla», era suficiente con trabajar con frases más sencillas como «acariciar la arcilla». Bastaba con crear un artículo básico que sirviera para retener la comida en su interior.

Jeongmin colocó dos capas de material para aumentar la altura y alisó la superficie. Cuando le dio forma para que se abriese hacia fuera a unos 120 grados, comenzó a parecerse a un cuenco. En ese preciso instante, Jeongmin enderezó los hombros; se le habían quedado agarrotados, posiblemente debido a su nerviosismo. Mientras los relajaba, miró alrededor del taller. Parecía que su nariz se había habituado rápidamente al olor intenso y concentrado de la arcilla. El sonido de la radio comenzó a hacerse audible. Era una emisora que emitía britpop alegre, aunque con un toque decadente. Pasaban canciones de diferentes épocas: desde los Beatles hasta Blur, Oasis o Coldplay. Estaba tan concentrada que ni siquiera se había dado cuenta del sonido de la radio… Jihye y Jun aún estaban sentados frente al torno de alfarero. Con los AirPods puestos, parecían estar absortos en su trabajo. A Jeongmin le fascinaba poder existir en ese espacio tan individualista pero sorprendentemente hospitalario.

Los sonidos del taller eran agradables a los oídos, estaban en el punto justo. Jeongmin nunca escuchaba música en casa; era como si estuviese intentando desconectarse por completo del resto del mundo. Incluso se había deshecho de su televisión. Le daba miedo toparse con algún programa en el que había trabajado al cambiar de canal. Como un teléfono en modo silencioso, la casa se había resguardado en el silencio. Era como si todos los sonidos del mundo exterior fuesen ruido, bulla.

Pero los sonidos del taller eran distintos; como engranajes girando en perfecta armonía, no había ningún sonido que fuera demasiado estridente. Todo parecía estar en su sitio: las preguntas absurdas que Hansol lanzaba a Johee, las respuestas juguetonas de Johee, el constante sonido que producía el torno de alfarero, las extrañas exclamaciones y expresiones de molestia que Jihye a veces murmuraba para sí misma, el soft metal que salía de los AirPods de Jun, las palabras entrecortadas de los transeúntes que se filtraban a través del cristal y los chistes terribles que estaba contando el DJ de la emisora. Si alguno de estos sonidos dejara de existir, el taller se quedaría desierto.

El silencio que Jeongmin había mantenido durante meses se había empezado a resquebrajar. Era como si el silencio hubiese formado un ovillo en su cabeza, y este hubiese empezado a deshilacharse poco a poco. Ahora el no tener por qué guardar silencio le resultaba agradable. Jeongmin llegó incluso a pensar que el rumor cosquilleante de las palabras y el sonido pesado de la arcilla eran, en realidad, maravillosos.

El primer plato que hizo no estaba bien equilibrado y era bastante irregular. Sin embargo, debido a su tamaño ambiguo e impreciso, era un plato que podía contener cualquier cosa. Johee dijo que era «genial». Fue solo más tarde que Jeongmin descubrió que era un hábito muy suyo lanzar palabras de ánimo a aquellos miembros que carecían de confianza.

—Esto es todo por la clase de hoy. El esmaltado y la cocción en el horno los haremos en la siguiente clase. Intentad pensar en el color con el que queréis esmaltar vuestras cerámicas, y si queréis que tengan brillo o no. Esos son vuestros deberes.

Al mirar el reloj, se dio cuenta de que eran casi las cuatro. El tiempo había pasado en un visto y no visto. Jeongmin se sorprendió de nuevo; al parecer, seguía siendo capaz de abstraerse por completo de la realidad haciendo cualquier cosa.

Al final de la clase siempre tocaba limpiar. Limpiar el torno de alfarero y dejarlo en su sitio. Después de lavar el bol del agua, la esponja, los cuchillos y las herramientas de madera, ponerlos a secar en un lugar donde diese el sol. Jeongmin comenzó a recoger siguiendo las reglas enumeradas en un papel.

Ting.

De repente se escuchó el tintineo de un metal al caer. Luego, un estrépito resonó por todo el taller. Las herramientas que se habían dejado a secar habían ido a parar al suelo. Al quitarse el delantal, Jeongmin había golpeado la caja de herramientas con el brazo. Johee rio a carcajadas y le preguntó si ya sabía cómo «no ser perfecta». Jihye, Hansol e incluso Jun se acercaron a recoger todo. Jeongmin pareció entender vagamente el significado de hacer solo el sesenta por ciento. La primera vez que el taller había abierto sus puertas era la una y media; cuando volvieron a abrirse el reloj ya marcaba las 16:07.

EL MOMENTO EN QUE LA ARCILLA SE CONVIERTE EN PLATO

El sábado por la mañana, cuando tras dos semanas de trabajo de lunes a viernes llegó el momento de esmaltar y hornear las cerámicas, Jeongmin se pasó el día reflexionando sobre la coyuntura entre los días laborables y los fines de semana. Cuando trabajaba, los días se le pasaban volando y, con cada cambio de estación llegaba un periodo de tensión y uno de relajación, y siempre tenía un ruido constante pitándole en los oídos, como si algo le estuviese zumbando en el interior de la oreja. Era como el espeluznante chirrido de una bisagra que aún no había sido barnizada. Si algo salía mal, los fines de semana de Jeongmin se convertían en días laborables. Trabajar siete días a la semana es algo que nadie podría soportar. Por otro lado, tener siete días de fin de semana también era difícil de soportar, porque uno termina sintiéndose como si estuviese metido en un pantano de inercia y languidez.

Durante siete años Jeongmin había vivido en siete días laborables, y el último año se había hundido en siete de fin de semana. Y justo ese día sintió que por fin podía volver a distinguir los unos de los otros. Era la primera vez que iba al taller un fin de semana. Hasta ese entonces solo había coincidido con estudiantes que disfrutaban de sus vacaciones de verano y con Jihye, que parecía ir casi todos los días, aunque no sabía por qué. Por un lado sentía curiosidad por las personas que iba a conocer en la clase para adultos, por el sonido que iba a llenar el taller en esa ocasión, pero también se sentía un tanto nerviosa.

Jeongmin desayunó mientras miraba a través de la ventana arqueada, como si quisiera memorizar el paisaje del pequeño callejón. Comer bien antes de ir a clase se había convertido en un hábito. Eso de marcarse unos horarios claros entre el desayuno, la comida y la cena se había convertido en una especie de ritual, uno que hizo que Jeongmin percibiera el tiempo de una forma mucho más nítida. La clase del fin de semana empezaba a las diez de la mañana, lo que le dejaba el tiempo suficiente para comer algo rápido, dejar los palillos a un lado y tomarse el café en el taller.

Johee la saludó como si la hubiese estado esperando y se alegrarse de verla. Su delantal había llegado. Era de un color crema oscuro y tenía las iniciales «J. M.» bordadas, como las de todos los demás. Las letras estaban torcidas, como las del delantal que se había puesto la última vez, por lo que parecía que hubiese sido la propia Johee quien las hubiese cosido. Se alegró de tener por fin su delantal, porque eso significaba que ya era miembro oficial del taller Soyo. El poder pertenecer a una comunidad por fin, aunque fuese temporal o vaga, le daba cierto sentido de tranquilidad; especialmente a ella, que siempre estaba mudándose de aquí para allá, trabajando como *freelance*, sin una oficina a la que pertenecer de verdad.

Un hombre grande y de tez muy blanca se adentró en el taller.

—Buenos días —las saludó.

Contrastando totalmente con su gigantesco cuerpo, poseía unos ojos enormes y las comisuras de sus labios se curvaban hacia arriba. Era extraño que, aunque sus labios estuviesen curvados, no formasen en realidad ninguna clase de sonrisa.

—Este es nuestro mejor alumno de la clase de fin de semana, Kishik. Ella es Jeongmin-ssi, la chica nueva de la que te hablé. A partir de ahora, los fines de semana daremos clase los cuatro; Kishik, Jihye y Jeongmin.

Kishik comentó que llevaba dos años haciendo cerámica y que el próximo tenía pensado abrir su propio taller. Las comisuras de sus labios se elevaron aún más cuando dijo que era porque se había prometido a sí mismo dejar la empresa para la que trabajaba cuando cumpliera una edad en la que se repitieran los dígitos. Tenía treinta y tres años. Jeongmin resopló disimuladamente ante la actitud optimista de Kishik, que creía poder tener éxito cambiando de profesión a una edad superior a los treinta años, pero al mismo tiempo sintió algo de envidia. Envidiaba la osadía y la valentía que requería ese tipo de decisión. Era tres años menor que Kishik, pero no tenía la confianza de poder tomar una decisión como esa. Kishik parecía contar con una «claridad» que Jeongmin aún desconocía.

Debido a su altura y su constitución, Jeongmin estaba segura de que el delantal que había tomado prestado pertenecía a ese hombre.

—El delantal amarillo es suyo, ¿verdad? Lo he estado usando durante dos semanas. Justo hoy ha llegado el mío. Gracias por dejármelo.

—Ah, ¡así que era usted la que había tomado prestado mi delantal! ¿Vio algún anillo en el bolsillo? Hace dos semanas que lo olvidé. La semana pasada vine a ver si me lo había dejado pero no estaba.

Mientras Jeongmin observaba a Kishik acariciar su dedo, que parecía de alguna manera vacío, recordó el anillo fino y el sonido, *ting*. Jeongmin se sobresaltó y comenzó a buscarlo por el suelo. Por suerte, lo encontró brillando débilmente al fondo de los estantes donde guardaban los tornos. Sacudió el polvo que había dejado la arcilla sobre él y se lo tendió.

—Lo siento. Cuando me quité el delantal oí que se había caído algo, pero no sabía que era el anillo... Lo siento, de verdad. No estaba prestándole atención.

—No te preocupes.

Kishik no añadió nada más y esbozó una pequeña sonrisa. Intentó ponerse el anillo pero recordó que al hacer cerámica era mejor no llevar joyas, así que lo guardó en el bolsillo.

Jihye, que iba con retraso, fue la última en llegar. La clase ya había comenzado, pero Jeongmin seguía inquieta. Estaba avergonzada por no haberse dado cuenta de que también se le había caído el anillo cuando había tirado sin querer las herramientas al suelo. No solo había tomado prestado el delantal, sino que casi pierde el anillo; había causado demasiadas molestias. Si por su culpa Kishik y su novia habían discutido... Cuando llegó a aquella conclusión, Jeongmin decidió disculparse con Kishik para evitar que los sábados fueran incómodos.

Estaban en la misma clase, pero Kishik y Jihye ya tenían el nivel para trabajar por su cuenta. Jeongmin, una vez más, se convirtió en el centro de atención de Johee. Y como era la primera vez que esmaltaba cerámica, todo el trabajo de esa clase consistía en observar meticulosamente el ejemplo de Johee. La profesora trajo el primer cuenco que había hecho Jeongmin. Era de arcilla blanca, pero después de pasar por el proceso de bizcochado había cobrado un color rosa pálido. Su exterior ya no era blando, parecía sólido y resistente, pero en realidad seguía siendo tan frágil como el vidrio.

Jeongmin decidió esmaltarlo de color azul celeste. Era el tono que Johee le había recomendado, sabiendo que ella aún no sabía cómo cambiaría de color la cerámica después de haber sido horneada de nuevo. Al observar la cerámica de muestra, se parecía al azul suave de un cielo de verano. Era como el sonido de algo que intenta salir del agua después de haberse hundido, salpicando; a Jeongmin le gustaba el sonido de la arcilla. Mientras observaba distraída cómo la cerámica nadaba entre el esmalte, le dieron ganas de meter la mano en el cubo también. La consistencia de la masa era más espesa que la de la leche, pero parecía igual de suave. Johee le explicó que aunque en ese momento el color se viera blanco, una vez cocido en el horno cambiaría a azul. Pero nadie podía predecir cuál sería el color exacto; Johee comentó que ese destino lo decidía el horno.

—Se emplea mucho cariño y esfuerzo en crear una pieza de cerámica, pero el problema está en si sobrevive al horno o no. ¡Ah! ¡No te he enseñado el horno! Nuestro taller usa uno enorme. Seguramente es el más grande que vas a poder encontrar por aquí.

En una sala sin ventanas se encontraba el horno lleno de leña. Como dijo Johee, era tan grande como una nevera de dos puertas. Se notaba que se sentía muy orgullosa por seguir usando un horno tradicional de leña en lugar de uno de gas. Requería más tiempo y esfuerzo, pero se dice que cuanto más tiempo se cuece la cerámica, más resistente es.

—La segunda horneada siempre se hace a 1250 grados. Ahora lo único que podemos hacer es esperar. Ya no hay vuelta atrás.

Se debía limpiar la parte inferior del plato antes de meterlo a cocer ya que los residuos de esmalte hacían que la cerámica se pegase al suelo del horno. No bastaba con amasar bien la arcilla; debían considerarse varios factores. Los tres se sentaron uno al lado del otro y tomaron sus esponjas.

—Jihye, últimamente haces muchos vasos —dijo Jeongmin mientras miraba de soslayo el encantador vaso de Jihye, que tenía unas curvas suaves y naturales.

—Normalmente hago vasos para beber soju. A veces también los hago un poco más grandes, para que sirvan para tomar soju con cerveza.

Un vaso pequeño, sencillo y sin asa. Debido a que lo había modelado con el torno de alfarero, estaba mucho más equilibrado y simétrico que lo que había hecho Jeongmin. Dado el gran número de vasos que había hecho, le llevó mucho tiempo limpiar el esmalte de la base de las piezas. Por lo que Jihye llenó ese tiempo con palabras.

Dijo que estaba buscando algún trabajo a largo plazo, pero también estaba estudiando un posgrado, por lo que había decidido dejar de lado sus planes laborales. Últimamente, también bebía mucho. Como le parecía demasiado triste tener que beber de los vasos rotos que tenía por casa, había decidido hacerse ella misma un juego. Al principio, solo se apuntó a una clase, pero le pareció tan divertido que ya hacía más de medio año de aquella primera clase. A través de ese pasatiempo que le permitía alejarse de la realidad, había podido calmar progresivamente su mente agotada por la búsqueda de empleo. Si había alguna desventaja era que el alcohol sabía mejor y, como consecuencia, había ganado el doble de peso al beber mucho más.

Jihye, que parecía tan brillante e inocente, ocultaba su propia historia inesperada. Tenía la habilidad de narrar historias suaves y redondas, fáciles de digerir sin causar molestias si se las consumía de una vez. Jeongmin pudo ver que todos y cada uno de los vasos habían sido hechos con mucho mimo, y que, por lo tanto, le habían servido en parte como consuelo. Incluso Jeongmin, que no acostumbraba a beber mucho, pensó que si bebía de esos vasos, el alcohol sabría mucho mejor.

—Pff, Jeongmin, mira a Kishik. A veces... No, siempre se comporta así —le susurró Jihye.

Kishik tenía los ojos cerrados mientras limpiaba el esmalte de la base de las cerámicas. No estaba dormido, ¿acaso pretendía estarlo? Aun así, ¿cuál era la razón para esa repentina actuación teatral?

—Kishik, ¿qué estás intentando? ¿Sentir la cerámica? Te lo he dicho ya varias veces, verte tocar la cerámica con los ojos cerrados es un poco espeluznante.

—Inténtalo tú también, Jihye.

Kishik entonces comenzó a manipular la cerámica dando todavía más repelús. Tenía cierto brillo burlón en sus movimientos demasiado exagerados

—No estás en la película *Ghost*, intenta no actuar así frente a nuestra nueva integrante. Jeongmin, ni se te ocurra aprender de él.

Kishik añadió más esmalte a la parte inferior de las cerámicas de Jihye, diciendo que era el precio por haberse burlado de él. Mientras los dos discutían, Jeongmin se echó a reír.

Johee subió la temperatura del horno y la estancia se impregnó de su calor. El calor del horno resultaba agobiante y aplastante, mucho más fuerte que el calor de verano que hacía fuera, pero también era bastante parecido a la suave calidez que impregnaba un ondol.* Primero introdujeron el plato tosco de Jeongmin. Jihye y Kishik también llevaron sus cerámicas y las metieron una a una.

Incluso a primera vista, las cerámicas de Kishik estaban llenas de personalidad. La mayoría eran macetas o jarrones, pero todas tenían algo atípico y asombroso. La naturalidad de la asimetría de los jarrones era encantadora. Al observarlos, uno sentía el deseo de colocar un ramo de flores silvestres con tallos delgados en su interior. Parecía que los jarrones solo podían encontrar el equilibrio con una flor dentro, así que (tal vez intencionadamente) se había dejado espacio para ella. También había una maceta con marcas geométricas negras. A Jeongmin, que no sabía mucho de arte, aquellas piezas le parecían verdaderas obras de arte moderno.

Tenía ganas de, al menos, halagar a Kishik, quien hábilmente colocó los jarrones en el horno, pero recordó el incidente del anillo y cuando el hombre cerró la puerta del horno, ella cerró su boca también.

Una ventaja de las clases de fin de semana era que, después de acabar y limpiar, se reunían todos para comer. La única norma era que estaba prohibido pedir comida a domicilio, y normalmente se repartían en equipos de dos y traían comida

* El ondol es un sistema de calefacción tradicional coreano que calienta el suelo de una habitación o vivienda.

de restaurantes cercanos. El menú principal de ese día, a sugerencia de Kishik, fueron sándwiches. Comentó que en los alrededores de Bamgashi había una tienda que vendía unos muy buenos, y aprovechando que tenían un nuevo miembro, tenían que traerlos para que los probase. Johee y Jihye miraron a Kishik como si supiesen que era inútil tratar de convencerlo de comer otra cosa. Se decidió que para acompañarlos pedirían kimbap y tteokbokki.

Kishik y la que se había convertido en su acompañante, Jeongmin, caminaron sumidos en un silencio incómodo por el asfalto ardiente. A pesar de haber trabajado con el delantal puesto, tenía los pantalones salpicados de arcilla. Kishik estiró los brazos y los hizo girar, como si tuviese los hombros agarrotados después de haber pasado tanto tiempo encogido. Ciertamente, la imagen de un Kishik enorme haciendo un jarrón diminuto no era muy diferente a la de un oso agachado comiendo miel de un frasco, nervioso por si la gente lo veía. Y luego estaban sus enormes manos, que apenas daban la impresión de haber sido hechas para los detalles o la meticulosidad. Su apariencia no iba muy acorde con la cerámica, pero su tono de voz tranquilo y sus movimientos generalmente lentos lo compensaban.

—Nos vamos a ver cada semana, si quieres podemos tutearnos —le dijo Kishik con delicadeza.

Jeongmin recordó cómo Jihye llamaba a Kishik *oppa**. Se imaginó a sí misma llamándolo así, y se le puso la piel de gallina.

—No tengo hermanos, así que nunca he llamado a nadie *unnie* u *oppa*. Para mí es más fácil seguir como hasta ahora. Aunque es verdad que cuando conozco a personas más jóvenes que

* *Oppa* es un término que las mujeres usan para dirigirse a hombres mayores con respeto, de manera similar a como se emplea *unnie* para referirse a otras mujeres. Este término no solo muestra respeto, sino que también implica un grado de confianza.

yo y me preguntan sobre esto les digo que me llamen como ellos prefieran.

Kishik movía los ojos de un lado a otro, como si no lograse encontrar las palabras adecuadas para expresarse y como si hubiese estado esperando otra respuesta. Por lo general, se cree que el primer paso para conocer de verdad a alguien es tutearlo, pero para Jeongmin no era así. El silencio volvió a llenar el espacio entre ellos. Kishik no paraba de balancear sus brazos, de adelante hacia atrás, y solo se oía el sonido de sus sandalias.

Fue Jeongmin quien, incapaz de soportar más aquel silencio incómodo, lo rompió.

—¿Cuándo crees que podré comenzar a utilizar el torno de alfarero?

—Se suele tardar unos tres o cuatro meses. Pero los adultos normalmente tardan un poco menos. Yo comencé a los dos meses. Pero como para ti es un pasatiempo, no hay motivo para apresurarse. Yo tenía el proyecto de abrir mi propio taller, por lo que Johee aceleró un poco el ritmo. Al principio, venía al taller los dos días de fin de semana que no trabajaba en la empresa. Johee incluso me dio una llave. También es cierto que debido a esto he discutido mucho con mi novia.

Al escuchar la palabra «novia», Jeongmin detuvo su línea de pensamiento de golpe. Como era de esperar, sintió la necesidad de disculparse antes de poder hablar con él con soltura.

—Sobre el anillo... lo siento mucho. Quería disculparme como es debido —comentó, ralentizando sus pasos.

—No pasa nada. Fui yo el que lo dejó olvidado en el bolsillo. De verdad que no pasa nada, no te preocupes.

Al ver cómo Jeongmin vacilaba por su respuesta, Kishik se dio cuenta de que seguía abrumada por la culpa. Repitió que no pasaba nada y cambió de tema.

—De todas formas, ¿cómo es que comenzaste a hacer cerámica?

A Jeongmin le temblaron los labios, como si se muriese por decir algo.

Los miembros del taller no parecían ser amigos íntimos. Sin embargo, tampoco habían creado vínculos superficiales sin valor. Eran relaciones normales, sin necesidad de estar especialmente definidas; eso era suficiente. No existía una regla que dictara: «Los asuntos personales solo se comparten con amigos cercanos que estén a menos de un metro de distancia». A Jeongmin le resultaba agradable ese tipo de relación ambigua, porque siempre le había costado vincularse. Sintió que de alguna manera ya formaba parte del taller Soyo, por lo que les habló de cuando había dimitido voluntariamente y sobre cómo había sido su vida en paro.

—Tampoco tenía muchos ahorros, pero no sabía controlar mis emociones y acabé tirándolo todo por la borda en un ataque de ira. Entonces me di cuenta de algo: la inercia es de lo más aterradora. En cuanto me recuperé un poco y recordé esa época, no pude entender por qué lo había hecho. He recobrado parte de mi anterior energía y no puedo comprender a mi antigua yo. La del presente está muy ocupada arreglando lo que mi yo del pasado hizo. Un día, mientras intentaba ponerle remedio a mi vida, salí corriendo de casa sin rumbo y acabé en el taller Soyo. Pensaba que era una cafetería. No tenía ningún motivo concreto por el que quisiese aprender a hacer cerámica, porque tampoco estaba buscando un pasatiempo de manera intencionada. No es la gran historia que esperabas, ¿verdad?

—Es fantástico. Respeto mucho a todos aquellos que trabajan duro por lograr algo. Yo también tengo que ponerme las pilas y escapar de una vez de mi vida de esclavo en esta empresa de teletienda para la que trabajo... De todas formas, enhorabuena. Has logrado distanciarte de esa temida inercia.

Kishik hablaba con sinceridad. Aunque tal vez era por su forma de expresarse, tan característica y sin prisas.

—Aún tengo mucho que hacer, pero cuando estoy amasando arcilla tengo la sensación de que todo va a salir bien.

—Me gusta esa actitud.

—¿Tú por qué vienes hasta aquí a aprender cerámica? Dijiste que vivías en Seúl. Debe ser agotador viajar más de una hora a Ilsan cada fin de semana.

En cada barrio de Seúl había al menos un taller de cerámica. Entonces, ¿por qué había elegido el taller Soyo?

—¿Sabes por qué el barrio Bamgashi se llama así?

—¿Porque hay muchos castaños?* —Jeongmin recordó las palabras del agente inmobiliario cuando le enseñó el edificio 4.

—En otoño, los residentes recogen las castañas maduras, sacan el fruto y tiran las cáscaras llenas de espinas al suelo. Como las calles se llenan de cáscaras, se le dio el nombre de Bamgashi. Cuando me contaron esta historia por primera vez, me pareció muy interesante. Así que decidí inscribirme en el taller Soyo. Sentí que si no era aquí, no podría ser en ningún otro lugar.

Jeongmin quiso preguntarle por qué había empezado a hacer cerámica, pero se mordió la lengua. Porque todo el mundo tiene sus propias espinas clavadas. Y porque ni siquiera ella, hasta ese momento, había podido mostrarle a nadie las espinas que brotaban de su piel.

—Ah... debe ser por eso que me mudé a Bamgashi.

Jeongmin se guardó los enredos de su corazón para sí misma y, en su lugar, esbozó una sonrisa radiante, como si todo fuese perfectamente.

Llevaron más sándwiches rellenos de melocotones y uvas verdes cubiertos de nata que miembros había en el taller. Kishik fue el primero en ofrecerse a pagar, y Jeongmin prometió que ella pagaría la próxima vez. Cuando volvieron al taller ya podían oler el picante del tteokbokki y el fragante aceite de

* En coreano, 밤 (*bam*) significa «castaña» y 가시 (*gashi*) quiere decir «espina».

sésamo del kimbap. Pusieron la comida en platos, y cuando Jeongmin se disponía a preparar todo en una mesa de madera muy larga, Johee le comentó que esa mesa no se usaba. Jeongmin, que aún no conocía por completo las reglas implícitas de esa comunidad, se sintió un poco avergonzada. Kishik pareció darse cuenta de lo que estaba pensando y aunque aún no habían puesto la mesa, cambió de tema diciendo: «Juguemos a piedra, papel o tijera, y a quien pierda le toca lavar los platos». Estaba claro que Kishik había estado esperando que llegase el sábado para devorar esos sándwiches con ansia, porque se comió dos y los tteokbokki ni los tocó.

—Jeongmin era redactora de televisión —comentó cuando tuvo el estómago bastante lleno.

Johee, que había acabado de comer hacía un rato porque no tenía mucho apetito, abrió los ojos como platos.

—No lo sabía. Entonces, ¿escribes bien?

Como si hubiera algo raro en esa pregunta, Jihye añadió:

—Tus preguntas son de lo más extrañas, Seonsaengnim. ¡Es redactora porque escribe bien! —La «escritura» en la que ellos estaban pensando no tenía nada que ver con lo que ella solía hacer. Sin darse cuenta, se había convertido en el centro de atención de todos, y no le quedaba más remedio que aclarar el malentendido.

—Los redactores de televisión explican escenas y escriben pequeños textos para conectar diferentes tomas. Cualquier espacio en el audio entre cuatro segundos como mínimo y sesenta como máximo se rellena con la voz del actor de doblaje. También escribimos subtítulos o guiones, que suelen ser muy distintos a los escritos que se publican. Y en realidad tampoco escribo tan bien.

Nerviosa, había acabado hablando más de lo normal, lo que no era nada propio de ella. A pesar de su explicación, Johee la seguía mirando esperanzada.

—Tengo un favor que pedirte. Me da un poco de vergüenza, porque aunque soy buena ceramista, soy un desastre con la publicidad.

Johee era una ceramista con tanto talento que una vez había expuesto en la Galería Hyundai como artista principal, y Jihye insinuó en voz baja que su padre también era un ceramista famoso.

—Hace mucho tiempo que abrimos una cuenta de Instagram para el taller pero nadie la sigue. Según otros compañeros, las redes sociales atraen a mucha gente joven... Lo mismo pasa con las ventas online, y tampoco tenemos ningún cliente offline. Nadie. Las fotos están bien, ¿así que tal vez el problema sea el texto? —preguntó Johee pasándole el teléfono.

Las fotos de la cuenta no estaban nada mal. Kishik comentó que estaba a cargo de la fotografía y se notaba que estaba orgulloso de su trabajo. Sin embargo, no había muchos hashtags que ayudaran a que la cuenta apareciera en las búsquedas; los textos eran tan directos y concisos como el nombre del taller. Por ejemplo: «Es un cuenco hecho de arcilla blanca con un diseño sólido y atemporal».

—Sin duda no es un pie de foto muy atractivo...

—Te descontaré la tarifa de uso del horno. ¿Me haces el favor?

—Yo solo soy redactora de televisión, no soy publicista o especialista en marketing. —Jeongmin sacudió la mano. Además, hacía más de un año que no escribía.

—No busco ese tipo de profesionalismo. Solo necesito textos que se ajusten a la sensibilidad de la generación actual. La comunicación para programas de televisión es una profesión que sigue tendencias. Prefiero trabajar poco a poco, con tranquilidad, por lo que no sería necesario publicar mucho. Solo una o dos fotos a la semana. Además, puedes trabajar solo los días que vengas al taller.

Kishik y Jihye contribuyeron diciendo que Jeongmin era la persona perfecta para el trabajo. Eran solo unos escritos cortos que publicar en las redes sociales, pero Jeongmin aún sentía que su talento no era suficiente para superar el obstáculo que suponía la palabra «escritura». Además, pensaba que no tenía la habilidad para hacerlo. Nunca imaginó que volvería a encontrarse con la escritura en ese contexto.

Jeongmin había sido editora júnior en el equipo de producción de un documental que tenía a gente común como protagonistas. El verano anterior, había invitado a un traductor de renombre que había subtitulado muchas películas de fama mundial. El proceso de grabación y edición fue como la seda. Sin embargo, el día de la vista previa, la respuesta del líder del equipo y del redactor principal fue más bien indiferente. El productor tecleaba algo nervioso en su ordenador.

Hacia la mitad del vídeo, el traductor rompió a llorar y se puso a contarles una historia que tenía que ver con su madre. «Nunca quise perdonar a mi madre por abandonarnos a mi hermana pequeña y a mí...». Jeongmin se quedó perpleja y su cuerpo se puso en tensión. Cuando acabó la grabación, el traductor llamó a Jeongmin y le pidió que se eliminara esa historia humillante. Estaba segura de que incluso se lo había comentado al productor...

Sin embargo, todos excepto Jeongmin gritaron «bravo».

—¡Esto es! ¡Esto es lo que queríamos! —El líder del equipo parecía satisfecho, rebobinando sin cesar el vídeo y repitiendo el momento en que el traductor rompía en llanto.

—Ya no es tan aburrido como al principio. De verdad que no sabía cómo salvar esa toma. Productor Lee, redactora Yoo, ¡parece que os habéis dado cuenta de vuestros errores y los habéis resuelto! —El redactor Koo dio palmaditas a la espalda de Jeongmin como si sintiera un gran alivio.

—Habéis trabajado muy duro para conseguir darle al documental un toque más humano. ¡Casi me echo yo también a llorar a su lado! Os mentí cuando dije que mi padre había fallecido hace un año y no pude acompañarlo en sus últimos momentos. Solo entonces el señor ese comenzó a abrirse de verdad. —Se jactó con entusiasmo el productor, que estaba ansioso por recibir elogios. Era como un perro meneando la cola.

Jeongmin esperaba que la escena se hubiese eliminado en el montaje final, ya que se trataba de una conversación informal. Nunca imaginó que lo editarían, y además con tanta maestría, para que pareciera una entrevista oficial del documental.

—Vaya, productor Lee, te mereces un premio al mejor actor. Necesitábamos ese toque humano para mantener el ritmo y el interés. Hace que te sumerjas completamente en el momento. —El líder del equipo estaba maravillado.

—Es muy interesante, ¿verdad? —Las palabras de Jeongmin rompieron con las bromas entre los dos—. ¿Qué tiene de divertido ver a alguien llorar? Productor Lee, le pedí que eliminara la escena en que se habla de su familia. Le dije que era una petición del entrevistado.

—Redactora Yoo, ¿me puedes explicar por qué alguien que tendría que saber cómo funciona este mundo se comporta así?

—No es una celebridad, es solo una persona normal y corriente, por lo que su vida privada no tendría que ser divulgada… Eso es lo correcto. —Jeongmin tampoco se rindió.

—Entonces, ¿dónde está el interés? ¿Me estás diciendo que debemos eliminar todo lo interesante? Y cómo llenarás el tiempo que falta, ¿eh? La vida de este tipo es un poco aburrida y no sabíamos cómo hacerla atractiva… Pero más que eso, ¡es tu culpa por invitar a personas así al programa! Con tu experiencia, deberías saber a quién convocar y a quién no.

El productor clavó sus ojos furiosos en Jeongmin. En ese momento, el bolígrafo que el líder del equipo hacía girar en sus manos cayó al suelo. Todos guardaron silencio al oír el sonido del bolígrafo al impactar.

—Un momento, entonces toda esta discusión es porque no se llegó a un acuerdo concreto cuando se discutió si añadir la escena o no…

—Debemos eliminar toda esta entrevista. No podemos permitir que se añada esa escena.

Jeongmin comenzó a buscar apresuradamente entre las notas una entrevista de reemplazo, pero el redactor Koo la detuvo. No había nadie en el equipo que la apoyara.

—Pero a ti también te gustan esta clase de historias, de gente que ha superado divorcios, la alcoholemia, accidentes, pobreza, y ha podido labrarse un futuro de éxito. Te gusta estructurar los programas de forma dramática y añadir palabras provocativas en los guiones, ¿no es así? —El líder del equipo habló en voz baja e indiferente, como si estuviera entregando un archivo.

Su voz era mucho más intimidante que la del productor, que parecía más bien ignorante y autoritario. Ante el ambiente tenso, Jeongmin no pudo articular ni una palabra y tuvo que asentir de mala gana. Después de cada transmisión, ella solía hacer una llamada de cortesía a los entrevistados, pero esta vez estaba muy nerviosa. En esta ocasión, no tuvo el valor de llamar al traductor. Pasados unos días desde la transmisión, reunió fuerzas y decidió comunicarse con él. El sonido de conexión de la llamada fue frío y parecía que se iba a interrumpir en cualquier momento. Se percibió un *clic* que indicaba que la llamada había sido atendida, pero desde la otra línea no se escuchó ninguna palabra.

—Ah, hola. ¿Ha visto el programa? —preguntó Jeongmin con la voz temblorosa.

—Sí, gracias por su esfuerzo.

—Acerca de la historia de su familia… Intentaré evitar que se vuelva a transmitir. También trataré de que se elimine de la página web…

—Ya lo ha visto todo el mundo. Es un programa importante. Mi familia, mis amigos, los conocidos de mis padres e incluso mi hija. —Al escuchar el tono sereno y firme del traductor, sintió cómo un escalofrío le bajaba por la columna.

—Lo siento, de verdad.

—Habéis condensado mi vida en solo unas pocas palabras superficiales. Supongo que os fue fácil.

A pesar de estar hablando por teléfono, Jeongmin seguía haciendo reverencias al aire, como si estuviese disculpándose. Quería culpar al productor pero no podía. Después de todo, había sido ella quien había escrito el texto de la narración. La llamada acabó sin que el traductor aceptase sus disculpas. Al acabar esa conversación, Jeongmin sintió que algo también había muerto en su interior.

Después de ese incidente, comenzó a escribir como si fuera una máquina, obedeciendo únicamente al líder del equipo, al productor, y a lo que querían los espectadores. Ya no sentía rabia ni frustración. Solo abatimiento. Este sentimiento se aferraba a ella como una sanguijuela. Incluso el latido de su corazón le resultaba doloroso; lo único que quedaba de ella era un cascarón vacío.

Fue alrededor del verano cuando sus ojos dejaron de comprender las palabras que había escrito. La primera vez que lo notó fue cuando estaba leyendo las notas de la preproducción, como de costumbre. Las palabras y las frases no hacían más que reiterarse incesantemente... Al principio pensó que la escenas se repetían y que el productor habría grabado más de una vez la misma toma. Sin embargo, Jeongmin no consiguió pasar de la primera página después de una hora. No, simplemente no podía seguir. Cuando las palabras llegaban a sus ojos, rebotaban con estrépito; se dispersaban sílaba por sílaba, y flotaban en el aire. Jeongmin no era capaz de leer ningún guion o plan de rodaje y, por supuesto, tampoco podía entenderlo.

Trató de encontrar algún motivo lógico y se convenció de que no se encontraba muy bien, pero tan pronto como llegó a casa abrió un libro que había leído hasta cansarse: *Mi querido Mijael*, de Amos Oz. Era su novela favorita desde la universidad, incluso podía recitar de memoria la frase que venía a continuación. Pero no podía leer. Miraba las frases y gritaba «¿qué significa?», pero no podía captar el sentido escondido entre aquellos párrafos. Después de leer unas cinco frases, el contenido desaparecía como un muñeco de nieve derritiéndose con impotencia bajo la luz del sol de la mañana. Jeongmin no podía seguir el hilo del relato. Era como si extendiera la mano hacia el autobús llamado «narración», y este siempre pasase de largo y se alejase.

Un psiquiatra le diagnosticó TDAH leve y dislexia. Para una redactora, un diagnóstico de dislexia era la pena de muerte. Las personas que publicaban las historias personales de otros y se reían de ellas se encontraban perfectamente; a Jeongmin le parecía muy injusto que solo ella tuviera que recibir ese castigo.

Recibió tratamiento, pero su capacidad de concentración comenzó a disminuir hasta el punto de que ni siquiera podía contemplar obras de arte en un museo, y mucho menos leer un libro. Enfrentarse a la escritura de nuevo le parecía insoportable, prefería dejar de escribir. «Tal vez me hayan dado permiso para dejarlo». Tan pronto como cayó en la cuenta de aquello, fue como si le quitasen un peso de encima. La dislexia se convirtió en una buena excusa para renunciar al trabajo.

La mano que sostenía el teléfono de Johee no dejaba de sudar. Jeongmin suspiró y mientras se repetía que no pasaba nada empezó a escribir:

«No hay nada más elegante que los estampados de la naturaleza. Intensifique el sabor de sus comidas con piezas de cerámica únicas en el mundo, con estampados inigualables».

—Aquí estaría bien añadir una breve explicación sobre qué es exactamente la arcilla blanca.

Jeongmin le tendió de vuelta el teléfono y le mostró el texto editado.

Johee leyó las frases con atención y sonrió hasta que se le formaron arrugas alrededor de la boca.

—Cuento contigo, Jeongmin.

En el horno, la arcilla se estaba convirtiendo en plato. Y ni uno solo de los presentes dudaba de que fuera el fin de semana.

ESA PERSONA A LA QUE NO PUEDES EVITAR

Jeongmin acudió al taller repleto de visitantes una noche entre semana para ver su plato horneado. Se había organizado un programa de experimentación con cerámica para personas con discapacidad. A Johee le encantaba que en el taller hubiera tanta gente. Era alguien que había nacido con una habilidad natural para encajar, relacionarse y socializar, era todo un modelo a seguir para los visitantes. Johee le pidió que esperara a que acabara la clase, y Jeongmin aguardó nerviosa en una esquina. Su asiento de siempre había desaparecido, y en su sitio había un hombre de mediana edad en una silla de ruedas.

Cuando la clase aún estaba en pleno apogeo, de repente apareció por la puerta Jihye, la salvadora de Jeongmin, acompañada de un hombre. El alegre saludo del hombre pareció transformar el ambiente del taller.

—¡Parece que os lo estáis pasando en grande! Acabo de salir del trabajo y he pensado en pasarme a saludar.

Jihye sacudió su mano con alegría y se acercó.

—Veo que has venido a recoger tu plato tú también, ¿eh, *unnie*?

—Sí, pero no sabía que hoy había clase grupal.

—Es un programa que llevamos haciendo desde hace mucho tiempo, con la ayuda de varias organizaciones sociales locales y centros de educación para adultos. Los martes a partir de las seis y los sábados bien entrada la tarde son las horas más ruidosas en nuestro taller. El motivo principal es la cantidad de alumnos, pero en especial es este: Hyoseok. Cuando solo habla él, es como si hablaran diez personas a la vez.

Jihye rápidamente le tapó los ojos a Jeongmin, antes de que pudiese ver al hombre que charlaba frenéticamente en la misma mesa en la que ella solía sentarse. Pero entonces el hombre se volvió hacia ellas como si Jeongmin le hubiese llamado la atención.

—Eres la nueva, ¿verdad? Me llamo Lee Hyoseok y soy asistente social. También soy el encargado de esta clase. Siempre paso por aquí después del trabajo porque me interesa ver qué ambiente hay, y también saco las fotografías de la clase para añadirlas a los informes.

Al ver que Hyoseok decía «Jihye me ha hablado mucho de ti», Jihye sacudió la cabeza con una mirada que parecía decir: «Ya estamos otra vez con lo mismo». Jihye e Hyoseok eran amigos de la infancia y habían ido al mismo instituto. Su relación parecía funcionar de la siguiente manera: él se iba de la lengua y ella lo reñía. Hyoseok trajo una silla plegable de la habitación de atrás, le dijo a Jeongmin que se sentara, y después se sentó a su lado.

—*Nuna**, ¡espero conocerte mucho mejor a partir de ahora!

¿Cómo podía ser que ya la llamara *nuna* si era la primera vez que se veían? Jeongmin no sabía muy bien cómo responder, pero Jihye se sentó entre los dos.

—Este tipo... Jeongmin, ignóralo.

Gracias a que Jihye se sentó en medio e hizo caso omiso de las palabras de Hyoseok, Jeongmin pudo esperar en silencio hasta que finalizara la clase.

---

* El término *nuna* es similar a *oppa*, pero es usado por los hombres para referirse a mujeres mayores.

Cuando terminó la clase, los familiares y amigos de los asistentes fueron llegando uno a uno. En las mesas ante las que previamente habían estado sentados los alumnos, solo quedaban utensilios esparcidos. Un estudiante discapacitado, un viejecito con alguna lesión cerebral o personas cuya edad era muy difícil de adivinar y a las que les faltaban dedos, brazos o piernas. Todas las obras de los alumnos parecían tener un espíritu libre, respirar en libertad. Había algunas llenas de agujeros y otras que directamente estaban hechas pedazos. Johee les dijo que no intentaran añadir arcilla ni arreglar esas partes y que las dejaran tal y como estaban. Jeongmin pasó un buen rato observando una pieza llena de agujeros que se asemejaba a una colmena. ¿Esa pieza representa la manera en que la su autor ve el mundo? ¿O más bien representa cómo el mundo ve al autor?

—Perdone, esa pieza aún no está acabada...

En el rostro del hombre en silla de ruedas se dibujó una expresión incómoda. Parecía haber vuelto después de despedirse de los otros alumnos, así como de los amigos y familiares que los acompañaban.

—Ay, lo siento. Aquí tiene.

Jeongmin sonrió con torpeza y volvió a colocar la cerámica en su sitio. Ese hombre le resultaba familiar. Ladeó la cabeza, ¿dónde lo había visto antes?

Las cerámicas que salían del horno estaban frías, como si nunca hubieran alcanzado una temperatura de 1250 grados. Entre ellas, había una pieza particularmente tosca y fea. Después de todo, por mucho esfuerzo que emplee una persona desordenada en algo, seguramente creará algo igual de desordenado. Si esto es así, la pieza de cerámica era seguramente una representación de cómo Jeongmin veía el mundo.

—Independientemente de su diseño o de su aspecto, la primera pieza es excelente si consigue salir del horno sin grietas o muchos defectos.

—Pues menos mal. —Las palabras tranquilizadoras de Johee hicieron que la decepción de Jeongmin desapareciera, como el algodón de azúcar en el agua.

—La mayoría de las personas tienen miedo porque piensan que la cerámica es como el vidrio, pero en realidad es algo que se puede meter en el microondas o en el horno. Dicho esto, no uses tu plato solo para los acompañamientos de tus comidas, úsalo también para cocinar. Estás demasiado delgada, así que tienes que empezar a comer más. —Johee le hablaba como si estuviera intentando persuadir a su hija.

—Pero si lo meto en el horno, ¿no se romperá?

—Yo uso muchas piezas de cerámica como bandejas para hacer lasaña. Los domingos normalmente también hago pasteles. Piensa que son piezas que han soportado 1250 grados. Aguantará, créeme.

—De camino a casa voy a hacer la compra. De repente tengo ganas de comer mejor.

—¿A que sí? Lo supe desde el momento en que te vi, que específicamente tú necesitabas la cerámica en tu vida. —Johee parecía estar orgullosa.

Jeongmin envolvió su pieza de cerámica en papel de periódico después de lijar la base. Sentía una agradable emoción al realizar esa clase de gestos. Todo el esfuerzo y el tiempo de las últimas dos semanas no habían desaparecido, estaban unidos a ese plato.

Una mujer vestida con una blusa, pantalón negro y con el pelo corto abrió la puerta.

—Lo siento. He vuelto a llegar tarde, ¿verdad?

Esa voz familiar hizo desaparecer en un instante la emoción de Jeongmin por sostener su primera pieza de cerámica. No solo le resultaba familiar su voz. Esa chica, que siempre había sido un palmo más pequeña que Jeongmin, tenía la misma cara, voz y complexión que hacía diez años. Lo único que había cambiado era que se había cortado el pelo.

Hyoseok, que estaba limpiando la mesa, levantó la vista y la saludó alegremente.

—¡Juran! ¿Has salido tarde del trabajo? Tu padre aún no ha acabado.

Juran corrió hacia el hombre en silla de ruedas y se sentó a la altura de sus ojos.

—Papá, ¿qué has hecho hoy?

La ausencia de su pierna se dejaba ver por un lado del pantalón, que parecía estar vacío desde la pantorrilla de la pierna izquierda. ¿Por qué no había podido reconocer al padre de Juran, Gyuwon? Jeongmin sintió cómo su corazón se hundía al ver la escena afectuosa entre padre e hija. ¿Cuál es la probabilidad de encontrarse con las personas que menos quieres ver sin ninguna razón aparente y de la forma más inesperada posible, en un barrio pequeño de Ilsan? Era como si, al caminar por la calle, le hubiera caído una maceta en la cabeza.

Juran levantó la mirada y vio a Jeongmin. A diferencia de esta, que evitaba su mirada, Juran parecía no avergonzarse; se acercó con una gran sonrisa y le agarró la mano.

—¡Jeongmin! Cuánto tiempo. ¿También vienes a clases aquí? ¿O trabajas con Hyoseok? Mi padre viene todas las semanas.

Juran e Hyoseok habían ido a la misma universidad. Hyoseok había oído hablar sobre la situación de su padre y le recomendó las clases de cerámica para personas con discapacidad. Juran hablaba sin que nadie le preguntara. Se comportaba como si no hubiera pasado nada, como si se pudiera volver atrás. *¿No me odia? ¿O simplemente no es sincera?* Jeongmin pensó que, a menos que Juran estuviese actuando de maravilla y quisiese que se sintiese culpable, no había forma de que se alegrara tanto de verla. Jeongmin todavía recordaba con claridad la camiseta llena de sangre.

Jeongmin y Juran fueron a la misma escuela primaria, pero al principio se ignoraban mutuamente. Solo eran compañeras de clase que apenas reconocían la existencia de la otra. A los estudiantes se los clasificaba con números, por orden de estatura, y Juran siempre estaba al principio de la lista, mientras que Jeongmin se mantenía al final. Las dos olvidaron la existencia de la otra cuando Jeongmin entró a una escuela secundaria para mujeres cerca del barrio, y Juran fue a estudiar a una escuela de educación mixta en la ciudad; sus caminos volvieron a encontrarse cuando Jeongmin entró a la escuela mixta en bachillerato. Juran seguía siendo bajita, pero de alguna forma parecía más madura. Tal vez fuera porque durante la adolescencia había tenido varios novios. La razón por la que Juran y Jeongmin se hicieron amigas también fue por los chicos. Juran, que siempre andaba con cinco o seis chicos, se acercó a Jeongmin, que siempre iba sola, y empezó a hablar con ella.

—Dongjin dice que le gustas.

—¿Y?

—¿Cómo que «y»? ¿Quieres salir con él o no?

—No me interesa.

—¿Sabes que todo el mundo dice que eres una ermitaña? Como si fueses una especie en extinción. Nunca has tenido novio, ¿verdad? Tu vida debe de ser de lo más aburrida.

Juran, lejos de ignorar a esa Jeongmin, le pareció más interesante. Le dijo que la ayudaría a salir de la cueva oscura en la que se había resguardado. Al principio a Jeongmin no le gustaba Juran, pensaba que hablaba pretenciosamente, como si fuera su salvadora. Sin embargo, el padre de Jeongmin era taxista, el de Juran era repartidor, y las dos eran hijas únicas; gracias a esos dos puntos en común, se hicieron amigas con gran rapidez. Se podían pasar toda la noche hablando y, aun así, siempre tenían más cosas que compartir.

Sin embargo, una noche en que caía una fuerte nevada, sus innumerables conversaciones se desvanecieron en el aire como el vaho. Hubo un accidente de tráfico en el que no había duda de quién era la víctima y quién el culpable. Cuando Jeongmin, que no sabía qué había pasado, fue a la comisaría con su madre, se encontró a Juran temblando y sollozando. Un taxista que circulaba ebrio había chocado contra un repartidor. Jeongmin no era capaz de preguntar nada, ni de decir nada. Solo por la forma en que Juran miraba a su padre lo supo.

El padre de Jeongmin siempre había sido así. Una persona que, si bebía, pegaba a Jeongmin y a su madre. Entonces, en un abrir y cerrar de ojos, los golpes cesaban y él se quedaba dormido como un muerto. Unas horas después, se levantaba y empezaba a beber de nuevo. A su padre le preocupaba mucho lo que los demás pensaran de él, así que dirigía toda su ira hacia su familia. Pero esa vez había herido a otra persona. Jeongmin quería creer que había sido un error, pero no había duda de que había sido un accidente intencionado.

Si Jeongmin hubiera sabido lo que iba a pasar, habría detenido a Juran cuando empezó a frecuentar el restaurante jokbal de su madre, Yoonjae. Los fines de semana Juran iba con su padre a cenar. Después de eso, hubo varias ocasiones en las que el hombre venía solo a altas horas de la noche para cenar después de salir del trabajo. Cuando insistía en recoger la mesa y la madre de Jeongmin lo detenía, se rozaban ligeramente. Pero eran simples conocidos que hablaban de lo que tenían en común: sus hijas. Sin embargo, a ojos del padre de Jeongmin, que siempre había sido muy celoso, entre ellos habían comenzado a saltar chispas. Al final, se emborrachó y pisó el acelerador a fondo para estamparse contra la furgoneta de reparto.

Jeongmin se aferró a la parte inferior de la camiseta de su padre, cubierta de sangre, y gritó, pero él simplemente la apartó. La luz de sus ojos era nítida, clara. Había bebido, pero era completamente consciente de lo que hacía. No fue un accidente causado por el alcohol, fue algo planeado. Jeongmin pensó que si existía el diablo, tendría esa cara.

Por suerte Juran no salió herida, pero su padre perdió la pierna izquierda. También su trabajo. Después del accidente, la relación entre Jeongmin y Juran se hizo añicos como el vidrio. Jeongmin se sintió culpable, por la sencilla razón de que era su padre quien había causado aquello. En la escuela, los niños cuchicheaban cuando veían a Jeongmin. «Hija de un borracho», «hija de un asesino». Los compañeros hablaban de ella, cambiando la historia como quisieran. Cuando la violencia en casa terminaba, la violencia psicológica del colegio empezaba. Jeongmin volvió a estar en la misma situación que antes de conocer a Juran y pasó el resto de su vida escolar como una marginada. Esta vez, sin embargo, no había sido ella quien había elegido retornar a la cueva.

Juran empujó la silla de ruedas y se puso al lado de Jeongmin.

—Supongo que ya habías visto a mi padre. Tú también me tendrías que haber dicho que te habías encontrado con Jeongmin, papá. Si lo hubiera sabido antes habría venido más contenta.

¿Contenta? ¿Volver a vernos es razón para estar contenta? Jeongmin le lanzó una mirada reacia.

—Jeongmin y yo no nos hemos reconocido. Ya eres adulta, has crecido mucho.

Gyuwon tampoco parecía tener muchas ganas de verla, pero la saludó afectuosamente. De la boca de Jeongmin, como era de esperar, no salió ni una palabra. *Si no hubiera nevado esa noche, si mi padre no hubiera bebido, si no nos hubiéramos encontrado en la comisaría, ¿nuestra relación sería diferente? No, desde un principio tú y yo no podíamos ser amigas.* Ahora que Jeongmin estaba cara a cara con Juran una vez más, sabía la respuesta.

Hyoseok, quien rápidamente se fijó en la expresión de Jeongmin, se interpuso entre ellas.

—¿Os conocéis? Vaya, esto es el destino. Debe estar cansado de trabajar todo el día, señor Gyuwon. Tú también, Juran. Has venido directamente después del trabajo, ¿verdad? —dijo Hyoseok en voz alta mientras se arremangaba la camisa—. Bueno, bueno. Es hora de cerrar el taller, así que Jihye y yo ayudaremos a limpiar un poco. Venga, ¡manos a la obra!

Juran salió del taller e hizo una mueca para mantener la boca cerrada. *Jeongmin, no has cambiado nada: sigues escondiéndote en la cueva para evitarme.*

Jihye e Hyoseok le propusieron a Jeongmin ir a un gran supermercado en la ciudad. Como Hyoseok tenía coche, dijo que ayudaría a llevar la compra a casa. Jeongmin envolvió con cuidado su plato de cerámica en una bolsa y salió del taller. Jihye dejó libre el asiento del copiloto y se sentó detrás, con Jeongmin.

—¿Y yo qué soy? ¿Un taxista? —Hyoseok frunció los labios.

—¡Arranca, taxista! —replicó Jihye tranquilamente.

Jeongmin iba tragando saliva; ir de compras con una persona que apenas conocía y otra que acababa de conocer le resultaba un tanto extraño. Lo más incómodo no eran esos dos desconocidos, sino ella misma y lo tensa que se sentía en esa situación.

Jihye parecía haber percibido el cambio de humor en el taller, y no dejó de hablar en todo el trayecto. La mayoría de sus palabras tenían que ver con dramas populares o programas de entretenimiento. Jeongmin, que no tenía televisión en casa y por lo tanto no sabía muy bien de qué estaba hablando, no le prestó mucha atención. Se limitaba a sonreír cuando Jihye le rozaba el brazo y se reía. Con su amabilidad, Jihye lograba relajar a las personas a su alrededor, y esto parecía deberse no solo a que era mucho más joven que Jeongmin. A Jeongmin le gustaba la sensación de verse inevitablemente atraída hacia ella, incluso quería reírse de sus chistes sin sentido. Gracias a Jihye, el dolor que había sentido al volver a ver a Juran se fue disipando poco a poco.

Jihye no se cortó ni un pelo con la comida, y no solo porque viviera con su familia y necesitara comprar más. Añadía al carrito grandes cantidades de bagels para los desayunos, fideos picantes y carne de cerdo para hacer estofados sin parar. Por otro lado, Jeongmin eligió un carrito mucho más pequeño, pero ni siquiera consiguió llenar la mitad. Aun así, le gustó pensar en qué podría cocinar para ponerlo sobre su plato.

—¿Qué vas a cenar? —preguntó Jihye mientras miraba atentamente el carrito de Jeongmin.

—Aún no lo sé. No cocino a menudo, así que no sé qué comprar. En realidad, no se me da muy bien cocinar.

—En ese plato... ¿Qué te parece un curri? Arroz con curri cubierto de atún, zanahorias, patatas y brócoli. Se me hace la boca agua con solo pensarlo.

—Curri... Me parece bien.

Jeongmin agarró un paquete de curri instantáneo que solía comprar, pero Jihye la detuvo de inmediato. Nunca la había visto moverse tan rápido.

—Jeongmin, tienes que comprar curri en pastillas.

—Qué más da que sea en polvo o en pastillas, ¿no es lo mismo? Los dos son instantáneos.

—Es diferente, muy diferente. El curri en pastillas lo tienes que hervir, así que tiene más sabor. ¿Nunca lo has probado?

—No, el curri instantáneo en polvo es lo más fácil de preparar. Parece que te interesa mucho la cocina, Jihye.

—No es que me interese la cocina, simplemente me gusta comer. Normalmente bebo mucho alcohol por estrés, pero tengo que acompañarlo con algo. Poco a poco fui escogiendo los platos para poner la comida y comencé a prepararla yo misma. Así fue como fui desarrollando el gusto por alimentarme bien. Me percaté de que esforzarme en preparar una buena comida y alimentar mi cuerpo es la mejor manera de cuidar de mí misma. Cuando comes, tu cuerpo se llena de calidez y la sangre corre mejor por tus venas —dijo Jihye mientras colocaba el curri en pastillas en el carrito de Jeongmin—. Intenta prepararte un buen curri y comer bien.

Jeongmin dijo que prometía intentarlo. Jeongmin e Hyoseok se quedaron detrás de Jihye, que estaba muy ocupada comprando.

—¿De qué conoces a Juran? —preguntó Hyoseok.

—Hmm... de lo mismo que os conocéis Jihye y tú, somos viejas amigas.

Hyoseok no era idiota, ella lo sabía. La expresión de Jeongmin cuando vio a Juran aquel día en el taller no era la de alguien que se alegra de reencontrarse con un viejo amigo.

—Hyoseok, Jeongmin, allí hay menos cola. ¡Esperad allí!

Jihye, que había regresado con el carrito lleno de cosas, agarró a Jeongmin con el brazo izquierdo y a Hyoseok con el derecho. Las manos gruesas de Jihye eran tan cálidas como aparentaban.

Jeongmin había dicho que compraría muchas cosas, pero se sintió algo culpable por llevar solo una bolsa y haber hecho venir a Hyoseok. Pero, por alguna razón, quería evitar estar sola ese día; además estaba segura de que si decía que no era necesario que la acompañaran, Juran la hubiera obligado a subir al coche. Hyoseok y Jihye vivían en el mismo complejo de apartamentos. Para dejar a Jeongmin en su casa, Hyoseok condujo hasta Bamgashi. Jeongmin se bajó del coche mientras le daba las gracias a Hyoseok por haberla acompañado. Jihye agitó su mano a través de la ventana, y le prometió cocinarle algún día. El coche arrancó y desapareció.

Pastillas de curri, latas de atún, patatas, zanahoria, cebolla, brócoli… El curri era sencillo de hacer y se podía preparar en una sola olla. Aunque el arroz era instantáneo, Jeongmin pudo organizar una comida adecuada a pesar de ser algo sencilla. El sabor del curri en pastillas era distinto al del que Jeongmin conocía. A diferencia del curri en polvo, que tendía a coagularse en el agua, el que venía en pastillas se disolvía lentamente, haciendo que el sabor fuera más intenso. Se podía incluso apreciar el regusto del aceite. Gracias a eso, el nudo de palabras del tamaño de una nuez que había tenido atascado en la garganta durante todo el día pareció deslizarse suavemente hacia el estómago. Al masticar las patatas y las zanahorias cortadas en trozos grandes percibió un sabor dulce. A medida que comía, su apetito se abría más y más. Entendió por qué Jihye le había recomendado hacerse un curri.

Jeongmin compró melocotones porque Jihye había insistido en que también comiera fruta de temporada. Compró una caja con los últimos melocotones de ese verano, sintiéndose engañada por el empleado, que los presentaba como los más dulces. Como no tenía otro plato para poner los melocotones, lavó el que había usado para el curri. Un plato con un diseño torpe, un melocotón cortado torpemente; quedaban bien juntos.

Se sentó en su silla de madera favorita junto a la ventana arqueada. Abrió ligeramente la ventana y se llevó un trozo a la boca. Estaba dulce. Tan dulce que le hacía cosquillas en la lengua. ¿Cómo podía un plato cambiar tanto a una persona? Jeongmin no encontraba una explicación para su metamorfosis de ese verano. Paladeó la palabra «cambio» y lo aceptó tal y como era. Bajo las luces de neón que se difuminaban más allá de la ventana, observó a los transeúntes en la calle, saboreó la comida y se llenó el estómago. Cuidarse a sí misma no era tan difícil. Comer bien era el primer paso.

Jeongmin siempre había pensado que la música era solo ruido, pero ese día, por primera vez en mucho tiempo, reprodujo música nostálgica pop a través de los altavoces. No sabía si era la misma música que había sonado en su primer día de clase, pero la invadió una sensación de que algo dentro de sí se despertaba. No era necesario que ocurriese algo grande que hiciese saltar sus emociones por los aires o estrellarse contra el suelo. Incluso una pequeña sacudida podía alegrarla o entristecerla. Entonces, ¿de qué estaba más cerca en ese momento? Quería creer que estaba más cerca de la alegría, pero seguía sin poder olvidar la sonrisa de Juran ni tampoco la pierna izquierda del pantalón de su padre, vacía. Jeongmin se abrazó las rodillas, agachó la cabeza y cerró los ojos lentamente. Aquellas situaciones abrumadoras se le venían encima demasiado rápido.

Le quedaba poco más de un año en esa casa. Antes de mudarse, había pensado que debería sentarse más a menudo frente a la ventana. El otoño parecía estar a solo dos pasos. Jeongmin pudo recuperar el tiempo perdido horneando cerámica en el taller, y también las estaciones, al ver cómo la vestimenta de los asistentes iba cambiando. Esa velocidad era la más adecuada para Jeongmin, quien finalmente había conseguido recuperar el tiempo y las estaciones. Exactamente esa velocidad.

UNA TEMPORADA DE LLUVIAS TARDÍA Y EL GATO

En la cocina de Jeongmin ahora había tres platos. Se estaba formando una grieta en la parte de atrás de uno de ellos. También hubo dos platos que tuvo que tirar porque se rompieron al salir del horno. El hecho de que el primero no se rompiera fue simplemente la suerte de principiante. A Jeongmin le gustaba ser principiante. Día tras día, sentía que su sensibilidad al trabajar con la arcilla aumentaba, como si estuviera acercándose más a ella. Un experto es incapaz de experimentar ese tipo de frescura y novedad.

Lejos de esa sensación cálida y esponjosa, fuera se estaba desatando la temporada de lluvias y tifones de septiembre. El paraguas era inútil. En el poco tiempo que transcurrió desde que Jeongmin se puso las botas de agua y se dirigió al taller, la lluvia le empapó la camisa. Sonrió al ver las camisetas mojadas de Kishik, Jihye e incluso Jun, que había venido al taller huyendo de los sermones de sus padres. La primera sonrisa del día es importante; determina cómo serán las otras decenas de sonrisas de la jornada.

El taller del fin de semana se despertó con el sonido del torno de alfarero de Jun, y Jeongmin, que todavía no lo podía usar, volvió a prestar atención a las clases personales de Johee. Ese día intentaría diseñar su propia pieza de cerámica. Hasta ese momento solo había imitado los platos expuestos en el taller o había intentado hacer otros con diseños básicos para practicar. Ahora tocaba pasar al siguiente nivel. Hacía dos días que Johee le había recomendado la app Pinterest para que buscara diseños que le gustaran, y Jeongmin había guardado algunas imágenes.

—Esto es demasiado difícil. Siguiente.

»Esto se debe hacer con el torno de alfarero. Las técnicas de enrollado o de placas no son suficientes.

»Esto no es nada práctico. Parece una escultura moderna que podría exhibirse en un museo de arte contemporáneo. Como no somos artistas modernos, mejor hacer algo más sencillo.

Johee decía una y otra vez que no. *Lo sabía*. Jeongmin no lo dijo en voz alta, pero estaba frustrada. Finalmente optó por una foto de una tetera sencilla. Pero incluso eso era demasiado difícil para su nivel, así que la modificó un poco. Johee le dijo que sacara el diseño, cosa que Jeongmin no entendió.

—¿Que saque el diseño?

—Lo entenderás cuando lo hagas.

Aunque quería tocar la arcilla, todo lo que recibió Jeongmin fue un lápiz y un papel. Johee le dio una palmada en el hombro, diciéndole que si lo diseñaba ella, sentiría aún más aprecio por la pieza. Luego sonrió y se alejó. Jeongmin se sentía frustrada; se quedó mirando a través de la ventana. Había una taza de café humeante frente a todas las personas que usaban el torno de alfarero. Apenas una semana antes todos tomaban café con hielo, pero de repente sus gustos cambiaron a bebidas calientes. La drástica bajada de temperaturas y la lluvia incesante de esa semana fueron las responsables. Solo de la taza de Jun, que no bebía café, colgaba una bolsita de té de menta.

Ese día Jun no usaba sus AirPods, seguramente porque quería escuchar el sonido de la lluvia. ¿Cómo luciría su pieza de cerámica? Jeongmin no pudo evitar sorprenderse cuando dirigió su mirada al estante con el nombre de Jun en su etiqueta. Había muchas teteras lujosas que podrían venderse de inmediato y, además, eran mucho más grandes que las piezas de los demás. Había un hangari* ancho que llegaba hasta las rodillas. Jun tenía el aura de un genio que se había infiltrado en el taller, escondiendo su talento tras su silencio.

—Jun, ¿puedes echarle un vistazo a mi boceto? Es la primera vez que diseño algo… —le preguntó Jeongmin a Jun con los ojos brillantes, mientras regresaba a la mesa sosteniendo su cuaderno de bocetos.

—Vale.

Sus bocetos parecían los de un profesional. ¿A eso se lo llamaba «boceto»? Sus padres eran ceramistas profesionales, así que debió heredar su talento. Sintió que los detalles y el poder de expresión de esos bocetos respetaban todas las reglas.

—¿Cómo puedes dibujar así? Es impresionante…

—Simplemente lo dibujo y ya.

—Pero son sorprendentes. Mira los míos, son sosos.

—Pero tus piezas son mejores. Yo solo las hago porque mis padres me obligan. Para mí son todas aburridas.

—Pero si sigues haciendo lo que se te da bien, naturalmente te acabarás interesando por ello, ¿no crees?

Jeongmin recordó sus veinte años, cuando tenía algo que quería hacer pero estaba frustrada por su talento. Muy poca gente tiene la suerte de dedicarse a lo que le gusta de verdad y que además se le da bien. La mayoría envidian esa posibilidad, y no les queda otra que apostar. ¿No sería más sencillo conseguir que nos gustase lo que hacemos bien en lugar de tratar de que nos gustase lo que hacemos mal? Entonces, si realmente nos gustase aquello en lo que somos buenos, ¿no seríamos más felices?

* Tarro de cerámica tradicional coreana.

—Que lo haga bien no significa que me vaya a gustar. —Aunque Jun habló cínicamente, escudriñó el boceto de Jeongmin.

Lo dibujó exactamente como la tetera de la foto, pero aun así era insuficiente. Al hacer cerámica, hay que crear dos formas gemelas para evitar que se rompa en el proceso de bizcochado o en el horno, pero Jeongmin solo estableció de modo aproximado las alturas de 20 y 18 cm respectivamente.

—Lo tienes que bajar un poco, que sea más o menos de 17 y de 15 cm. Tal y como está ahora, las proporciones no son correctas. ¿Y no crees que la boca es demasiado estrecha? Intenta ampliarla un centímetro. Además, si solo valoras cómo hacer el mango y no piensas en la forma, ni siquiera vas a poder meter dos dedos. La estética es secundaria, debes pensar en la sensación que vas a tener cuando sostengas la tetera. Además, la tetera es ancha pero el mango es delgado, lo que la hace parecer inestable y, de hecho, puede romperse fácilmente.

Jun hizo correcciones marcando las modificaciones en centímetros aquí y allá con un lápiz. En resumen, lo cambió todo. *Así que esto era sacar un diseño: no pensar solo en la estética y centrarme en la practicidad sin renunciar a la belleza. ¿Es a esto a lo que llaman «sentido artístico innato»?* Jeongmin quedó asombrada.

En ese momento Johee, que había estado supervisando el diseño de Kishik, se acercó a la mesa.

—¡Te dije que intentaras hacer el diseño tú misma! Preguntarle a Jun es hacer trampa —dijo Johee.

Jeongmin esbozó una sonrisa amable.

—¿No me lo puedes perdonar esta vez? Solo estaba intentando inspirarme con los bocetos de Jun.

Jun se encogió de hombros y volvió a trabajar con el torno de alfarero. Johee halagó la tetera de Jeongmin diciendo que era genial, y comentó que la perdonaba solo por esa vez. Ahora tocaba preparar el cubo de agua, la esponja y la arcilla.

Como la arcilla que estaba usando Kishik era la última que quedaba, Jeongmin fue al almacén a buscar la que había llegado justo la noche anterior.

Miau, miau. Se oyó el maullido de un gato. Los ojos de Jeongmin se encontraron con los ojos verdes de un animalito con manchas negras. Las patas de delante llevaban puestos calcetines oscuros, y las de detrás, calcetines blancos. Su pelaje estaba limpio y, a juzgar por su brillo, debía estar comiendo bien por el barrio. En Bamgashi había un grupo de vagabundos: los gatos arrogantes. Las tiendas de los primeros pisos normalmente estaban vacías, y en cada complejo había un parking subterráneo, así que era un lugar óptimo para los gatos callejeros. Además, en las tardes soleadas las personas mayores se reunían en grupos en un parque del centro y les daban comida. Seguramente se había esparcido el rumor entre los gatos de la generosidad de Bamgashi. Tal vez ese en particular, al oír el rumor, había decidido mudarse a Bamgashi y venir al taller. El gato de manchas negras siguió maullando mientras miraba a Jeongmin, pero no se acercó ni huyó. Jeongmin retrocedía y se acercaba continuamente.

Cuando se acercó más a él pudo ver una pequeña placa con su nombre colgando de su cuello: «Hoya». Si era un gato doméstico, tal vez se había perdido. Mientras Jeongmin le acariciaba la cabeza, Hoya maulló y le mordió el dorso de la mano.

—A Hoya no le gusta que lo traten de manera tan amigable así de rápido. —Escuchó que alguien la regañaba.

Había una niña acariciando la espalda de Hoya, quien probablemente debía de estar más sorprendida que Jeongmin. Tenía los ojos grandes, la piel bronceada y una silueta alta; era una niña singular. Alzó a Hoya, lo sostuvo entre sus brazos y rápidamente entró al taller. Jeongmin notó cómo se sonrojaba; se quedó aturdida, pero recuperó el sentido al poco tiempo y se levantó para seguir a la niña. Hoya era un gato callejero al que daban de comer en el taller. Habían intentado adoptarlo, pero había muchos estantes con cerámicas expuestas, y si el gato empezaba a ver ese lugar como su terreno de juego y corría de aquí para allá podría romper algunas. También era peligroso para él. Johee dedujo que ese espacio no era adecuado para un gato; pero también confesó que le habría encantado adoptarlo.

Le contó que la primera que trajo a Hoya al taller fue Yeri, una amiga de Hansol; Yeri refunfuñó diciendo que no eran amigos. Al igual que Hoya era medio gato callejero medio gato doméstico, Yeri era miembro del taller solo a medias. Se pasaba con Hoya cuando tenía ganas, y hacía alguna pieza o simplemente jugaba con la arcilla. Yeri normalmente venía los fines de semana. Decía que no le gustaba asistir entre semana porque estaba lleno de niños como Hansol, maleducados, ruidosos y estúpidos y que no sabían hacer otra cosa que mirarse al espejo. Jeongmin pensó que Yeri estaba intentando aparentar ser madura. Por lo general, a Jeongmin le gustaban los niños, pero no le agradaban los que pretendían ser adultos.

Por suerte Hoya no era un gato al que le gustase morder. Solo la había mordido intentando decirle que no se acercara más porque tenía miedo. Aun así, Hoya y Jeongmin parecían estar un poco incómodos el uno con el otro. Además, Yeri tomó asiento frente a Jeongmin, y a juzgar por las miradas de soslayo que le lanzaba mientras moldeaba su bola de arcilla, a Yeri tampoco le había caído muy bien.

Hoya, que no era consciente del nerviosismo de Johee por su presencia, recorría el taller y lo analizaba todo con sus ojos curiosos. Cada vez que Hoya intentaba subirse a algún estante, era Johee, no Yeri, la que corría hacia él y lo detenía gritando: «¡No!».

—Johee, Hoya no tiene a dónde ir por la lluvia. ¿No puede quedarse aquí? —preguntó Yeri dibujando una expresión similar a la del Gato con Botas.

—A mí también me gustaría que se quedara… pero por la noche puede romper algo y hacerse daño. Es muy peligroso. Además, a muchos miembros del taller les gustan los gatos, pero hay algunos que les tienen miedo. También hay personas como Kishik que tienen alergia.

Kishik llevaba un buen rato rascándose el brazo, y Johee lo señaló con la mirada. Yeri parecía tener muy mal genio. Todo el mundo sabía cuánto quería a Hoya, pero no había otra solución. Jeongmin sintió el impulso de consolarla.

—¿No tendrá familia o hermanos? Creo que en temporada de lluvias los gatos se agrupan entre ellos en los parkings.

—No tiene padres. Los atropellaron. Además, como es pequeño y débil sus hermanos también lo abandonaron. No creo que sobreviva si va a sitios con muchos gatos, como un parking. Si no sabes del tema, ¿por qué hablas…?

Yeri abandonó la expresión de lástima y contestó con un tono punzante mientras se volvía hacia Jeongmin. Se rio con una repugnante risa nasal.

—¿Ah, sí…? No lo sabía, lo siento…

Jeongmin lo sentía de verdad y no sabía qué hacer. Era particularmente sensible a la palabra «atropello».

Fue a finales de bachillerato, mientras esperaba la respuesta de las universidades a las que había aplicado, cuando vio un pájaro que había sido atropellado. Había sido aplastado con tanta fuerza que se le habían salido los órganos y había trozos de carne esparcidos por todos lados; era como si ya hubiese empezado a pudrirse. Daba la impresión de que ese pájaro había muerto la noche anterior, atropellado en aquella fría carretera. Entonces Jeongmin pensó: *Si puedo ver a tres animales atropellados, me aceptarán en la universidad que quiero.* Ella tampoco sabía por qué había pensado eso. Tal vez porque creía que presenciar una muerte violenta y poner una mueca asqueada ahuyentaba la mala suerte. Sorprendentemente, esa misma semana vio a otro pájaro marrón morir atropellado. En ese momento, se reafirmó la superstición de Jeongmin. Solo necesitaba ver a un animal más. Cuando quedaban tres días para que le diesen la noticia, Jeongmin por fin pudo ver a un gato gris que también parecía haber sido atropellado. Jeongmin lo conocía, era uno que siempre seguía a los vecinos del barrio. A diferencia de los otros dos animales, su cuerpo estaba más intacto. Por alguna razón era mucho más aterrador ver al gato acostado e incólume y sentir que podía cobrar vida de nuevo en cualquier momento que ver los intestinos al aire o los huesos aplastados.

Para su sorpresa, Jeongmin fue la primera estudiante aceptada en la universidad que quería. Hubiera preferido no haber entrado. Y mucho tiempo después descubrió la verdad. A ese gato no lo habían atropellado, sino que un borracho lo había matado a patadas. Jeongmin se sintió culpable durante mucho tiempo. Era como si hubiera deseado la muerte del gato. De hecho, incluso se habría preocupado de no haber podido ver un último tercer cuerpo.

Parecía haber heredado la sangre violenta y mala de su padre, que casi había matado a alguien. Así que se aferró aún más a la culpa. Debía comprobar que era diferente a su padre, un ser humano repugnante que ni siquiera se sentía culpable por haber estado a punto de causar una muerte. A partir de entonces, Jeongmin se inquietaba cada vez que veía a un gato callejero. Se prometió a sí misma que nunca tendría uno. Había decidido que era una persona horrible capaz de matar a un gato con solo pensarlo.

A la hora de comer Jeongmin decidió que debía comprar algo para Yeri y Hoya. Lo decidió después de haber percibido que Yeri parecía estar herida al comentar que Hoya había sido abandonado. Tras esa expresión feroz y fría se apreciaba una espina que la hería. Una estudiante de primaria seguía siendo una estudiante de primaria. Era una expresión que intentaba ocultar algo tras varias capas, pero Jeongmin, que hacía más de treinta años que estaba en el mundo, lo podía ver sin ningún impedimento.

Fue a comprar con Kishik. Los dos usaban su propio paraguas y les dolía un poco el cuello al tener que hablar en una voz más fuerte de lo normal. Kishik se inclinaba hacia Jeongmin para intentar escucharla, porque su voz se perdía con el sonido de la lluvia. Cada vez que se inclinaba sus paraguas chocaban, y se podían ver gotas de lluvia caer a través del paraguas transparente de Jeongmin.

Kishik comentó que Yeri era un poco susceptible a veces. En cierta ocasión Kishik apartó a Hoya debido a su alergia, y Yeri se lo tomó bastante mal. Jeongmin se fijó en que se estaba rascando más el brazo, como si su alergia hubiera empeorado. De todos modos, él siguió hablando y le recomendó que para no perder la confianza de Yeri, debía hacer algo por Hoya. Jeongmin compró el pienso más caro, una lata de salmón y un zumo de fresa grande. Pensó que los dos debían de tener un fuerte vínculo.

—Vaya, ¿todo esto es para Yeri y Hoya?

—¿Tú quieres algo? Te invito —dijo rápidamente Jeongmin, que había estado esperando la oportunidad para pagarle el sándwich que le había comprado.

—¿En serio? Entonces me apetece un helado.

Fue una reacción tan rápida que Jeongmin sospechó que lo había estado pensando de antemano. Kishik agarró ligeramente el extremo del paraguas de Jeongmin y señaló una cafetería al final de la calle, llamada «Guromit». El rostro de Kishik se dejó ver a través del extremo del paraguas.

Su expresión se iluminó como si una escena en blanco y negro hubiera cobrado vida a todo color. Este tipo de personas siempre se toman la comida en serio.

—El helado que venden en esa cafetería es excelente. Los demás aún no la conocen, pero te la enseñaré a ti primero. Tomamos algo, y luego ya vamos para el taller.

—¿Ahora?

—¡Vamos! Es por aquí.

Kishik hizo un gesto para apresurar a Jeongmin, que estaba perpleja. Antes de que ella se diera cuenta, ya estaban entrando por la puerta.

—Hola, yogur helado de masa de galletas con pepitas de chocolate, por favor.

Kishik recitó el menú de una sola vez, sin respirar. El encargado parecía saber lo que iba a pedir antes de que lo hiciera. Por cómo hablaban entre ellos, Kishik debía ser un cliente habitual.

—El nombre es un poco largo, ¿no crees?

Jeongmin, que aún no entendía los nombres del menú, frunció el ceño.

—¡Es el mejor sabor de esta tienda! Confía en mí y pruébalo. Dicen que lo van a dejar de hacer, así que tenemos que aprovechar mientras podamos.

A pesar de su recomendación, Jeongmin pidió el sabor más básico: vainilla. Kishik se mostró decepcionado, pero sin importar lo que dijeran los demás, ella consideraba que el mejor sabor era vainilla.

—Dónde estará Wallace… —susurró Jeongmin mientras observaba el helado en forma de bola. Al ver el nombre de la cafetería, recordó los dibujos animados «Wallace y Gromit».

—Wallace, el inventor chalado, es el jefe. Siempre se inventa nuevos sabores únicos y originales —aclaró Kishik mientras extendía sus manos para recoger los helados. Sus palabras tenían algo de ritmo.

En el segundo piso había un espacio en donde sentarse y comer. Los dos se sentaron paralelamente y tomaron sus cucharas. Pero el sabor a vainilla estaba demasiado dulce. Si el de vainilla era tan dulce, no podía ni imaginar cómo sería el sabor a yogur con no sé qué. Kishik comía el helado con pepitas de chocolate a toda prisa, el yogur parecía estar incluido solo por cortesía. ¿Cómo podía comerse tan a gusto algo tan dulce? Parecía tan feliz que Jeongmin también se alegró.

—¿Por qué van a dejar de hacer ese sabor? Debe ser bastante popular entre gente con un paladar infantil, como tú.

—Hay muchos que se oponen a que el yogur y las pepitas de chocolate estén juntos, dicen que no pegan.

Jeongmin se echó a reír por la seriedad con la que lo dijo.

—Está todo muy bueno, pero la verdadera razón por la que me gusta esta cafetería es esto.

En la pared que Kishik señaló había un póster con un dibujo de lápidas alineadas. Cada lápida representaba un sabor diferente de helado. Debajo, se explicaba por qué los sabores habían muerto y se les dedicaba unas palabras de condolencia. También se enumeraba en detalle las fechas en las que nacieron y murieron.

—Entierran los sabores así para que los clientes no olviden el papel que tuvieron en este mundo.

—Es peculiar.

—Tienes suerte de que te guste la vainilla, es un sabor que nunca va a desaparecer. No necesitas preocuparte. Lo único que puedo hacer yo es esperar que el señor yogur y la señora pepitas de chocolate encuentren el amor juntos.

Jeongmin contraatacó a Kishik, hablando en tono dramático con la mano en el pecho:

—Pero la señora pepitas de chocolate está condenada a la pena de muerte.

—¡Qué mala eres! Eres muy fría…

Los dos rieron al mismo tiempo. ¿Qué pasaría con el agrio yogur y la dulce pepitas de chocolate? A Jeongmin le gustó esa cafetería acogedora que creaba tumbas incluso para los sabores menos populares.

El tema de conversación a la hora de la comida era, como había supuesto, las lluvias tardías y Hoya. Se pronosticaba que el tifón duraría al menos una semana. Durante ese tiempo, Hoya necesitaba un sitio donde quedarse. Johee tenías dos perros a los que llamaba «chuchos». Jihye vivía con sus padres, y su madre decía que los gatos eran animales insignificantes y que no solo los odiaba, sino que les tenía fobia. La mirada de Kishik dejaba ver su deseo de ayudar, pero les tenía alergia. A Jun no le gustó mucho Hoya desde el principio y fue el primero en desentenderse, diciendo que adjudicárselo a él no era buena idea ya que estaba ocupado preparándose para los exámenes de acceso a la universidad. Solo quedaba Jeongmin. Vivía sola, y dado que su casa estaba cerca, una vez terminada la temporada de lluvias Hoya podría regresar a Bamgashi sin ningún problema. Yeri no parecía estar muy conforme, pero Jeongmin era la tutora temporal perfecta para Hoya.

Durante sus treinta años de vida, nunca había tenido animales. Era una persona que no sabía cómo comunicarse con ellos. Además, se había prometido que nunca tendría un gato. Seguía estando extrañamente convencida de que no le caía bien a Hoya. Jeongmin agitó sus manos queriendo decir que no, pero los brillantes ojos verdes de Hoya ya la estaban mirando.

—Bueno… pero solo una semana.

Decidió creer en el Servicio Meteorológico Nacional, que decía que las lluvias se retirarían de la península la próxima semana, y accedió a quedarse con Hoya durante ese tiempo, ni más ni menos. A última hora de la tarde, después de terminar el trabajo, fueron todos juntos al mercado y compraron comida para una semana, un raspador y varios cojines y cajas que Hoya podía usar como cama. Se iba a quedar en casa de Jeongmin, pero todos se implicaron y asumieron la responsabilidad.

Hoya estaba acurrucado en los brazos de Yeri. Jeongmin quería volver a casa con los dos. La principal razón era que Hoya no permitía que Jeongmin lo tocara, pero también influyó la insistencia de Yeri en asegurarse de que su casa fuera un ambiente adecuado para el gato. Había pasado mucho tiempo desde que había habido visitas en casa de Jeongmin. Un novio anterior había visitado varias veces la casa donde vivía antes, pero rompieron en malos términos antes de mudarse a Bamgashi. Era una de las maldiciones de esa casa. Una maldición que alejaba a las personas que la rodeaban, una por una. Tampoco tenía muchos amigos. Como la tradición de hacer una fiesta para inaugurar una casa no le resultaba nada emocionante, y más bien algo incómoda, cuando se mudó ni siquiera invitó a sus antiguos compañeros de trabajo. No le importaba lo que pensaran los demás. Solo tenía claro su objetivo práctico de llevar una vida mínimamente humana. La casa carecía de las decoraciones habituales, pero estaba limpia. Más que limpia, el adjetivo «desolada» era más apropiado. Así que cuando Yeri dijo que quería visitar su casa, en lugar de preocuparse por la inquietud común de «¿y si no está limpia?» se preocupó más por si Yeri la regañaría diciendo algo como: «¿Esto es una casa donde vive un ser humano?».

—¿Vives sola?

—Sí.

—¿Eres rica?

—Bueno… no mucho.

—Mi casa es similar a esta pero vivimos cuatro personas. Así que si vives aquí sola, eres rica.

Era una casa habitual de dos habitaciones. La morada de una mujer soltera de unos treinta años que vive con los muebles y objetos mínimos. Viendo que no había muebles y argumentando que su casa era segura, Yeri le dio permiso a Jeongmin para que fuera la tutora temporal de Hoya. *Bueno, pues gracias.* Jeongmin ya se estaba acostumbrando a las interferencias de Yeri. La casa de Jeongmin aún le resultaba desconocida, y Hoya no quería salir de la caja. Yeri le dijo que no intentara sacarlo, que él mismo saldría cuando estuviera preparado. Tampoco tenía intención de hacerlo, pero se ahorró el tener que decir nada y simplemente asintió. Jeongmin observaba a Yeri desde lejos mientras ella inspeccionaba todos los rincones. Era alta y delgada, por lo que a primera vista parecía una estudiante de secundaria, o incluso de bachillerato con un poco de exageración; pero si se dirigía la mirada a sus grandes ojos y a su nariz redonda, no cabía duda de que era una niña.

—¿Puedo cenar aquí?

—No hay mucho para comer. ¿Quieres pedir algo?

Yeri miró a Jeongmin como si fuera irremediable, y abrió la nevera sin reservas. Había espinacas, tofu y eomuk a punto de caducar. Yeri preguntó si podía usar la cocina, pero antes de que pudiera contestarle ya estaba poniendo agua en una olla. ¿Qué tipo de plato puede cocinar una niña? Jeongmin intentó que no se notara, pero estaba preocupada, así que se sentó a la mesa y siguió los movimientos de las manos de Yeri. La niña lavó el arroz sin vacilar y presionó el botón de cocción rápida de la arrocera. Parecía familiarizada con los cortes al picar el tofu y trocear las verduras. Jeongmin era hija única y rara vez interactuaba con sus familiares. Quizá por eso nunca simpatizó con sus amigos cuando hablaban de la sensación de «tener un sobrino». ¿A eso se referían sus amigos cuando hablaban de la imprudencia de los sobrinos, de alguien joven y descuidado? Sin embargo, aunque Yeri era imprudente, no era hiperactiva.

Había pasado mucho tiempo desde la última vez que oyó el sonido del vapor saliendo de la arrocera. Normalmente la mesa se llenaba de recipientes de arroz instantáneo, pero ese día estaba vacía. Una estudiante de primaria le había preparado doenjangguk* de espinacas, arroz y salteado de eomuk. Afortunadamente Jeongmin tenía tres platos, así que tuvieron espacio para poner la comida, incluso el salteado de eomuk. Se le hacía la boca agua solo con ver el arroz humeante. Jeongmin se llevó a la boca una gran cucharada de arroz blanco.

—¡Está buenísimo! Hacía mucho tiempo que no comía arroz hecho en casa. —Jeongmin estaba tan emocionada que comenzó a armar un escándalo sin darse cuenta siquiera.

—¿Eres tan vaga que ni eres capaz de prepararte arroz? —le reprochó Yeri.

—Bueno, antes estaba muy ocupada por el trabajo... Y es un engorro tener que cocinarlo. ¿A ti te gusta cocinar?

—No es algo que me guste, simplemente es una cuestión de supervivencia. Nadie me hace la comida, así que me la preparo yo.

—Tus padres deben estar muy ocupados.

—Se podría decir que sí. Aunque mi padre no tiene trabajo y nunca está en casa.

Jeongmin bajó la cuchara y clavó su mirada en Yeri. En estas situaciones nunca sabía qué decir. Intentó elegir palabras que la pudieran consolar, pero optó por no decir nada. Pensó que el hecho de consolar a alguien cuando el propio cuerpo está frío es como añadir una corriente de aire gélido al cuerpo de la otra persona. Consideró que un consuelo insuficiente era inútil. Sin embargo, lamentó no haber podido consolarla de otra forma.

Incluso después de cenar, Yeri no se fue a casa. Jugó con Hoya con un juguete que tenía un pez en la punta de un palo y lo sacudió por toda la casa. El sol ya se había puesto, pero el teléfono de Yeri no sonó. Jeongmin peló tranquilamente el último melocotón. Después de sacar las partes

* Sopa de pasta de soja fermentada.

demasiado maduras, no quedaban muchos trozos. Añadió una capa de chocolate derretido a un helado de vainilla, lo puso en dos platos, y se sentó al lado de Yeri. Hoya se quedó dormido poco después sobre el suelo cálido, que seguramente hacía mucho tiempo que no sentía. La luna estaba especialmente brillante, y el cielo de la noche tenía un color más parecido al morado que al negro. No parecía apropiado que estuviera lloviendo constantemente desde un cielo tan brillante.

—Mi padre a veces era una mala persona; a veces daba miedo.

Jeongmin no se preocupó por la reacción de Yeri y comenzó a hablar.

—Era mala persona porque no tenía ningún talento. Desde que yo era pequeña mi madre ganaba dinero con un restaurante de jokbal en un mercado de Seúl. Mi padre lo único que hacía era derrochar dinero, disfrutar de su propio estilo de vida bohemio. Pero en aquel entonces aún no daba miedo, simplemente era un alma libre. Se consideraba una persona demasiado importante como para formar una familia. Pero hubo un momento en que cambió de ser una mala persona a una persona que daba miedo, y ahí fue cuando empezó a beber. Cuando lo hacía, se convertía en alguien totalmente distinto. La luz de sus ojos cambiaba en un instante, sin aviso previo.

—¿Por qué son así los padres?

Yeri se estremeció mientras se llevaba una cucharada de helado a la boca. Estar hablando de este tema con una estudiante de primaria hizo que a Jeongmin se le encogiese el corazón. No le había contado su historia para forzar una respuesta y que también compartiera la suya; simplemente quería hacerle saber que ella también tenía una familia así.

—Yo pensaba que todos los padres eran así. Gente incorregible que llena de miedo a su familia y no aporta nada de dinero. Pero los padres de mis amigos eran diferentes. Una vez iba a volver a casa con una amiga después del colegio, pero su padre vino hasta la puerta a recogerla. Dijo que se había tomado un día libre en el trabajo para poder venir. Después propuso ir a un parque de atracciones y comer churros. ¿Los padres normales son así de cariñosos? Por primera vez dudé. Y me sentí traicionada por esa amiga.

Jeongmin pensó que Hansol sería como esa amiga para Yeri. Sus padres siempre lo recogían en el taller, y a primera vista se podía comprobar que era una familia cariñosa.

—Ahora ya no me gusta volver a casa y… No, lo que no me gusta es la propia palabra «casa». ¿No es rara? «Casa». No hay ninguna letra que tenga una pizca de sinceridad. Tú eres escritora, intenta inventar otra palabra.

—Tendré que pensar en alguna.

Jeongmin se preocupó por los intentos de Yeri de evitar que la conversación se tornara demasiado seria. Parecía que no estaba acostumbrada a hablar sobre asuntos que quizá nunca había compartido con nadie, en especial sobre todo lo que guardaba en su interior.

—Por eso a veces le tengo envidia a Hoya. Sé que no debería decir esto, pero le tengo envidia porque no tiene padres. A mí me gustaría ser huérfana.

Jeongmin miró ligeramente el perfil de Yeri. Observar una versión en pequeño de alguien tan parecido a ella la llenaba de una sensación extraña.

—Cuando pienses así puedes venir. Sabes que no tengo trabajo, ¿no? Puedes jugar con Hoya y… La próxima vez yo me encargo de la comida.

—No me puedo fiar de tus habilidades. Solo con ver la nevera es obvio que nunca cocinas. Yo te cocino, así que a cambio cuida bien de Hoya.

—¿Incluso me harás la comida? Por mí genial, hoy te ha salido muy bien.

Yeri le dijo se preparara el próximo menú y se dispuso a marcharse. Sus pasos parecían más ligeros. Jeongmin le puso una mano en el hombro y le susurró en voz baja:

—A mí tampoco me gustan mis padres…

Yeri la miró sorprendida con unos ojos grandes y brillantes como los de un conejo.

—Te voy a contar un secreto. Tengo treinta años y aún no me he reconciliado con mis padres. Es normal que en una familia haya discusiones y conflictos, es normal no entenderse. No existe ninguna ley que diga que los miembros de una familia deben amarse los unos a los otros. Si no te gusta tu familia, puedes decirlo cuando estés sola, o incluso conmigo.

Yeri le dio la espalda mientras decía en voz baja: «¿Qué dice? Hablar sola es de tontos». Y con una voz similar a la de Jeongmin, suave y casi inaudible, dijo:

—¡No me gustan mis padres!

Las dos se pusieron a reír. Entonces Yeri de repente preguntó:

—Ah, Jeongmin. ¿Qué tienes con Jun?

Jeongmin se quedó perpleja ante el repentino cambio de tema.

—¿Cómo?

—Antes estabais hablando. Jun no es el tipo de persona que hable tanto tiempo con una chica.

—Así que te gusta Jun…

El rostro de Yeri se sonrojó. Sus pupilas estaban desubicadas e iban de aquí para allá dentro de sus ojos grandes. Aunque repetidamente enfatizaba que no tenía nada que ver con eso y que simplemente lo admiraba, Jeongmin percibió la indudable ternura de alguien enamorado. No pudo contener la risa incluso cuando la intentó consolar, diciendo que no se preocupara, que ella tenía mucha más edad que él y que no tenían ninguna relación. Una estudiante de primaria a la que le gusta un estudiante de bachillerato. ¿Sería como ver a un famoso? Yeri no pudo disimular su vergüenza y se fue, cerrando la puerta detrás de sí. A través de la ventana Jeongmin pudo verla alejándose a la carrera, tal como lo hace una piedra al rebotar con el agua.

A Jeongmin le resultaba incómodo estar a solas con Hoya. No podía confiar en su propia bondad y pensaba cosas como: *¿Y si me desahogo con él cuando tenga un mal día? ¿Y si después de beber algo de alcohol lo echo de casa y lo abandono en medio de la lluvia?* Las personas que conviven con animales no solo los consideran compañía, los valoran y los quieren como un miembro más de la familia. Si los animales se ponen enfermos, les duele tanto como si ellos mismos lo estuvieran, gastan millones de wones en visitas al veterinario, intentan comprar el mejor pienso e incluso les dan diferentes tipos de suplementos alimentarios. ¿Podría ella tenerle tanto cariño a ese gato? ¿Como si fuera una persona? Ella, que ni siquiera había podido querer de verdad a ninguna de sus exparejas. No paraba de dudar, pero que aquello tuviese una fecha límite la tranquilizaba. Solo tenía que hacer su trabajo de dueña durante una semana. A Jeongmin no le parecía demasiado importante tenerle cariño a ese gato para cuidarlo.

Pero despertarse con el peso de Hoya encima suyo a la mañana siguiente la tranquilizó. Jeongmin se movía mucho mientras dormía. Tal vez fuera porque no hacía mucho deporte y su cuerpo necesitaba descargar energías. Al principio Hoya dormía con ella, pero de madrugada se refugiaba en su caja. Sin embargo, poco a poco comenzó a permanecer en silencio a su lado, mientras que el cuerpo de Jeongmin se movía con energía. Hubo una vez que el trasero de Jeongmin golpeó la pata delantera de Hoya. El gato no se alteró y movió su pata hacia un lado. Luego apoyó el mentón y cerró los ojos. Otro día el brazo de Jeongmin golpeó su cabeza.

Hoya levantó la cabeza a su vez y cambió ligeramente de ángulo para apoyarse en el brazo de Jeongmin. Como si ya hubiera perdido el sueño, el animalito parpadeaba lentamente con sus ojos verdes, incapaz de cerrarlos. Aun así, no se apartó de su lado.

Era el tercer día cuando Jeongmin abrió los ojos por la mañana y encontró a Hoya acurrucado a su lado. De esta forma (es decir, sin aviso previo), Hoya se había infiltrado en el día a día de Jeongmin. Sentía un consuelo indescriptible cuando dormían juntos en la misma cama y le acariciaba poco a poco la cabeza mientras Hoya dejaba escapar un pequeño y cálido suspiro. A Jeongmin le gustaba tocar todo aquello que fuera cálido; durante mucho tiempo, como si la temperatura se transmitiera a su cuerpo a través de los vasos sanguíneos, era una sensación similar a cuando había sostenido la taza de cerámica. Si Jeongmin se implicaba con las cosas cálidas, era incapaz de abandonarlas. Contrariamente a la idea inicial de ser la dueña de Hoya durante una semana sin comprometer sus emociones, en tres días se había convertido en la dueña perfecta y sentía que le había tomado cariño al animal.

También le pasaba a Hoya. Él también cuidaba de Jeongmin. Al tener que preparar la comida de Hoya, Jeongmin comenzó a comer mejor que antes. Mientras limpiaba los pelos del animal, la casa también estaba más limpia. A medida que una vida entraba en esa casa en la que ni siquiera había plantas, empezaron a surgir pequeños cambios. Jeongmin parecía haberse olvidado de la muerte del gato callejero. A través de Hoya, se sintió perdonada por haber confundido equivocadamente la muerte de un gato callejero con un símbolo de buena suerte.

Yeri parecía que la visitaría con regularidad, pero esa semana solo apareció dos veces. Dijo que los días de seis horas de clase iba muy ocupada y estaba muy cansada. Pensó que una semana era mucho tiempo, pero echando la vista atrás, parecía muy poco; Jeongmin comenzó a estar de mal humor con los otros miembros del taller. Estaba haciendo un cuenco para poner el pienso, pero sabía que se tendría que despedir de Hoya incluso antes de meterlo en el horno.

A partir del cuarto día desde que estaba con Hoya, el cielo comenzó a despejarse. El pronóstico del Servicio Meteorológico Nacional, que decía que la temporada de lluvias iba a durar una semana, parecía inflar las expectativas de Jeongmin. Las nubes oscuras que habían cubierto por completo la península de Corea e intentaban asustar a sus habitantes se alejaron y el cielo se despejó por completo.

Martes. Después de preparar el desayuno para Hoya en el que seguramente sería su último día juntos, Jeongmin se dirigió al taller. Quería terminar el cuenco para el gatito.

—Hoy no has comido antes de venir, ¿verdad?

—¿Cómo lo sabes?

—No tienes fuerzas para manejar la arcilla. El espesor de la pieza debe ser de siete milímetros, ¿cómo pretendes llegar a ese espesor golpeándola de esa manera?

Como si no tuviera otra opción, Johee sacó de una cesta unos rollos de canela que había horneado esa misma mañana temprano, cuando no podía dormir. De hecho, Johee estaba de especial buen humor debido a la sensación que le había dejado la harina esponjosa, y fue a trabajar con la ilusión de dejarles probar los rollos de canela a los otros miembros del taller. Como parecía que Jeongmin no podía concentrarse, le sugirió que comiera un rollo de canela y continuara mientras empezaba a salir el café. El vapor ascendía. Jeongmin advirtió su desorientación en ese momento.

—En realidad estoy un poco triste, pronto me tengo que separar de Hoya.

—Es normal. El tiempo ha mejorado muchísimo. Yo tampoco me imaginaba que el día en que Hoya se tuviera que ir de tu casa llegaría tan pronto. En realidad, me tranquilizaba que tú te ocuparas de él. Siempre me supo muy mal no poder tenerlo aquí en el taller. En esta zona los callejones son estrechos y pasan muchos coches.

Por primera vez en mucho tiempo se abrieron las puertas delantera y trasera del taller, permitiendo que se colara un aire algo húmedo y fresco. El rollo de canela se estaba calentando y desprendía un aroma intenso. Ya fueran la canela en polvo o las rodajas de almendra, se debían haber usado cantidades generosas de ingredientes.

—Me da miedo estar aferrándome a Hoya por codicia. Su vida era mejor antes, y quizá lo estoy obligando a que sea un gato doméstico. Tal vez esté restringiendo su libertad bajo la excusa de una vida segura.

—Lo único que tienes que hacer es cuidarlo como se merece. El problema es Yeri.

Johee identificó de inmediato el punto central de la cuestión. Era verdad que Jeongmin se preocupaba por lo que pensaba Yeri. Aunque Hoya fuera un gato callejero, su dueña era Yeri.

—Si me lo quedo, puede ser un poco incómodo para Yeri, ¿verdad?

—Eso se lo tendrías que preguntar a ella.

—Pero antes de eso... ¿Crees que puedo ser una buena dueña?

—Eso te lo puedo asegurar. Desde que tienes a Hoya se te ve más contenta. Creo que Hoya también está tan contento como tú. Vi tu foto de perfil en Kakaotalk y su pelaje parece estar más brillante que nunca.

Johee la invitó a que se comiera rápido el cálido rollo de canela. La boca de Jeongmin se llenó de una agradable dulzura.

—Comer algo dulce me da energía.

—No es que no tengas energía; la cuestión es que es imposible que puedas pensar algo positivo con el estómago vacío.

Yeri vino con Hansol al taller. Aunque dijera que no le caía bien Hansol, parecía que en realidad le gustaba estar con él. Yeri era una niña que no expresaba sus sentimientos con palabras, pero sus acciones revelaban lo que sentía en realidad. Johee les dio un rollo de canela a cada uno. Eran las cuatro de la tarde, justo la hora en que los niños, que debían haber estado corriendo y jugando durante todo el día en el colegio, querían comer algo. Johee le aconsejó que hablara con ella cuando tuviera el estómago lleno y estuviera de mejor humor por la dulzura del postre.

—Yeri —la llamó, pero Yeri la interrumpió.

—Jeongmin, ¿te podrías quedar con Hoya?

—¿Yo?

En un instante Jeongmin se relajó, haciendo que todo el tiempo que había pasado preocupándose careciera de sentido.

—Creo que Hoya está más contento en tu casa. Y así no me tengo que preocupar de que otros gatos lo molesten por la noche.

—¿Puedo quedármelo?

—Si la situación en mi casa mejorase me gustaría quedármelo yo, pero ahora no puedo. Te lo dejo solo hasta que me independice y tenga mi propio hogar. Voy a vivir en una casa mucho mejor que la tuya. Cuando llegue ese momento, lo iré a buscar.

—Gracias. Puedes venir siempre que lo eches de menos.

—Obvio. Yo he sido su primera dueña. Tenlo en cuenta.

—Pues claro. Hoya te necesita.

Todos ellos se estaban convirtiendo en existencias pequeñas pero necesarias en las vidas de unos y otros. Por muy triviales que fueran. A Jeongmin le preocupaba que Yeri no volviera al taller porque no estaba Hoya, pero sus preocupaciones pronto se vieron tranquilizadas. Lo pudo saber por las miradas que Yeri le dedicaba a Jun. Mientras él siguiera preparándose para el examen de acceso a la universidad en el taller, Yeri seguiría apareciendo inesperadamente. Corazones pequeños y grandes se entrelazaban de forma desordenada en el taller. El hilo que que los unía no se podía cortar y se enmarañaba con los de los demás.

—Felicidades, Jeongmin. ¡Por fin te ha salido un plato sin ninguna grieta!

En cualquier otro momento le hubiera dicho a Kishik que no armara un escándalo, pero esa vez era diferente. Últimamente los platos de Jeongmin no podían soportar la temperatura del horno y se rompían. Como estaba perdiendo confianza, ese cuenco era aún más significativo. El cuenco de Hoya era un regalo para un nuevo miembro de la familia. Al mirar el plato, que salió entero y sin grietas, Jeongmin pudo sentir una vez más que no estaba sola.

Afortunadamente, a Hoya también le gustó su cuenco. Como era de cerámica y tenía cierto peso, no resbalaba por el suelo como los cuencos de plástico. Gracias a esto, Hoya parecía estar mucho más cómodo al comer. Jeongmin tomó una foto del gatito mientras comía y la envió al chat grupal del taller.

«Le tienes que cortar las uñas».

Mientras todos opinaban sobre lo mono que era, llegó un comentario aleatorio a la sala de chat. Era un mensaje de Yeri, que intentaba sermonear a Jeongmin. Era su manera de preocuparse por Hoya. A Jeongmin no le disgustaba. Al contrario, demostraba que se había detenido a observar la foto con mayor atención.

Hoya siguió adaptándose sin problemas a vivir en casa de Jeongmin, era como si siempre hubiera vivido allí. Jeongmin pensó que su comportamiento era digno de elogio, y también le estaba agradecida. Lo que debía hacer estaba claro: intentar que Hoya fuera el gato más feliz y relajado del mundo hasta que Yeri viniera a recogerlo.

Miau.

Hoya ya había terminado de comer y restregaba su cabeza a los pies de Jeongmin. Tal y como le había dicho Yeri, esa noche le cortaría las uñas. Gracias a Hoya, Jeongmin tuvo más tareas diarias y se pudo mover más. Se dio cuenta de que no hay mejor cura para la debilidad que la responsabilidad. Su cuerpo, pesado y empapado, pareció volverse más ligero, como una toalla que se seca al sol. La voz que hablaba sobre las calificaciones y los logros necesarios para la vida se fue quedando en silencio. Aunque no luchó contra ellas, las cuerdas que la habían atado parecían estarse aflojando una por una.

LA RECUPERACIÓN DE LAS CLASES DE UN SOLO DÍA

La temporada de lluvias acabó y con ello llegaron los cambios al taller. Se iban a reanudar las clases de un solo día. Al comienzo de la clase del sábado, Johee gritó de repente: «Ya lo he decidido, las vamos a recuperar». Fue como los gritos de Jeongmin ese verano.

Hacía un año que habían suspendido las clases de un solo día. Cuando Jeongmin estaba organizando la cuenta de Instagram del taller y mirando publicaciones antiguas se fijó en un comentario que decía: «No se aceptan consultas sobre las clases de un día». Kishik y Jihye se pusieron de pie y aplaudieron ante la decisión de Johee. Jeongmin los imitó.

—Recuerdo que alguien comentó que Jihye había comenzado a venir al taller gracias a una clase de un solo día, ¿verdad? —dijo Jeongmin.

—Sí, en ese entonces eran muy populares. A veces venían hasta seis o siete personas por jornada.

—¿Y por qué se suspendieron?

—Hmm, a Johee le pasó algo. Se tomó un descanso del taller. Afortunadamente volvió a abrirlo, pero creo que aún no ha tenido mucho tiempo para las clases de un día.

—Ya veo.

Johee hablaba entusiasmada pero sus movimientos eran lentos. El taller se llenó de alegría. Sin embargo, Jeongmin se sintió un poco triste al imaginarse a tanta gente ir y venir por el taller que solo ella quería conocer. Pero al ver a Johee tan emocionada, quiso participar en el proyecto para restaurar las clases de un solo día.

—Kishik, ¿no crees que nosotros también tendríamos que ayudar? ¡Tendríamos que anunciarlo en Instagram!

—¡Me parece bien!

—¿Pero cómo…?

Los dos se miraron a la vez.

Ese día Kishik y Jeongmin comenzaron a investigar la estructura de las clases de un solo día de otros talleres mientras comían sándwiches de crema batida y fresas. Las fresas parecían estar congeladas, ya que sabían muy poco dulces. Johee le dijo que no era necesario hacer tanto trabajo, pero Jeongmin quería hacerlo No solo lo hacía por el taller, también lo hacía por ella misma.

—Cada taller tiene su singularidad. Algunos pintan sobre la arcilla y otros crean sus diseños combinando arcillas de diferentes colores. Últimamente parece que también está de moda el marmoleado. Si tuviera que buscar un taller desde la perspectiva del cliente, buscaría según el diseño que quiero hacer o la sensación general de la cerámica que me gustaría crear. Así que es necesario delinear el plan de estudios de acuerdo a la metodología que vamos a usar en las clases, a las técnicas que vamos a emplear.

—En ese caso, debemos tener algo especial que nos distinga de otros talleres… Algo que solo pueda ser creado en Soyo —dijo Kishik mientras masticaba el sándwich.

—¡Sí! ¡Exactamente!

Jeongmin inspeccionó las cerámicas expuestas en el taller. El estado de los estantes no había cambiado mucho desde la primera vez que lo había visitado, así que no se había vendido prácticamente nada. El estilo de las cerámicas estaba muy lejos de las piezas encantadoras y coloridas que normalmente se vendían.

—Como tengo mi propia manera de trabajar... no creo que pueda competir con los talleres gestionados por jóvenes de hoy en día.

Johee parecía haber perdido todo el entusiasmo de esa mañana.

—En realidad, podemos aprovecharnos de eso. Podemos publicitarnos como un taller tradicional y con unas piezas de calidad. No creamos piezas bonitas que en poco tiempo se rompen, creamos piezas fuertes y sofisticadas que te pueden acompañar durante mucho tiempo. —Como la confianza de Johee parecía haberse esfumado, Jeongmin intentó animarla hablando sin parar.

Entonces Kishik extendió su mano frente a su rostro. Al ver que Jeongmin lo miraba confundida, él aferró su mano y chocó los cinco, pero sus manos no se acoplaron perfectamente.

Las clases de un solo día que planificaron se dividían en dos: la opción A y la opción B. La opción A eran clases a mano, y la B eran clases usando el torno de alfarero. Dependiendo de la pieza que querían crear los clientes, se escogía una opción u otra. Aquellos que querían crear piezas más originales y con una estética general más tosca con las marcas de sus huellas, se decantaban por la opción A, y los que buscaban un diseño más estándar, optaban por la B. En las clases de la opción A era posible incorporar incluso siluetas de hojas o flores en las cerámicas. Fue idea de Jihye, que antes de la clase había ido a buscar algunas hojas y flores y comentó que sería original pegar sus siluetas en las piezas antes de que se secaran. Johee alguna vez había comentado que cuando era estudiante había tenido un profesor que le había enseñado a grabar las hojas de otoño en las piezas de cerámica, y tal vez porque había recordado ese momento, parecía más sentimental que de costumbre. Nadie quería interponerse en su viaje al pasado, así que nadie se opuso.

—Dejar una huella de la estación en que se ha creado la pieza en la propia cerámica.

Mientras hablaba, Jeongmin iba apuntando lo que se le ocurría en el ordenador. Ahora lo único que necesitaba era una foto de alguna pieza. Intentó elegir entre las expuestas, pero todas eran demasiado complejas, y el objetivo era mostrar una pieza que los clientes pudieran crear. Entre las que se exhibían, incluso había una cerámica que valía cinco millones de wones. Cuando dijo que necesitaba una pieza sencilla para mostrar como ejemplo de las clases de un solo día, Johee se ofreció a crear una para la próxima semana. Jeongmin reparó en que nunca había visto a Johee creando una pieza de cerámica. Lo único que había visto era cómo ayudaba a los otros miembros o las demostraciones que les hacía para que la imitaran. No se la podía imaginar como ceramista en lugar de como maestra, pero estaba segura de que debía ser increíble.

Kishik comentó que estaría bien añadir fotos de las personas inscritas en las clases de un día y las piezas que crearan. Comentó que sería mejor mostrar los trabajos de los estudiantes en lugar de solo los de Johee. Y le susurró a Jeongmin que tampoco vendría mal darle un aire más joven a aquel anticuado taller. Jeongmin notó cómo se le sonrojaban las mejillas por el repentino acercamiento de Kishik, pero sus siguientes palabras la dejaron helada:

—¿Puedo traer a mi novia? Dice que quiere probar, creo que le va bien el sábado de la semana que viene.

—A Hyoseok también le gustaría. Me dijo que le sabe mal venir después del trabajo y que las clases ya hayan terminado.

Comentó que le gustaría aprender a hacer cerámica —intervino Jihye con entusiasmo.

«Soyo, el taller que hornea tu corazón». Jeongmin escribió sobre el escritorio con sus dedos manchados de una mezcla pegajosa de arcilla y esmalte.

—Es un comienzo de clases en toda regla.

Todos asintieron ante las palabras de Jeongmin. La emoción se contagiaba.

—Viéndote tan entusiasta, reconozco que en el fondo eres una persona alegre. ¿Quizá fueras un poco tímida al principio? —preguntó Johee, que parecía haber recuperado el entusiasmo de la mañana.

—Es parecido a cuando solía planificar programas de televisión... Supongo que me emocioné demasiado.

—Parece que te estás divirtiendo. Gracias.

Jeongmin siempre había pensado que era una persona oscura por naturaleza. No reía tanto como sus amigos y mostraba una tranquilidad inusual para su edad. Cuando estaba con sus amigos, que habían crecido recibiendo el amor incondicional de sus padres, se sentía como aceite intentando mezclarse con agua. En cuanto a la concentración de lo «encantador», pensaba que el grado de «encantadora» que ella podía tener estaba por debajo del promedio. Y, por eso, vivía pensando en que debía aplicarse una inyección que la ayudara a ser más encantadora. A medida que se fue haciendo mayor, aceptó de buen grado salir con chicos que le interesaban poco y envió mensajes de añoranza a amigas a las que no echaba de menos en absoluto. De vez en cuando, incluso se ponía vestidos incómodos y accesorios brillantes. Si hacía eso, sentía que su grado de «encantadora» crecía aunque fuese un poco.

Aun así, cuando iba a la universidad una amiga siempre le decía: «Si estoy contigo tengo la sensación de que me oscurezco». Esas palabras la tranquilizaron. Ya no necesitaba seguir poniéndose esa inyección para ser más encantadora. Por mucho que lo intentara, no podía escapar de la oscuridad. Jeongmin decidió aceptar su naturaleza oscura.

La primera persona en comentar que era alguien alegre fue Johee. Fue como si un barco atascado durante mucho tiempo comenzara a avanzar, y en el corazón de Jeongmin surgieron olas.

Una media melena que le llegaba a la clavícula, un vestido blanco acompañado de zapatos planos color limón. La novia de Kishik, Ara, trabajaba en el Centro Comunitario de Paju. Al igual que los trabajadores de las oficinas locales, parecía sincera y alegre. Jeongmin, que normalmente no llevaba maquillaje, se sintió pequeña frente a Ara. Aunque ese día se había pintado ligeramente los labios.

Hyoseok, que siempre venía muy arreglado, abrió la puerta del taller con ropa deportiva holgada.

—¡Ya era hora! Por fin ha llegado el día de hacer cerámica. He traído a alguien, ¿está bien?

—Todo el mundo es bienvenido. ¡Cuantos más, mejor!

Al oír que había venido otra persona, Johee aplaudió y preparó otra cafetera. Juran, vestida con una elegante camisa de manga corta, asomó la cabeza detrás de Hyoseok.

—Hola. Yo también quiero probar. Hyoseok me propuso venir juntos. Siento no haber avisado antes. —Juran saludó tímidamente a todos.

—Es toda una sorpresa, siempre te pones más contento al recibir un regalo que no esperas, ¿verdad?

Hyoseok se fijó en la expresión de Jeongmin e intentó levantarle el ánimo. Se interpuso entre ellas para evitar que Juran viera a Jeongmin. Sin embargo, a pesar de los esfuerzos de Hyoseok, Juran ya se estaba acercando a ella. Jeongmin no sabía qué pensar.

—No sabía que estarías aquí. Qué bien que nos encontremos otra vez. Ah, Jeongmin y yo fuimos al mismo instituto. Nos vimos de nuevo el otro día cuando vine a buscar a mi padre. Es el destino, ¿verdad?

—Yo tampoco me lo esperaba. Nunca pensé que fueseis amigas. Como es de esperar, cuantas más personas haya en el taller, mejor. —Jeongmin se había puesto blanca como una sábana, pero Johee la salvó.

Los miembros del taller se sorprendieron al descubrir que Jeongmin y Juran se conocían; las miraban alternativamente como si estuvieran viendo un partido de ping-pong. Jeongmin no quería arruinar el primer día de clases, así que intentó sonreír.

Johee anunció que la clase estaba a punto de comenzar mientras repartía los seis cafés entre los alumnos. Hyoseok, Ara y Juran eligieron la opción B con el torno de alfarero. Jihye, que había recogido las flores y las hojas, los invitó a que intentaran la opción A, pero todos los alumnos rechazaron su propuesta diciendo que querían probar el torno de alfarero, que era una de sus fantasías. Jihye se mostró hosca y dijo: «Eso es algo que los medios de comunicación se han inventado».

Jihye no tuvo más remedio que convertirse en la ayudante de Kishik. Mientras Kishik le ataba el delantal a Ara, Johee comentó:

—Qué ropa más bonita, normalmente no vemos mucha ropa así en el taller. Puede que se te ensucie un poco.

—Después de la clase Kishik y yo íbamos a salir por ahí. También dijimos de tomar fotos para Instagram, así que sin pretenderlo me he arreglado más de lo normal.

El contraste entre las ropas negras y grises de los otros alumnos y su vestido blanco hacía más notorio el hecho de que Ara no formaba parte del taller.

A Ara le parecía muy divertido trabajar con el torno de alfarero y darle forma a la arcilla. Incluso con un pequeño cambio en la posición de sus dedos, la forma de la arcilla se alteraba rápidamente. No paraba de preguntar cosas como «¿Así?», «¿Lo estoy haciendo bien?» o «Lo quiero hacer como tú». Todo lo que decía era con afecto. A cada una de sus preguntas, Kishik le iba dando consejos. «En este caso, así; en aquel caso, así».

Jihye se sentó al lado de Hyoseok y le ayudó a equilibrar la arcilla. Jeongmin los observó a unos diez pasos de distancia y se dio cuenta de que formaban una bonita pareja. No obstante, si se escuchaba su conversación con atención, el noventa por ciento eran bromas y el diez por ciento, discusiones. Si seguían así, de tanto odiarse se iban a gustar. Las manos de Jihye se superponían naturalmente a las de Hyoseok. Era como ver una versión del siglo XXI de la película *Ghost* con los protagonistas invertidos, un romance que solo ellos desconocían... Jeongmin creó un marco con sus manos extendiendo sus pulgares e índices a noventa grados. El cariño entre Jihye e Hyoseok se dejaba ver dentro del marco cuadrado. Jeongmin se quería jugar un helado a que aquellos dos acabarían saliendo. Sin embargo, Kishik, con quien quería apostar, estaba ayudando a Ara. Al observar a todos los miembros trabajando juntos con los tornos de alfarero, Jeongmin suspiró profundamente sin darse cuenta. Por alguna razón, se sintió sola al estar apartada y ser la única que trabajaba manualmente. Aunque la arcilla se estaba secando, no añadió agua. Al agrietarse, la notaba áspera.

Tal vez sus suspiros habían sido un poco ruidosos, porque al poco rato Johee apareció a su lado.

—Sería genial si Jihye se pusiera a estudiar la química que tiene con Hyoseok en lugar de la química de las tazas de cerámica y el café. —Jeongmin se sorprendió. Johee remojó su arcilla.

—Sí, se los ve tan bien juntos...

—Estás celosa, ¿a que sí?

Sus palabras salieron de forma natural. Se lo estaba preguntando a Jeongmin, que desde hacía un rato estaba mirando de reojo a Kishik y a Ara. Se inquietó por si Johee había podido descubrir cómo se sentía.

—¿Cómo?

—¡No finjas que no! Tú también quieres usar el torno de alfarero, ¿no es cierto?

Así que no era eso. Jeongmin se tranquilizó.

—¿Cómo voy a estar celosa? No es eso…

—Solo digo que tienes cara de estar celosa. Eso es un privilegio de los alumnos de las clases de un solo día. Pueden usar el torno de alfarero de inmediato, mientras que los estudiantes regulares no lo pueden tocar durante más o menos tres meses. Como hace ya dos meses que asistes, te falta poco para empezar a usarlo.

—Sí, yo también tengo muchas ganas de usarlo.

Jeongmin aceptó las palabras de Johee. ¿Cuál era el propósito de aprender cerámica de una manera tan ardua, avanzando lentamente, paso a paso? ¿No era suficiente con disfrutarlo cuando le apetecía? Ella no soñaba con abrir un negocio, como Kishik. Tampoco había pensado que fuese el pasatiempo de su vida, como Jihye. Con su edad no podía volver a la universidad y especializarse en cerámica. Entonces, ¿cuál era la razón para estar tan inmersa en tocar la arcilla? Johee rozó ligeramente el hombro de Jeongmin, que parecía estar perdida en sus pensamientos.

—¿Estás bien? No tienes muy buen aspecto.

—Sí, solo estaba pensando en algo.

En realidad a Jeongmin hacía un rato que le dolía la cabeza. Cada vez que veía a Kishik y a Ara sentía punzadas en el corazón, como si una aguja no parara de hurgar en él. Y sus ojos también se veían arrastrados hacia Juran, que a diferencia de otros miembros que tenían ayudantes, trabajaba sola. ¿A qué viene esa mirada perdida? Es casi como si hubiera olvidado todo lo que pasó. Y luego estaban las preocupaciones relacionadas con la cerámica, que había tratado de enterrar. Jeongmin movió la cabeza hacia ambos lados. Como si al hacer eso pudiera olvidar sus preocupaciones.

—Bueno, Jeongmin, ¿quieres probar el torno de alfarero? El asiento al lado de Juran está vacío. Como tienes más experiencia que ella, ayúdala a retocar su pieza cuando acabes.

Juran era lenta trabajando. Al recordar que nunca se le habían dado bien las manualidades, Jeongmin se dio cuenta de que lo que decían de que la gente no cambia era cierto. Un motivo más para mantenerse alejada de ella.

—No, no te preocupes. Prefiero acabar mi trabajo. Ya me uniré a las clases de un solo día más adelante —dijo mientras negaba con su cabeza.

No solo le resultaba incómodo, también consideraba que no podría ayudar a nadie.

—Vale, pues cuando te apetezca. Creo que esto es más que un simple pasatiempo para ti. ¿Hay algo que quieras probar a hacer?

Johee añadió: «Más adelante te puedes plantear exponer en ferias o exhibiciones, como hace Jihye».

—Aún no lo sé... En realidad, ahora mismo lo único que quiero es trabajar con la arcilla, tocarla. Sin grandes objetivos, solo hacer cerámica como «prueba de que estoy haciendo algo».

—Tener un lugar adonde ir cada día y cuidar de algo que depende de la estación y el clima son razones suficientes para empezar a aprender. Intenta ignorar lo que he dicho. Hace mucho tiempo que no tengo a una alumna tan dedicada como tú, así que creo que me he precipitado.

—No te preocupes. Entonces, ¿puedo seguir trabajando sin hacer nada en especial? Al menos hasta el invierno.

—¡Pues claro! Hace mucho frío en invierno.

El pequeño jarrón que hizo Ara era similar a las piezas de Kishik, excluyendo la simetría. Las piezas de Hyoseok eran semejantes a los encantadores vasos de Jihye; parecía que le hubiera hecho más de la mitad del trabajo mientras lo ayudaba. La pieza de Juran era un vaso para agua con un patrón ondulado. Era una pieza fiel a los ejemplos que Johee mostraba a las personas que no sabían qué hacer.

Jeongmin y Kishik estuvieron trabajando para subir contenido nuevo a Instagram. Bajo las fotos que tomó Kishik durante la clase y las fotografías de las piezas de cada alumno, ella escribió los pequeños textos que había preparado. Jeongmin se sintió orgullosa por primera vez en mucho tiempo, como si finalmente hubiera completado un gran proyecto.

Jeongmin, que estaba muy emocionada, quería hablar con Kishik sobre sus planes para publicitar el taller. Pero él ya se estaba preparando para su cita con Ara.

—Kishik, has traído a tu novia, así que ni se te ocurra llevarla solo a comer sándwiches —le dijo Jeongmin cuando él ya se estaba quitando el delantal.

—¿Qué sándwiches? —Kishik puso la mano sobre el hombro de Ara y se rio.

Jeongmin se alegró de que Ara no conociera los sándwiches de nata con fresas.

Jihye e Hyoseok se fueron a comer juntos, y después de recoger, Jeongmin le preguntó a Johee qué le gustaría comer.

—Hoy voy a comer sola.

—Ah, entonces yo…

—Después de ver a parejitas y amigos que se van a convertir en parejita… a veces los días en que te sientes sola quieres estar aún más sola. Y creo que vosotras dos tenéis mucho de lo que hablar. Deja que termine yo de recoger e id a comer juntas.

Johee señaló con la cabeza el lugar donde Juran esperaba de pie. Arrugó la nariz y le hizo un gesto impaciente a Jeongmin para que se acercara, como si hubiera estado esperándola mucho tiempo. Cuando Jeongmin vaciló, Johee gritó «¡Vamos! Vamos» y agitó los brazos como si estuviera pastoreando a una vaca.

—Conociéndote, seguro que no quieres ir a comer conmigo. ¿Sabes de alguna cafetería que esté bien?

Jeongmin hizo caso omiso de las palabras de Juran y se volvió sin decir nada. Juran la siguió, como si ya se esperara aquella respuesta fría. La única cafetería que conocía en Bamgashi era aquella donde vendían helado, a la que había ido con Kishik. Las dos se sentaron al lado de la ventana en el segundo piso. Jeongmin no sabía dónde enfocar su mirada, así que se quedó observando fijamente el área debajo de las orejas de Juran. Por otro lado, Juran miraba fijamente los ojos de Jeongmin.

Las dos tenían el número de la otra. Durante los últimos diez años podrían haberse llamado, pero ninguna dio el paso. La foto de perfil de Kakaotalk de Juran siempre mostraba a un hombre que parecía ser su novio. Jeongmin pensó que era una actitud muy propia de Juran no dudar en mostrar su relación. Jeongmin entró varias veces al chat vacío, pero nunca envió nada. Supuso que era lo que la gente llamaba una «relación tensa». La persona estaba entre tus contactos, pero cuando ibas a escribirle un mensaje, las palabras no salían.

De todos modos, a Jeongmin no le importaba tener esa clase de relación con Juran.

—Por fin podemos hablar. ¿Qué tal te va? Como nunca me has escrito, pensaba que había hecho algo mal.

Juran fue la primera en hablar, pero la respuesta de Jeongmin estuvo cargada de resentimiento.

—Tú tampoco me has escrito. ¿Y qué podrías haber hecho mal? Aquí soy yo la culpable, ¿no?

Juran se esforzó por ignorarla.

—Yo... ahora estoy trabajando en el ayuntamiento de Seúl, como secretaria para una empresa financiera. Tú eres redactora de televisión, ¿verdad? Me lo dijo Hyoseok.

La divertida estudiante de bachillerato que Jeongmin conocía ya no existía y en su lugar solo quedaba esa respetable integrante de la sociedad. Dos años antes, se había casado con un dentista y se había marchado de su ciudad natal a Seúl.

—Así que te has casado.

—Ya me conoces. Siempre me han gustado mucho los chicos, y mi sueño era convertirme en esposa y madre ejemplar, siempre diciendo que quería casarme joven.

Cuando Juran era más joven, cambiaba constantemente de novio. Era extraño que se hubiera asentado tan pronto. Jeongmin podría haber dicho muchas cosas, pero se mordió el labio y Juran siguió hablando:

—Después de casarme mi padre se mudó de Seúl a Ilsan. Como no trabaja y siempre está solo, se aburría bastante. Así que a través de Hyoseok lo apunté a clases de cerámica. Pero no me podía ni imaginar que estarías aquí. Es extraño encontrarnos en Ilsan y no en nuestro barrio. Al fin y al cabo, este es un lugar nuevo para las dos.

Jeongmin se sintió asqueada al ver que, incluso hablando de su padre, Juran seguía actuando como si nada hubiera pasado.

—¿Por qué has venido?

—En realidad he venido para hablar contigo. Cuanto más lo pensaba, más lástima sentía por ti. Siento que en ese momento te abandoné en un lugar muy oscuro y frío.

—Pero, Juran, fuiste tú. Tú fuiste la que me encerró en ese lugar tan oscuro y frío.

Era fácil para una niña sensible hacerse amiga de otra igualmente sensible, pero también era muy fácil que se acabaran distanciando. Para una niña de esa edad, la mirada de la otra persona, sus vacilaciones, los cambios sutiles, los tonos de su risa y cada palabra se convertían en un estímulo que dejaba espacio a la interpretación.

Antes del accidente, cuando Jeongmin le decía de ir al restaurante de su madre después de clases, Juran a menudo se mostraba esquiva. Quizá fuera porque en alguna ocasión había visto al padre de Jeongmin bebiendo y actuando de manera un tanto violenta. En esas ocasiones las pupilas de Juran temblaban, y algunas veces se mordía las uñas, como si estuviera nerviosa. Jeongmin pensó que a lo mejor tenía un superpoder inútil que le permitía agarrar los extremos del tiempo y estirarlo para ralentizarlo; podía ver claramente la vacilación y el nerviosismo de Juran, segundo a segundo, como si todo se moviera en cámara lenta. Esos instantes en los que aguardaba una respuesta de su parte parecían durar una eternidad; esos momentos eran como polvo gris en suspensión, y dejaban a Jeongmin agotada. Se creó un espacio ingrávido entre las dos, y ninguna de ellas sabía cómo denominar esa ingravidez, así que no pudieron escapar de la palabra «amigas».

Sin embargo, apenas una semana antes del accidente, los caminos de Jeongmin y de Juran se separaron de manera irremediable. Era el día que se entregaban las notas, un poco antes de las vacaciones de invierno. Un alumno del grupo de Juran le dio una puntuación absurdamente baja a Jeongmin. Ella, enfadada, se acercó a él para pedirle una explicación, pero lo único que recibió como respuesta fue una risita. Los puños de Jeongmin temblaron, pero entonces Juran le agarró la mano. «¿Qué haces?». Jeongmin se quitó de encima a Juran, que intentaba detenerla, y abandonó el aula a la carrera. No se fue porque Juran no la hubiera apoyado, sino porque percibía un desprecio sutil en su tono de voz. Además temía que, si se quedaba, podría haber reaccionado con violencia. Sentía que su amiga la estaba evitando y que no la aceptaba tal y como era. Jeongmin no fue a buscar a Juran durante el descanso. Tenía miedo de que Juran la fuese a buscar a ella, así que entró en un baño vacío y se escondió. Dentro de ese pequeño espacio, Jeongmin imaginó una pista de aterrizaje. No podía respirar, y solo quería huir. Con diecisiete años, Jeongmin reparó en lo largos que podían ser los diez minutos del recreo.

Fue un día que a Jeongmin le tocaba limpiar el aula del club de cine. Mientras organizaba el almacén, Juran y sus amigos irrumpieron en el aula. Sus amigos también eran miembros del club. Jeongmin se apresuró para agacharse y esconderse. No pretendía escuchar lo que decían, pero el aula era pequeña y sus voces, demasiado fuertes. Después de algunas conversaciones incómodas, uno de ellos criticó a Jeongmin, mencionando que a la hora del almuerzo había ido a pedir explicaciones a Juran por las calificaciones bajas que le habían dado. Juran fingió defender a Jeongmin, diciendo que no era mala persona. Cuando sus amigos le preguntaron si la chaqueta de Jeongmin en verdad olía a jokbal, Juran bajó la voz. Cuando le preguntaron sobre el morado que tenía en la pierna, Juran miró a su alrededor para asegurarse de que no hubiera nadie y susurró: «En realidad, su padre…».

—Tú también te distanciaste de mí.

Juran hizo girar algunos mechones de su pelo, que no le llegaba a la barbilla, mientras hablaba.

Cuando Juran tenía cuatro años, su madre se fue. Dijo que ya no amaba a su padre, y los abandonó a los dos para irse con otro hombre. Juran siempre sintió que la había abandonado. A causa del dolor que esa situación le produjo, Juran comenzó a hacer daño a la gente que la rodeaba. Quería que su padre se volviera a casar para tener otra madre, y era extremadamente posesiva con sus amigos. Había dicho que la primera vez que había sentido algo de amor maternal había sido con la madre de Jeongmin, cuando le enseñó a usar compresas. Para cuando Juran había memorizado todo el menú del restaurante de jokbal y podía servir las mesas con destreza comenzó a llamar a Yoonjae «mamá» en lugar de «señora». Jeongmin tuvo ganas de vomitar cuando vio a su amiga llamar «mamá» a Yoonjae. Juran se estaba acercando demasiado. Ella también había notado la forma en que Jeongmin la miraba.

—A esa edad, los amigos se distancian por toda clase de motivos. Yo creo que, simplemente, si no te gusta alguien, usas cualquier excusa para que te odie.

—Nunca fuiste sincera conmigo —respondió Juran fríamente.

Jeongmin tenía el estómago revuelto porque Juran no paraba de atacarla. Se puso a pensar: *No creo que sirva de nada hablar de esto ahora, pero ya que hemos comenzado, soltémoslo todo. ¿De verdad crees que no has hecho nada mal? ¿Puedes decir que nunca te has sentido avergonzada de mí, ni por un solo momento?*

—Estaba allí, en el aula del club de cine.

Juran la observó perpleja, helada. Era como si se hubiese quedado sin palabras. Sus emociones eran tan transparentes como siempre.

—Si hubiera sido cualquier otra cosa, no me habría importado. Pero no deberías haberles contado lo del moratón. Deberías haberte inventado algo. O al menos decirlo sin que yo me enterase…

—Ya dije que lo sentía. No sabía que estabas ahí. Siento haber ido por ahí contándole a la gente lo del accidente. Tal vez realmente sí fui yo quien te obligó a volver a la cueva.

Tenía la voz ronca.

—No puedo seguir hablando de esto.

Jeongmin se levantó. Estar cerca de ella le hacía mucho daño, y la obligaba a profundizar en sus propios pensamientos, era como beber leche en mal estado. Tal vez fuera mejor tirar la leche por el desagüe.

Mucho después de que Jeongmin se marchara, Juran se quedó ahí sentada, sola. Su helado, sin tocar, ya se había derretido hasta convertirse en una papilla tibia.

BUSCAR EL PUNTO CENTRAL

A medida que se acercaba el mes de octubre, las hojas de los árboles comenzaron a caerse una por una. Cuando las castañas pisoteadas y las cáscaras llenaron las calles, por fin llegó el momento de que Jeongmin se enfrentase al torno de alfarero por primera vez. Cuando Johee por fin le dijo que ya estaba lista, Jeongmin se sorprendió al darse cuenta de que no se alegraba, que no quería escuchar esas palabras tanto como lo había anhelado meses atrás. A medida que pasaba el tiempo y Jeongmin luchaba por dominar la cerámica y convertirla en un pasatiempo, se empezó a hartar un poco de ello. Al principio había estado viniendo al taller de vez en cuando, como un pasatiempo cualquiera, pero se había dado cuenta de que llegados a ese punto necesitaba un motivo de peso para seguir haciéndolo. En cualquier caso, aprender una nueva habilidad justo cuando su pasión por la cerámica se había comenzado a enfriar podía ser precisamente lo que necesitaba, como un soplo de aire fresco.

Jeongmin se sentó frente el torno de alfarero y observó la demostración de Johee una y otra vez. Hasta ese entonces, los artículos de Jeongmin carecían de alma. Todas sus obras tenían siempre el mismo aspecto a menos que ella las retocase conscientemente, y tenía que recortarlas siempre con muchísimo cuidado para que no adquiriesen de nuevo la forma de una especie de «plato». Para Jeongmin, que estaba acostumbrada a que la arcilla estuviese siempre en el mismo sitio, el ver cómo aquel bulto húmedo giraba ahora por sí solo sobre el torno le resultaba desconocido e incómodo.

—A partir de ahora tus manos derecha e izquierda son un equipo. Cuando coloques la mano izquierda por fuera y des forma al interior con la derecha, ambas manos deben mantenerse siempre a la misma altura. Para encontrar el centro de la pieza, cuando las dos manos lleguen al borde deben estar en la misma posición. Debes concentrarte en ir afinando las paredes de la arcilla aplicando presión solo desde arriba.

Johee le pidió a Jeongmin, que se había quedado helada, que se centrase en la textura y la humedad de la arcilla. A Jeongmin le daba pánico manipular aquella bola de masa mientras daba vueltas sin parar sobre el torno. Era la misma clase de miedo que había sentido al acariciar por primera vez a un pequeño perro maltés blanco en casa de una amiga, cuando todavía estaba en primaria. Por algún extraño motivo, cualquier cosa que estuviera viva y se moviera con vigor la asustaba.

Se armó de valor y tomó con delicadeza la arcilla en forma de cilindro con ambas manos. Aquel material, que era completamente distinto al que trabajaba a mano, la puso de los nervios, ya que cuando la arcilla estaba muy húmeda era más propensa a deformarse con facilidad. Incluso con un ligero cambio en la presión, la forma podía transformarse por completo volviéndose más ancha en la parte inferior y más estrecha en la superior. Era como si Jeongmin y la arcilla estuvieran bailando el tango, y hubiera atravesado de repente el pie de su compañera con su zapato de tacón. La sincronización, el control de la fuerza y la velocidad eran cruciales; si estos tres elementos no se alineaban con armonía era imposible bailar con la arcilla.

—Ya nos preocuparemos por darle forma más adelante. Esto es solo para practicar. Hoy tenemos que enfocarnos en encontrar el centro del torno. Seguramente, mientras mirabas trabajar a otros, ya te habrás dado cuenta de que antes de poner la arcilla en el torno es imprescindible encontrar el equilibrio; para que la arcilla no se mueva le debes dar una forma cónica, luego la aplastas de nuevo, le vuelves a dar forma y, al repetir este proceso, lo que haces es alinear las partículas. Si no logras encontrar el equilibrio, no puedes ni empezar a trabajar con el torno.

—¿Y cómo sé que he centrado la arcilla?

—Tan solo lo sabes.

Ante la explicación simple y sencilla de Johee, Jeongmin pensó: *Vaya sorpresa.* Aprender a hacer cerámica era un proceso un poco más complejo que el simple hecho de ir adquiriendo habilidades. Jeongmin bajó la mirada hacia las palmas de sus manos, que estaban cubiertas de una fina capa de arcilla. Estas manos ásperas tendrían que superar un reto aún mayor.

La arcilla no podía entender a Jeongmin y parecía moverse como si quisiese protestar. Se derrumbaba. Jeongmin intentó volver a crear una forma cilíndrica, pero la arcilla no paraba de temblar y al final el centro de la pieza quedó aplastado, adquiriendo el aspecto de una almohada. Se preguntó si de verdad tenía que repetir ese proceso una y otra vez para encontrar el equilibrio. ¿Bastaba con un simple proceso de estirar y aplastar la arcilla para alinear sus partículas? Aunque la textura no estaba visible a simple vista, no le cabía ninguna duda de que no estaba equilibrada. No importaba cuántas veces lo intentara, siempre se le escapaba de entre las manos y ella suspiraba con fuerza cuando se derrumbaba.

En esa ocasión, la arcilla volvió a colapsar, creando una forma similar a una mina hundida tras una explosión. Jeongmin, frustrada por su falta de destreza, perdió la paciencia y golpeó la masa con timidez. El tedioso y lento proceso de hacer cerámica se había vuelto totalmente insoportable. No llevaba ni dos estaciones haciendo cerámica, por lo que

Jeongmin estaba enfadada consigo misma por haber perdido el interés tan pronto. Pero recordó su naturaleza indecisa y lo difícil que le resultaba concentrarse en algo. Incluso en sus relaciones amorosas, nunca conseguía que durasen. Así que acabó aceptando su falta de motivación con demasiada facilidad.

¿Cómo que bailar con la arcilla? Jeongmin ni siquiera podía manejarla. Estaba exhausta. Además, lo de tener que estar inclinada sobre el torno de alfarero, con la cabeza y la espalda dobladas durante dos horas, le agarrotaba los hombros, y le resultaba incluso más incómodo que estar sentada frente al ordenador. Jeongmin se estiró y rotó los brazos. Kishik, que estaba sentado a su lado, observó su arcilla hundida y esbozó una sonrisa furtiva.

—No es fácil, ¿eh? La primera vez que usas el torno de alfarero necesitas un poco de paciencia. Sé que parece algo obvio, pero con el tiempo te saldrá mejor.

Jeongmin pensó que tal vez la había visto aplastar su pieza de un puñetazo y, se avergonzó por ello porque la había sorprendido en un momento muy íntimo, cuando estaba descargando toda su frustración. Desde que había conocido a Ara, Jeongmin se sentía un tanto incómoda con Kishik. Cada vez que lo miraba, recordaba la belleza de esa mujer.

—Creía que era alguien paciente. Siempre suelo controlar la frustración, pero ahora me doy cuenta de que no tengo tanta paciencia como pensaba. Me resulta tan frustrante…

—Yo también le pegaba a la arcilla cuando las cosas no me salían como quería. Sé lo frustrante que es. Pero la arcilla es blanda, así que por mucho que le pegues, no siente nada. Cuando te sientas así, pégale todo lo que necesites.

Jeongmin contempló la huella de su puñetazo. Era inusualmente grande comparada con su mano. Cuando era una niña, los mayores siempre comentaban lo mismo acerca de sus manos: «Son manos de pianista» o «Si tienes manos tan resistentes, se te darán bien las manualidades».

Por desgracia, Jeongmin carecía de destreza para trabajos manuales. Con esos dedos largos, la única actividad en la que destacaba era tecleando más rápido que nadie; pero lo que escribía podía desaparecer tan rápido como había surgido. ¿Qué se sentiría al disfrutar realmente de lo que uno hace? Después del incidente con el equipo del documental, Jeongmin había decidido que dedicarse en cuerpo y alma a su trabajo, a la larga, era perjudicial para ella.

—¿Tanto te gusta hacer cerámica? Se tarda mucho en aprender las técnicas necesarias, y que hagas un buen trabajo no es indicio de que los resultados también sean satisfactorios. Y además también debes de estar muy ocupado con tu trabajo del día a día... Sinceramente, cuando me dijiste que estabas pensando en abrir un negocio me sorprendió.

—Al principio, una palabra tan abstracta como «arte» no me inspiraba en absoluto. Pero la primera vez que toqué la arcilla fría, lo supe; la cerámica era lo mío, y puedo pasarme el resto de mi vida haciéndola que jamás me cansaré de ello. Es una sensación distinta a pensar que tan solo es «divertido». En lugar de ser un pasatiempo estimulante, es algo más tranquilo. Es precisamente aquello que logra calmarme, por lo que podría hacer una y otra vez, sin parar, sin cansarme.

—Lo que me calma...

¿Qué solía hacer Jeongmin para calmarse? Lo que acostumbraba hacer la ponía de los nervios, o hacía algo más que calmarla y al final terminaba aburriéndola.

—En verdad, estos días no sé qué opinar de la cerámica. Aunque al principio la veía como un pasatiempo, y sigo teniendo ganas de practicarla, ahora me parece más una forma de transformarme.

—Parece que has descubierto lo que te impide encontrar el equilibrio en el torno de alfarero. Quizá seas demasiado impaciente. Es como si estuvieses intentando recuperar tus ganas de vivir haciendo algo, lo que sea, lo antes posible, pero la arcilla es un material que hay que trabajar muy lento. Es posible que sean justo tus expectativas las que te hayan hecho perder el norte.

Kishik diagnosticó la situación de Jeongmin como si fuera médico.

—Si me he perdido, ¿qué puedo hacer? Quiero adaptarme a la velocidad de la cerámica, pero hoy incluso me he aburrido de lo lento que es todo. Y ahora que me he dado cuenta de esto me cuesta concentrarme. Es desesperante.

—Puedes probar a pensar que haces cerámica para otra persona en lugar de para ti misma. Cuando piensas en las personas que te rodean, hacer cerámica se convierte en algo especial. Es lo que hago yo cuando pierdo la motivación. Todo el mundo sabe el esfuerzo y el tiempo que hay que dedicarle a la cerámica, por eso todas las personas que reciben mis piezas se alegran, sin importar si la forma de la pieza está ligeramente deformada o si ha perdido consistencia en el horno.

—Supongo que también presumes un poco de tu talento con esos regalos, ¿verdad?

—Pues claro, mis cerámicas tienen un valor incalculable.

Kishik sonrió con picardía.

Para encontrar el equilibrio, tal vez fuese necesario observarlo todo desde los márgenes. Durante todo ese tiempo, Jeongmin no había contemplado a las personas a su alrededor. En cambio, se había centrado solo en sí misma. Se ponía de mal humor ante cualquier cosa que le dijeran, era incapaz de salir de su cueva y evitaba interactuar con quienes se le acercaban. No dejaba entrar a nadie en su mundo y, en cambio, había decidido exhibir su corazón a solas, en una sala de exposiciones alejada del resto. Allí, los corazones solitarios que todavía no se habían vendido se terminaban pudriendo.

—No sé a quién regalárselo.

—Yo nunca lo pienso con antelación. Mientras hago una pieza de cerámica, muchas veces no puedo parar de pensar en una palabra en concreto. Si sigo esa palabra, surge un nombre. Y entonces es cuando lo sé: «Así que tú eras el dueño de esta pieza…». Entonces contacto con esa persona, hablamos sobre cómo estamos, quedamos, y le entrego su pieza de cerámica. Al principio puede dar un poco de vergüenza. Es un poco embarazoso regalar algo que ha costado tanto esfuerzo. Pero inténtalo.

—Bueno, ahora tengo muchos platos en mi cocina, y Hoya también tiene unos cuantos cuencos.

—Quien quiera que reciba un regalo tuyo será una persona con suerte, Jeongmin.

—Pero si la mayoría de mis cerámicas acaban un poco deformadas.

—Se deforman porque las pules una y otra vez, porque quieres que salgan perfectas. Eso es precisamente lo que deja ver lo mucho que te has esforzado.

La voz de Kishik llenó de calidez a Jeongmin. Después de observarlo, cautivada por su voz, Jeongmin apartó la mirada con rapidez. La arcilla, y su corazón; todo estaba desequilibrado. Para enfriar su corazón febril echó agua a la arcilla, que había perdido su humedad mientras hablaba con Kishik. A medida que se empapaba, cambiaba de color y se ablandaba. En realidad, hacer que la arcilla bailara sobre el torno de alfarero no era nada. Después de todo, la masa solo recibe un nombre cuando soporta una temperatura de 1250 grados, se cuece para convertirse en una pieza maravillosa y se la exhibe en la cocina o en la mesa. Solo cuando la cerámica llega a una persona y es capaz de contener algo, puede cobrar vida, como un brote que se abre paso a través de la tierra. Así que Jeongmin se propuso dejar atrás su miedo hacia la arcilla y pensó que, si echamos un vistazo a nuestro alrededor, algún día encontraremos el equilibrio para la arcilla y se nos ocurrirá quién es el dueño de la pieza.

Jeongmin retomó su trabajo. Agarrando la arcilla con ambas manos, fue tirando uno a uno los autorretratos que colgaban en la sala de exposiciones de su corazón. Dio fuerza a sus manos y, mientras creaba un cilindro, limpió la sala de exposiciones. Esa vez aplastó ella misma la arcilla y abrió la puerta de la sala del museo de su corazón. Ahora era el momento de pintar retratos de las personas que quería, no autorretratos.

—Parece que ya has encontrado el equilibrio.

Con las palabras de Kishik resonando en sus oídos, Jeongmin percibió que algo estaba comenzando. Sabía que aprender algo nuevo no transformaría mágicamente su vida. No esperaba que un pasatiempo pudiese cambiar toda su existencia. En ese instante, lo único que tenía que hacer era dar con el propietario de la pieza de cerámica. Hay momentos en los que nada puede consolarla. Ese día Jeongmin tuvo uno de esos momentos, pero Kishik le regaló una excepción. El dolor de cabeza que no parecía desaparecer con nada se desvaneció con las palabras de Kishik, que eran como un bálsamo. Su mente se aclaró.

Treinta. Es el número de piezas de cerámica que hizo Jeongmin en dos semanas con el torno de alfarero. Fue el resultado de una promesa que se hizo a sí misma: como práctica, iba a hacer tantas piezas como su edad. Imitó el hábito de Kishik, que consistía en fijarse varias metas utilizando el número de su edad. Por supuesto, las piezas volvían a su forma de arcilla y luego se convertían en otra pieza de cerámica repetidamente. De esta forma, solo dos piezas sobrevivieron, mientras las demás se fundían las unas con las otras. Una de ellas era un jarrón que, con la ayuda de Johee, finalmente tomó forma al ajustar los extremos. La otra era un plato plano y amplio. Aunque no alcanzaban la perfección de las cerámicas de Jun ni la originalidad de los diseños de Kishik, Jeongmin estaba satisfecha. Había empezado a encontrar el equilibrio.

—¿Has pensado a quién le vas a regalar el jarrón?

—A mi madre.

La respuesta le salió de forma inesperada. No estaba pensando específicamente en la palabra «madre», simplemente surgió.

—Seguro que le gusta mucho.

En realidad, usar el torno de alfarero era algo tan agotador que Jeongmin ni siquiera había podido pensar a quién regalarle la pieza. Pero respondió a la pregunta de Kishik como si la hubiera estado esperando. Sin que ella fuera consciente, el rostro de una persona había estado apareciendo en su mente.

—¿Y la otra pieza? —Kishik señaló el plato ancho.

—Todavía no he logrado encontrar al propietario. Por ahora, lo dejaré así, por si más adelante me viene a la mente algún rostro, como el de un estudiante que llega tarde a clase.

—Eres muy amable, incluso con ese alumno que siempre llega tarde, Jeongmin.

Kishik dijo que tenía que pasar por una agencia inmobiliaria, así que fue el primero en recoger sus cosas. Como estaba preparando la inauguración de su negocio, dividía los fines de semana en dos. Kishik fingió estar ocupado y dispuesto a irse, pero se detuvo frente a la puerta. Entonces, de repente, regresó junto a Jeongmin y le propuso ir a cenar más tarde.

—Vendré enseguida, no te haré esperar mucho.

Él se alejó balanceando los brazos y dejando a Jeongmin confundida, sin saber qué significados o posibilidades escondían sus palabras. A partir de ese momento, ya no pudo concentrarse en su trabajo. Era como si se hubiese convertido en un perrito incapaz de olvidar a su amo. Cuando le llegó un mensaje de Kishik diciendo que ya estaba frente al taller, Jeongmin no midió el tiempo de respuesta y escribió en el teclado con las manos manchadas de arcilla. Como resultado, la pantalla del móvil quedó cubierta de polvo parduzco.

—Hoy no me vale un sándwich. Tengo mucha hambre después de haber estado trabajando tanto.

Jeongmin se sentó en el asiento del pasajero y pidió lo que quería. Tenía mucha hambre. Kishik repuso que a él tampoco le valía con solo un sándwich. No había ningún anillo en el dedo anular de la mano izquierda de Kishik, con la que sostenía el volante. En su lugar, tan solo había una franja blanquecina que le rodeaba el dedo donde debería haber estado el anillo. Jeongmin se había acostumbrado a revisar su mano izquierda con frecuencia. Si llevaba el anillo cuando entraba en el taller, si se lo volvía a poner cuando salía... En ese momento, Jeongmin se dio cuenta de que llevaba fijándose en su dedo anular izquierdo desde el mismo instante en el que se habían conocido.

—Por lo visto sigues olvidándote de ponerte el anillo.

—Qué desastre. Es como si estuviese buscando que me echasen la bronca.

Kishik hizo girar el volante con la mano izquierda y cubrió ligeramente su dedo anular.

Jeongmin llevó a Kishik a un restaurante de gukbab de carne cocida que solía frecuentar después de terminar las transmisiones en directo. Era un lugar al que había querido llevar a Kishik desde hacía mucho tiempo, y cuando estaba agotado y necesitaba un chute de energía le parecía el momento perfecto. No había vuelto allí desde que había dejado el trabajo, por lo que esta sería su primera visita en casi un año. El antiguo letrero y la puerta desgastada seguían donde siempre.

Parecía un refugio para quienes buscaban escapar de los sinsentidos y las humillaciones a los que se tenían que enfrentar en el trabajo. Entre los visitantes había tanto hombres como mujeres jóvenes, aunque Kishik y Jeongmin parecían los más jóvenes del grupo.

—Aquí se come muy bien. Es un lugar que solo conocen los residentes de Ilsan, pero te lo voy a enseñar. Abre las veinticuatro horas del día, y el plato estrella es el gukbab de carne cocida. La cazuela de gopchang está tan buena como el gukbab, pero las raciones son enormes, por lo que tres o cuatro personas pueden saciarse con solo una ración. Hoy, por desgracia, tendremos que pedir el gukbab de carne cocida.

—Seguro que está muy bueno. La próxima vez que vengamos ya pediremos la cazuela de gopchang.

El ttukbaegi* pesaba más de lo habitual porque a la sopa no solo se le añadía la carne que normalmente se usaba para cocinar, sino que se aprovechaba toda la carne para hacer el caldo. A Jeongmin le gustaba beber el caldo primero, tal y como se lo servían, y después ir añadiendo poco a poco algo de picante para darle un extra de sabor. Por otro lado, Kishik agregaba los condimentos picantes desde el principio, haciendo que la sopa adquiriera un color rojo intenso. Después de un día agotador, ambos se centraron en comer, intercambiando solo algunos comentarios de vez en cuando. Cuando Jeongmin añadió los condimentos a su caldo, Kishik comenzó a hablar:

—En realidad, hoy no he ido a la inmobiliaria por mi nuevo negocio. He puesto la casa en venta y un visitante ha venido a verla, así que fui a abrirle la puerta. Voy a instalar mi taller en Goseong, por eso estoy buscando piso por allí.

—¿En Goseong?

Kishik le tendió un vaso de agua a Jeongmin, que tosía porque el picante del caldo se le había quedado atascado en la garganta, y siguió hablando:

—Es mi pueblo. Como mis padres siempre estaban muy ocupados, viví allí con mis abuelos y mi hermano pequeño hasta que terminé la escuela primaria. Siempre he tenido el

* Vasija de barro de color negro o marrón que se utiliza para cocer caldos o sopas.

sueño de trabajar en algo que me guste con vistas a ese mar tan familiar. Después de todo, estoy mucho más cómodo en un pueblo tranquilo que en una ciudad llena de gente y luces destellantes. Ah, y también me estoy planteando abrir una cafetería junto al taller. En lugar de combinar un café con un dulce, quiero combinar los cafés con las tazas que se hagan en el taller. Es una idea que me dio Johee. Aunque quizá no debería ir por ahí divulgando mis planes de negocio, ¿verdad?

Kishik susurró aquello último y respiró hondo.

—Como no había planeado abrir una cafetería, he tenido que ampliar un poco los plazos; sin embargo, creo que todo estará listo para diciembre. Mi intención es inaugurar en marzo, pero antes de eso volveré allí para desconectar un poco. El único problema es mi novia.

Kishik extendió su dedo anular, que seguía vacío. Jeongmin no quería oír hablar de Ara, pero se esforzó por aparentar que no le importaba y le prestó atención a Kishik.

—Le sugerí a Ara que nos mudáramos a Goseong y que ella se hiciera cargo de la cafetería. Reconozco que es una propuesta algo egoísta. Ara es funcionaria, y para llegar a donde ha llegado ha tenido que trabajar muy duro, lo sé mejor que nadie. Tal y como me imaginaba, rechazó la propuesta sin pensárselo dos veces. En realidad, a Ara nunca le han gustado mis planes. Solo tras haber participado en la clase del otro día se dio cuenta de lo importante que es la cerámica para mí, sobre todo después de dos años aprendiendo.

—¿Y no habéis valorado la posibilidad de tener una relación a distancia? —dijo Jeongmin a duras penas; no sabía si alegrarse o lamentarse por las palabras de Kishik.

—No nos queda otra opción, por eso le sugerí que tuviésemos una relación a distancia hasta que llegase el momento de casarnos, aunque fuese complicado. Pero ella dijo que de ninguna manera. No está cerca, como Seúl y la provincia de Gyeonggi; es en la provincia de Kangwon, que está mucho más lejos. Alguien va a tener que ceder, pero ninguno de los dos quiere hacerlo. En realidad, lo que ocurre es que los dos ya hace tiempo que nos hemos rendido.

Kishik bajó la mirada.

—Pero durante la clase parecía que te apoyaba bastante…

—Aun así, aquello que no se puede entender jamás se comprenderá, sin importar lo que se haga.

Seis años de amistad y cuatro de relación. La primera amiga que hizo Kishik después de finalizar el servicio militar y reincorporarse a la universidad fue Ara. Kishik la consideraba una buena amiga, pero poco a poco fue dejando la puerta abierta hacia una posible relación. Pero para Ara era distinto. Si es amigo, es amigo; si es novio, es novio. Cuando un día Ara dijo «Todos los hombres son iguales», Kishik la persuadió para que le diera una oportunidad. Ara estaba preocupada por cómo eso podía afectar a su amistad, pero no vaciló al responderle. De manera natural dijo: «Vale, lo intentamos», y le tomó la mano a Kishik. Así que él debía preocuparse por que todo saliera bien. Cuando Ara optó por convertirse en funcionaria y empezar a preparar las oposiciones, no se paró a pensar en cómo podría afectarle eso a Kishik, aunque él confió en ella plenamente. Daba igual por qué había tomado aquella decisión tan repentina.

A los tres años, Ara aprobó las oposiciones y los dos se fueron de viaje por primera vez. A Sapporo, donde siempre había mucha nieve y el mundo estaba teñido de blanco. Pero el primer día, en un ryokan que parecía perfecto, Ara admitió que se aburría. Al día siguiente, Kishik compró una cámara analógica en una tienda cercana y durante todo el viaje no dejó de fotografiar a Ara. Después, juntó las fotos que había tomado y le escribió una carta como si estuviera confesándole su amor por primera vez. «Sal conmigo, sal conmigo, como al principio». Kishik le demostraba su amor de nuevas maneras, con el objetivo de seguir ganándose el corazón de su novia. Tres de esos cuatro años Ara se los pasó estudiando para las oposiciones, y el cuarto lo consumió por completo el aburrimiento, por lo que, a pesar del tiempo que habían pasado juntos, su relación resultó tener unos cimientos débiles. Quizá fue por eso, pero pronto empezaron a distanciarse. Desde que Kishik mencionó «Goseong», ambos se habían subido a un tren de alta velocidad llamado «ruptura». En realidad, el tren de alta velocidad llamado «ruptura» parecía haber estado parado en la vía a la espera de que se subiesen pero presente durante toda su relación. Con solo una palabra arrancó, y comenzó un proceso que no era culpa de nadie.

—¿Y cómo te sientes ahora? —preguntó Jeongmin midiendo sus palabras.

—Mejor de lo que esperaba. Nuestra relación empezó a ir mal cuando Ara fue nombrada funcionaria. Sin embargo, creo que es inevitable sentirse vacío cuando nos damos cuenta de que nuestros sentimientos se han enfriado tan rápido.

Cuando se trata de una pareja que lleva mucho tiempo saliendo, no existe una fórmula matemática que explique su ruptura. Todos los pasos que han dado juntos, uno al lado del otro, terminan distanciándolos poco a poco, hasta que las líneas de sus vidas empiezan a correr en paralelo. Todo eso forma parte del proceso de una ruptura.

—¿A que estaba buena la comida de hoy?

—¡Excelente! Todo mi cuerpo se siente cálido y lleno, desde mi garganta hasta mi estómago y los dedos de los pies. Gracias por haberme recomendado este sitio.

—En general no como mucho ni soy muy amante de la buena comida, pero no hay persona que conozca mejores restaurantes que yo. Aquí donde me ves, fui redactora de un programa que exploraba restaurantes. Hay un archivo de Excel en mi portátil con una lista de todos los grandes restaurantes del país, con sus mejores platos, las direcciones e incluso la información de contacto. Sorprendente, ¿eh?

Jeongmin no quería alimentar el vacío que sentía Kishik, así que se apresuró a cambiar de tema. También habló largo y tendido sobre su situación, tratando de destacar la imagen de Kishik como emprendedor. Aunque lo hizo burlándose de sí misma de vez en cuando, quería demostrarle a Kishik lo activo y dinámico que era. Sin embargo, tras su risa se vislumbraban emociones oscuras y profundas.

Jeongmin no le quería dar ni un momento a Kishik para pensar. Como dijo Jihye, comer es lo más básico, pero también lo más rápido para curar un corazón roto. Después de comer lo llevó a un establecimiento que vendía gofres. Un gofre de plátano y nutella y otro de helado de arándanos. Kishik eligió según la recomendación de Jeongmin. Él, que también era experto en postres, probó un bocado y le prometió a Jeongmin que nunca dudaría de sus consejos. A Jeongmin la alivió verlo disfrutar de los gofres como un niño pequeño. Sin darse cuenta, esbozó una pequeña sonrisa, reflejando la de Kishik. Después de lo que habían estado hablando, sintió que sus sonrisas se habían vuelto bastante parecidas, pero que ahora tenían fecha de caducidad. Jeongmin lamentaba que existiera ese límite, pero anhelaba volver a compartir esa clase de sonrisa en un futuro. Incluso antes de que Kishik se fuera, Jeongmin estaba pensando que quería verlo más a menudo; sin que ella se diera cuenta, quería cada vez más y más.

Kishik la acompañó a su casa en coche. Jeongmin se disponía a salir después de agradecérselo, pero la puerta del coche no se abría. Cuando se giró hacia él, estaba golpeándose la barriga.

—¿Quieres que vayamos a dar un paseo para bajar la comida?

Los dos pasearon por todo el barrio de Bamgashi, que estaba poco iluminado. Los vecinos ya habían comenzado a recoger las castañas del suelo, así que solo quedaban las cáscaras, y sus espinas se enganchaban a los pies. Kishik quería pararse a buscar castañas entre las cáscaras, pero Jeongmin lo detuvo. Le dijo que pincharse con una espina dolía mucho. Cuando Kishik le preguntó si alguna vez se había pinchado con una, ella le contó su experiencia del otoño anterior. A partir de ese momento, los dos comenzaron a hablar de sus respectivos pasados relacionándolos con las cosas que iban hallando por la calle.

Al pasar por un colegio, Kishik le contó una historia de su época escolar en Goseong. Era un niño con mal genio, pero también era un romántico y siempre estaba hablando de que se quería casar en una iglesia tan bonita como la que había cerca de su escuela, que era la tercera iglesia más hermosa del país.

Cuando pasaron por delante de una librería independiente donde impartían clases de escritura, Jeongmin habló sobre las obras de su autora favorita, Kaori Ekuni. Siempre le había gustado leer, y cuando leyó *Between Calm and Passion*, le confesó a su tutor de inglés: «Me gustan mucho las novelas de amor triste». En cuanto a *Falling into the Evening*, todavía no acababa de entender la psicología de la protagonista. E incluso le habló de su sueño infantil de convertirse en la Kaori Ekuni coreana, y volverse una experta en escribir novelas románticas... Fue en ese momento, cuando Kishik mencionó su deseo de ver publicados los textos de Jeongmin, cuando ella se dio cuenta de lo emocionada que estaba por haber cenado con él. Se dijo a sí misma que era por el frío, y metió las manos rápidamente en los bolsillos de la chaqueta.

Mientras pasaba frente a una tienda de diseño de interiores, Jeongmin descubrió que los padres de Kishik eran los propietarios de una tienda similar. Sus padres eran personas muy ostentosas que se jactaban ante los demás de la educación que habían recibido sus hijos y de sus profesiones. Esa ostentación era similar a la de arreglar una casa vieja y desaliñada para convertirla en algo impresionante. Kishik confesó que siempre se había sentido como uno más entre los numerosos azulejos ilustrados en un folleto de decoración del hogar. Esos folletos detallaban en qué universidad se había graduado, en qué gran empresa trabajaba y qué tipo de automóvil conducía. Kishik sacudió la cabeza y mencionó que no sabía cuánto esfuerzo había invertido en hacer que su imagen en el folleto de sus padres fuera atractiva para que ellos pudieran exhibirla con orgullo. Después de un breve momento de silencio, de repente dijo: «El color que te imaginas cuando piensas en el mar».

—Uno, dos, tres.

—Verde.

Los dos respondieron «verde» al mismo tiempo. Y después chocaron los cinco, tal y como hacían habitualmente. Ahora ya sabía hacia dónde dirigir su mano, qué mano levantar y de qué forma. Jeongmin respondió «verde» porque cuando pensaba en el mar recordaba las playas de los lugares turísticos, pero la respuesta de Kishik, que estaba acostumbrado al azul del Mar del Este, resultaba mucho más curiosa.

—Para mí el mar no es frío. Es un espacio cálido lleno de recuerdos. Así que, por alguna razón, pienso en el color verde esmeralda.

La explicación de Kishik era sencilla. En lugar de intentar entenderla, Jeongmin simplemente decidió aceptarla.

Al pasar por un pequeño restaurante de jokbal especializado en entregas a domicilio, Kishik descubrió que la madre de Jeongmin era la propietaria. Ella también descubrió que las comidas favoritas de Kishik eran el jokbal y el makkuksu. Sin embargo, una vez comió tanto que tuvo una indigestión y desde entonces no pudo volver a comer ni uno ni otro. Jeongmin comentó que también estaba cansada del jokbal.

Mientras iban descubriendo piezas que no conocían el uno del otro, llegaron al taller. En el cartel aún permanecía el símbolo «&».

—Me gustaba el taller cuando olía a flores frescas, pero ahora también me sigue gustando.

—¿Flores frescas? ¿Antes también se vendían flores?

—Se vendían flores e incluso se hacían arreglos florales. Aunque creo que es algo que no se volverá a ver por aquí.

Mientras hablaba, una expresión de profunda tristeza se apoderó del rostro de Kishik, y para Jeongmin fue tan ajena como la de un completo desconocido. Se le ocurrían muchas preguntas, pero prefirió no hacer ninguna.

—Tengo curiosidad por cómo será tu taller.

—Yo tampoco me lo acabo de imaginar aún.

Kishik todavía no tenía plena confianza en su taller. Parecía que la razón por la cual seguía haciendo cerámica era debido a los miembros del taller Soyo. ¿Podría continuar sin ellos? Sus preocupaciones se extendían como las marcas de la edad sobre el rostro de un anciano.

La noche era larga y sus historias interminables, pero el barrio de Bamgashi no era lo suficientemente grande como para que siguiesen hablando eternamente. Al final, los dos recorrieron todos los callejones hasta que tomaron un camino cuesta arriba y acabaron frente a la casa de Jeongmin. Kishik dijo que le daba vergüenza porque había hablado demasiado, pero que ese día había necesitado hablar con alguien. Cuando dijo «con alguien», Jeongmin enarcó la ceja derecha. Quería preguntar por qué ella entre todos los «alguien». Pero su propia actitud era incluso peor que la ambigüedad de Kishik. Cuando se enteró de que Ara y él estaban al borde de separarse, sin quererlo, comenzó a valorar todas sus posiblidades, lo cual era una actitud infantil y egoísta. Jeongmin suspiró al tener que enfrentarse a sus propias complicaciones emocionales.

—¿Pasa algo?

Al ver la mirada afectuosa de Kishik, Jeongmin sintió que lo que había estado reprimiendo durante todo el día estaba a punto de estallar. Y al final, decidió ser sincera sin ser muy consciente de lo que decía.

—¿Recuerdas el primer día que fui al taller? ¿El accidente del anillo?

—Pues claro, recuerdo que te supo muy mal.

—La primera vez que vi el anillo pensé que yo no hubiera escogido ese diseño. Si hubiera sido yo, habría optado por algo que nos quedara bien a los dos.

Kishik la miraba como si no comprendiese qué era lo que estaba intentando decir. Jeongmin se dio cuenta mucho después de lo que había dicho y fue como si una ráfaga de aire gélido la acabase de sacar de golpe de un sueño. Abrió la puerta del coche con rapidez y entró en casa. Sentía las orejas tan calientes que casi le abrasaban. Como ya lo había soltado, solo esperaba que al menos Kishik pensara en ella cuando llegara a su casa. Quería estar presente en su mente, como la comida en su estómago.

JARRÓN AZUL COBALTO

El jarrón cubierto con óxido de cobalto salió del horno con un brillo mucho más intenso de lo previsto, irradiando una enigmática luz azul que le confería una impresión de frescura. La sugerencia de Kishik de cortarle franjas verticales al jarrón para reducir su peso fue, como Johee había dicho, «excelente». El patrón le otorgaba un aura vintage que a Jeongmin le encantaba, y al sostenerlo, parecía más sólido y estable.

Cuando Jeongmin volvió a casa, desenvolvió el papel de periódico con el que Johee había envuelto el jarrón para que no se rompiera. Luego, escogió una de las innumerables bolsas de regalo que había por su apartamento y lo volvió a envolver. Pensó incluso en comprar papel de regalo y una caja, pero no era una hija tan devota. Al final terminó decidiendo no pasar por esa clase de vergüenza y se tumbó boca arriba junto a Hoya, que se comportaba como si lo supiera todo incluso sin saber nada. Lamió las manos de Jeongmin, secas de haber estado trabajando la arcilla durante todo el día. Jeongmin se quedó dormida mientras acariciaba el suave pelaje cálido de Hoya. Mientras tanto, el lugar que el gatito había lamido pronto volvió a secarse.

Jeongmin despertó de un sueño profundo, y se vistió a toda velocidad. El sábado era el día más ajetreado del restaurante de jokbal de Yoonjae, pero aun así se fue directa a Seúl. No había salido siquiera del edificio cuando se dio cuenta de que se había olvidado el regalo en casa, por lo que tuvo que volver corriendo a por él. Entonces se paró a pensar en su marchita generosidad... ¿De verdad estaba tan poco acostumbrada a hacer regalos?

El restaurante de jokbal se encontraba a más de una hora de viaje, con transbordos de metro y autobús incluidos. Tampoco estaba tan lejos, pero Jeongmin no solía visitar a su madre. El restaurante, un enorme local dentro del mercado, era famoso por su buena comida, lo que a su vez significaba que siempre estaba lleno. El negocio iba cada vez mejor, por lo que habían tenido que hacer obras de ampliación y remodelación varias veces.

A Jeongmin no le gustaba ese elegante restaurante, porque no encajaba en absoluto con el mercado en el que estaba. Su popularidad podría atribuirse al hecho de que llevaba allí desde hacía muchos años, incluso desde que Jeongmin estaba en la escuela primaria. Sin embargo, su fama se debía sobre todo a que había aparecido en un programa de televisión sobre gastronomía que Jeongmin había producido varios años atrás. Yoonjae se enorgullecía de haber aparecido en el programa de su hija, pero Jeongmin apenas le había prestado atención. Simplemente había estado ocupada con varios proyectos y necesitaba elegir al próximo protagonista del programa. Pero en aquel momento había pensado que aquello era lo mínimo que podía hacer para tratar de ser una buena hija.

Incluso habían grabado el logo del programa en el que Jeongmin solía trabajar en el cartel del restaurante, con una fuente antigua y compacta: «¡Restaurante que apareció en *Cenas felices* de la NBC!». Debajo había una pantalla que mostraba a Yoonjae elaborando el jokbal con una técnica secreta que consistía en hervirlo con varios ingredientes. Jeongmin hizo un esfuerzo por ignorar la imagen de su madre sonriendo alegremente y entró al restaurante.

—Hola, Jeongmin. Cuánto tiempo.

El novio de Yoonjae fue el primero en saludarla con una voz ronca pero alegre.

—Sí, olvidé avisar antes de venir. Solo será un momento. Me tengo que ir pronto.

Por suerte, era la misma persona que había visto el año anterior. Cada vez que Jeongmin venía de visita al restaurante, una o dos veces al año, los novios de Yoonjae eran distintos. El hombre tenía la tez rojiza, pelo corto, y usaba un cinturón negro ajustado, como si quisiese acentuar su cuerpo delgado. Los hombres que le gustaban a Yoonjae eran así. Solo cambiaban la cara y el nombre, y ya había salido con unos diez tipos parecidos.

Jeongmin al principio no entendía que su madre hubiese empezado a salir con otros hombres justo después de haberse divorciado de su padre. La visión de su madre de lo que era el amor verdadero le rompía el corazón, pero no podía mostrarlo abiertamente. Si intentaba decir algo, Yoonjae se golpeaba el pecho con una expresión triste, diciendo que ni siquiera su hija la entendía. El matrimonio con su padre la hizo sentir muy sola, y ahora, sin su única hija a su lado, necesitaba a alguien que estuviera presente. El hecho de que Jeongmin empezara a trabajar a tiempo parcial y se independizara a los veinte años probablemente también había contribuido a la soledad de su madre. Jeongmin se propuso dejar de culparla por cómo vivía su vida.

El descanso acababa de terminar. Jeongmin dejó atrás al hombre que parecía ocupado saludando a la afluencia de clientes y se adentró en la sala del personal, detrás del comedor privado. Allí había un montón de cajas de caramelos de menta y mondadientes verdes que habían debido de pedir al por mayor, y la sala estaba llena de mesas bajas y cojines; incluso había unos cuantos apilados en un rincón, por si los clientes los necesitaban. Cuando era pequeña, Jeongmin solía venir aquí a hacer los deberes. Los empleados actuaban como sus profesores y la ayudaban con las tareas, aunque el personal solía cambiar cada mes, o incluso cada semana.

Desde la cocinera de sesenta años hasta la camarera de veinte que era demasiado atenta con los clientes, los empleados del restaurante pasaban por su lado sin detenerse. Mientras la ayudaban a hacer los deberes se lamentaban de sus vidas, e incluso a veces criticaban a su joven jefa, Yoonjae.

Jeongmin no se enfadaba cuando oía que hablaban mal de su madre, porque en realidad le daban pena. Mientras escuchaba en silencio sus historias, se dio cuenta de que hacían todo lo posible por autocompadecerse. Era como si estuviesen compitiendo por demostrar quién tenía la vida más desgraciada. Sí, la palabra «desgraciada» es mucho más correcta que «infeliz». Sin embargo, cuando cerraban el restaurante y se sentaban a comer, todos reían alegremente. Algas, boquerones salteados y alcohol. Las mujeres, alegando que debían reducir su consumo de carbohidratos, se reían de lo cansadas que estaban con una cerveza bien fría en la mano y tres cucharadas de arroz servidas en un diminuto plato que, de normal, se utilizaba para la salsa de soja. Aunque Jeongmin odiaba presenciar esas risas ridículas, no le quedaba otra que permanecer sentada en silencio. Al final renunció a encontrarle alguna lógica a todo aquello que decían, que le resultaba totalmente incoherente, y se comportó lo mejor que pudo. Recordaba cómo se le entumecían las piernas por pasar tanto tiempo sentada y cómo la conversación no parecía terminar nunca, incluso después de haber acabado de comer; y, por debajo de la mesa, su madre siempre le apretaba con fuerza la mano para darle ánimos.

Yoonjae no estaba por ninguna parte. Mientras esperaba a su madre, Jeongmin intentó alisar la bolsa de regalo reciclada que se había arrugado por haber estado sujetándola con fuerza durante el trayecto, pero fue inútil.

Entonces se abrió de par en par la puerta de la sala de personal y Yoonjae se asomó desde detrás de la madera. Aunque hubiera pasado mucho tiempo desde la última vez que se habían visto, Yoonjae saludó a su hija como si la viera todos los días.

—¿Has comido?

—Sí. ¿Dónde has ido?

—He ido un momento al mercado porque se nos estaban acabando las hierbas medicinales. Si hubieras venido el lunes, que es nuestro día de descanso, habríamos podido comer juntas.

—No, da igual. Solo he venido porque quería darte algo. Me tengo que ir enseguida.

A pesar del tiempo que hacía que no se veían, Jeongmin decidió ir al grano. Sin embargo, Yoonjae no parecía decepcionada.

—¿Tienes algo que darme?

—Últimamente voy a clases de cerámica. Lo he hecho allí.

Jeongmin le entregó la bolsa con indecisión. Estaba tan avergonzada que no podía ni mirarla a los ojos.

—¿Lo has hecho tú?

—Sí.

Yoonjae se limitó a observar la pieza de cerámica. Fuera se mezclaban el ruido que producían los platos al chocarse, la televisión, sillas arrastrándose y voces, pero esa sala parecía un espacio completamente aislado del exterior. Era como si hubieran entrado en una cápsula del tiempo.

—¿Sabías que yo me apunté a una clase para aprender a hacer arreglos florales? Antes de casarme, cuando trabajaba en una revista, me gustaban tanto las flores que cada semana iba a clase para aprender. Me prometí a mí misma que, cuando creciera, viviría rodeada de flores. Pero, en lugar de cortar tallos de flores, me paso los días cortando patas de cerdo, nunca sabes por dónde te va a llevar la vida.

—No sabía que te gustaba hacer arreglos florales.

Jeongmin no sabía nada de aquello. Y que encima su madre tuviese todo un certificado que la acreditase como decoradora floral… Esto le recordó que Yoonjae también era una mujer, y aquello, por algún motivo, le rompió el corazón. Quizás era porque llevaban mucho tiempo sin hablar con sinceridad. El ambiente estaba impregnado con el aroma de los caramelos de menta, y tal vez por eso a Jeongmin le empezaron a picar los ojos.

—¡Pues claro! Pero ahora tengo las manos demasiado agarrotadas y llenas de pequeñas heridas, no son las manos de una florista. Aun así, a veces sueño con que me piden una entrevista para la revista en la que trabajaba. ¿Qué habría pasado si realmente lo hubiera logrado? Pero también me gusta vender jokbal, porque gracias a ello te he podido criar tan bien.

—Tú no me has criado, he crecido yo sola.

Jeongmin escupió las palabras y bajó la mirada. Después se arrepintió de lo que había dicho y comentó en voz baja:

—Tendría que haber comprado flores, no tienes nada para poner dentro.

—Cómpralas la próxima vez que vengas. Al menos así tendrás un motivo para volver. ¡Deberías venir más a menudo!

Yoonjae sonrió con picardía.

Alguien llamó a la puerta y entró. Era un empleado de mediana edad al que Jeongmin no conocía y que llevaba consigo dos tazas de café.

—¡He oído que ha venido tu hija! Vaya, se parece a ti, es muy guapa.

Yoonjae rio y comenzó a alardear de Jeongmin. «Mi hija, que es productora de programas para televisión…». Eso ya era cosa del pasado, pero Jeongmin no tuvo fuerzas para corregirla y se limitó a sonreír, incómoda. Cuando Jeongmin se cansó de la jactancia de su madre, el empleado salió de la sala diciendo que debía prepararse para el turno de la cena. Gracias a su madre, que fardaba constantemente frente a los clientes de lo orgullosa que estaba de su hija, como si solo fuese otro plato del menú del restaurante, Jeongmin siempre terminaba sintiéndose avergonzada.

—¿Va bien el negocio?

—Como siempre. ¿Y tu trabajo?

—Lo dejé, hace un año —respondió Jeongmin tranquilamente.

—De todas formas te iba a decir que lo dejaras. Los redactores de programas se pasan muchas noches sin dormir.

Yoonjae debía de haber sabido ya que Jeongmin había dejado el programa. El último proyecto en el que Jeongmin había participado fue un documental muy popular dirigido a personas de mediana edad. Cuando salían los créditos finales y todos querían cambiar de canal, Yoonjae no permitía que ningún cliente tocara el control remoto. «Ahora viene el nombre de mi hija». No había manera de que Yoonjae hubiera pasado por alto que, en lugar del nombre de Jeongmin, aparecía otro.

—Tal vez yo también tendría que hacerme cargo del negocio.

—¿Cómo dices? Eso es imposible. No voy a permitir que trabajes aquí.

Aunque Jeongmin soltó las palabras sin darles mucha importancia, como si tirara un envoltorio de chocolate, Yoonjae reaccionó furiosa. «Siempre podría hacerme cargo del restaurante». Estas eran las palabras que Yoonjae más detestaba. Jeongmin retrocedió.

—Ahora que lo pienso, hace poco me cansé del jokbal. Yo tampoco quiero trabajar aquí.

—Tú tienes que sentarte en un escritorio y escribir.

—Pero ya no puedo hacer eso, se me duermen las piernas de estar tanto tiempo sentada.

Yoonjae sonrió con amargura ante la respuesta insatisfactoria de su hija. Era la misma sonrisa que había puesto cuando Jeongmin decidió dejar de participar en concursos literarios mientras iba a la universidad.

El sueño de Jeongmin siempre había sido convertirse en escritora. Desde la escuela primaria, las novelas eran su refugio, y en secreto empezó a albergar el deseo de dedicarse a ello algún día. Entró en el departamento de japonés gracias a sus calificaciones, pero decidió tomarse un descanso después de haber cursado unos pocos semestres. Se pasó un año escribiendo todos los días. A veces eran textos completos y otras, párrafos u oraciones incompletos, incluso palabras entrecortadas. Pero sus relatos nunca llegaban a ser siquiera finalistas en los concursos a los que los presentaba. Sus fracasos se debían a innumerables motivos. El principal era que en sus escritos solo había un personaje. Eran relatos pobres llenos de pensamientos y monólogos de la protagonista, que incluso vestía manga larga y pantalón largo en verano y era incapaz de distinguir el paso de las estaciones. Esos escritos eran simples registros de las conversaciones ingenuas y estúpidas que mantenía consigo misma.

Cuando Jeongmin no vio ningún futuro como novelista, se comprometió con la realidad. Decidió convertirse en redactora para poder seguir escribiendo, pero en lugar de sus propias historias, narraría las de otros. Todo lo que debía hacer era contar la historia de otra persona a través de unos labios ajenos. Solo más tarde se dio cuenta de que era algo que había elegido hacer porque se compadecía de sí misma, tal y como hacían los empleados del restaurante, pero no le importó. Porque, en lugar de obsesionarse con su falta de talento y vivir a base de falsas esperanzas, se sentía mucho más a gusto siendo alguien que vivía con demasiado trabajo encima, de quien la gente podría apiadarse.

Jeongmin había usado el jarrón como excusa para ir a ver a su madre. Lo que de veras quería hacer era contarle a Yoonjae que había visto a Juran y a su padre.

—Hace poco vi a Juran y a su padre.

—¿Y eso? —Yoonjae se mostró nerviosa.

—Me los encontré en el taller. El padre de Juran participa en un programa de cerámica para personas con discapacidad. Me contó que vendió la casa en Seúl y se mudó a Ilsan.

—Espero que le vaya todo bien... —Yoonjae parecía reacia.

—Se lo veía bien. Al principio no lo reconocí, pero él a mí tampoco.

—Ha pasado mucho tiempo.

Yoonjae esbozó una expresión confusa, como si hubiera olvidado que Jeongmin estaba frente a ella. Las palabras de su hija la hacían revivir el pasado. Jeongmin sintió escalofríos al ver esa expresión, era como si estuviera viendo su propio reflejo. El rostro de Jeongmin se parecía mucho al de su padre, pero sus expresiones eran muy similares a las de su madre, con quien había vivido toda su vida.

Yoonjae, que pareció volver al presente después de haber viajado al pasado, le preguntó a Jeongmin:

—Ah, es verdad. ¿Sabías que Juran se ha casado?

Jeongmin frunció el ceño.

—¿Y tú cómo lo sabes?

—Vino hace dos años, justo antes de la boda. El marido es dentista y muy buena persona. No te lo dije antes porque sé que no te gusta hablar de ella.

A Jeongmin la hirieron sus palabras. Así que le había ocultado que se habían visto... Cada vez que surgía el tema de Juran, las conversaciones entre madre e hija se volvían tensas y amargas.

—¿Y qué derecho tenemos nosotros a mirarla a la cara?

—No la fui a buscar yo, vino ella. Dijo que quería disculparse contigo. Que había hecho algo mal. No sé qué es lo que pasó entre vosotras, pero ya que os habéis vuelto a encontrar, intenta dejar de sentirte tan culpable. Te está haciendo mucho daño.

—No tengo derecho a exigir una disculpa ni a disculparme solo para aliviar mi culpa —respondió Jeongmin rotundamente.

—¿Entonces piensas vivir toda tu vida sintiéndote culpable? —Yoonjae tembló, como si estuviera frustrada.

—Pero ¿cómo podría olvidarlo? ¿Cómo hago para vivir como si no hubiera pasado nada? Alguien tiene que asumir esa culpa, y las dos sabemos que papá no va a hacerlo. Es lo correcto, mamá.

—Nadie nos dijo nunca que hubiésemos hecho algo malo. Jeongmin, tienes que olvidarlo. Si te resguardas bajo toda esa capa de pinchos, como si fueses un erizo, y mantienes a todo el mundo alejado, la única que sufres eres tú.

—Ya lo sé… ya sé que me aferro a la culpa y soy incapaz de soltarla.

Jeongmin se había aferrado a sus recuerdos de aquel día, como si estuviese abrazándose a un pilar en lo más profundo de su corazón y, desde ese momento, se había pasado la vida castigándose por ello. Fustigarse había sido la única forma que había hallado para sobrellevar la culpa. Para atenuar ese dolor, debía infligirse un dolor aún mayor.

—Hay cosas que quieres perdonar y otras por las que quieres que te perdonen, así que la próxima vez que veas a Juran habla con ella y di lo que quieres decir. Yo me sentí mucho mejor después de haber hablado con ella.

La voz de Yoonjae sonaba más ronca de lo normal.

¿Qué sentiría al aliviar la presión en su pecho? ¿Sería como un niño recién nacido, sin preocupaciones al abrir los ojos por la mañana? ¿O tal vez sería como recuperar una sonrisa radiante, sin tener que ocultarla nunca más? Jeongmin se animó a imaginar una vida sin culpa, algo que no se había atrevido a hacer en trece años.

—Ya me voy…

Jeongmin se masajeó la pierna dormida y se dispuso a irse, pero antes se dio la vuelta y le dijo a Yoonjae:

—Ah, yo nunca he esperado nada de mi familia, pero hay algo que me gustaría pedirte.

—¿El qué?

—Quiero que conozcas a un hombre que te quiera de verdad y vivas feliz con él.

Yoonjae esbozó una sonrisa débil y soltó un suspiro resignado.

—Lo intentaré. Pero yo también tengo algo que pedirte. No te olvides de que creciste comiendo comida de verdad, comida casera. Los alimentos más ricos, como los huesos de res, que necesitan hervirse y requieren mucho trabajo; luego hay otros que han de consumirse crudos, para extraerles todos los nutrientes. Creo que muchas veces te olvidas de eso.

Yoonjae creía que, como madre, debía asegurarse de que su hija se alimentara como era debido y no se saltara ninguna comida. Pensaba que si le preparaba comidas elaboradas, crecería bien. Pero se dio cuenta demasiado tarde de que eso no era suficiente.

—Pues claro que no me he olvidado. Gracias a eso soy más alta que tú —repuso Jeongmin, encogiéndose de hombros.

Pero, cuanto más lo pensaba, más caía en la cuenta de que lo que le estaba pidiendo su madre podía ser una tarea un poco más compleja. Al fin y al cabo, siempre que Jeongmin se encontraba con un bache en el camino, lo primero que hacía para quitarse un peso de encima era dejar de pensar en su familia, haciendo a un lado los recuerdos de su niñez.

El novio de Yoonjae sorprendió a Jeongmin cuando se marchaba del restaurante y le sugirió quedarse a cenar, pero ella rechazó la invitación alegando, falsamente, que tenía que trabajar al día siguiente, que era domingo. Yoonjae sabía que su hija estaba mintiendo, pero no dijo nada al respecto. En su lugar, le indicó a su novio que fuera a comprar fruta a la tienda de al lado y después se la dio a Jeongmin. Las dos bolsas estaban llenas de caquis verdes y manzanas de un color rojo brillante.

—La próxima vez que vengas tenemos que comer juntas —dijo Yoonjae, cruzándose de brazos.

Jeongmin asintió sin girarse a mirarla. Para ella, su madre era algo más parecido a una compañera que a un miembro de su familia. Una compañera con la que había luchado en esa guerra. Por eso prefería mantener cierta distancia.

En el metro, de camino a casa, Jeongmin le dio una manzana a una anciana que estaba sentada a su lado. La anciana observó aquella manzana desconcertada, pero Jeongmin se limitó a señalar la fruta carmesí y dijo: «Es que ahora están muy buenas». La mujer metió la manzana en una bolsa de tela fina y se lo agradeció con una sonrisa. Jeongmin se guardó los caquis verdes porque pensó que estarían mucho más dulces cuando maduraran un poco más.

Cuando el metro emergió a la superficie, escribió algunas frases bajo las fotos del jarrón que Kishik había tomado y subió la publicación a Instagram. Era un texto que trataba sobre regalar piezas de cerámica. A través de la ventana se veía el río Han, y el olor a jokbal de su gabardina había desaparecido, dejando solo el aroma dulce de la fruta. El jarrón aún estaba vacío. Mientras Jeongmin estaba ensimismada pensando en qué flores irían bien con el jarrón azul, se detuvo a observar el reflejo de la luz del atardecer de otoño que se deslizaba sobre las aguas del río.

ESPOSA CERAMISTA Y MARIDO FLORISTA

Jeongmin se estaba dirigiendo al taller después de haber pasado por una cafetería que acababan de abrir cerca para comprar unos cafés para llevar. Durante la semana solían estar Johee, Jihye y ella, por lo que había comprado café para todas: un producto especial de la tienda llamado Einspänner, un café solo y otro filtrado, del que el dueño de la cafetería se enorgullecía diciendo que había estudiado cómo hacerlo en el extranjero. Jeongmin caminaba con prisa por miedo a que las bebidas se enfriaran. Antes se había asegurado de avisar a Johee de que no preparara café. El que se servía en el taller le gustaba, pero ir descubriendo nuevas cafeterías en Bamgashi se había convertido en uno de los pasatiempos favoritos de Jeongmin.

Pero incluso a lo lejos, podía sentir la agitación que reinaba en el taller ese día. Las numerosas macetas dispuestas afuera parecían resplandecer a pesar del aire frío. Desde su posición, observó cómo los clientes entraban por la puerta abierta, entre ellos dos hombres desconocidos para Jeongmin.

—Jeongmin, ¡has llegado justo a tiempo! —Johee la saludó con una enorme sonrisa dibujada en su rostro.

—Hoy hay mucha gente. ¿Es que hay algún evento?

—No, pero el propietario de un restaurante japonés que ha abierto hace poco aquí al lado ha venido para comprar algunos platos.

—¿De verdad?

Jeongmin se sintió avergonzada al darse cuenta de que había hablado en voz alta sin querer, y rápidamente se quedó en silencio.

—Ella es la encargada de nuestras redes sociales.

Seungho, el dueño del restaurante japonés que estaba revisando el número de platos que había en una de las cajas, observó a Jeongmin intrigado.

—¡Yo os sigo en Instagram! Cuando me estaba planteando dónde comprar los platos encontré vuestra cuenta. Me han gustado especialmente las «Series del corazón» que habéis subido hace poco.

—Muchas gracias, es muy amable.

Jeongmin no sabía cómo reaccionar. Era la primera vez que conocía a alguien que hubiese leído sus pies de foto y que no fuese miembro del taller. Le daba un poco de vergüenza, pero también se sentía muy orgullosa.

—Vuestras publicaciones son preciosas, pero fueron las palabras «poner el corazón en un plato» las que me llevaron al taller. Al menos has conseguido conmover el corazón de un consumidor.

—Esa idea surgió porque las piezas de Johee son muy buenas.

Jeongmin miró de reojo los platos en la caja. Contenía un plato de sopa de color ocre chamuscado, un plato cuadrado para comer sashimi y uno con varios compartimentos con un patrón de guijarros azules del mismo color que los otros platos.

—Estas piezas encajan perfectamente con la esencia de la comida japonesa. Tiene usted muy buen ojo.

—Todos son preciosos, no sabía qué escoger.

Seungho dijo que los invitaría a comer cuando abrieran a mediados de mes y después se marchó. Johee le dio las gracias a Jeongmin una y otra vez, mientras señalaba un estante que había quedado vacío. Incluso a ella le costaba creer que sus «Series del corazón», que habían comenzado con «Al regalar una pieza de cerámica, regalas tu corazón», hubieran dado resultados.

Los cafés que había comprado Jeongmin ya se habían enfriado un poco. Pero todas se los tomaron entusiasmadas, por lo que tampoco les dio tiempo a enfriarse del todo. Había tres cafés, pero eran cuatro personas. Un hombre al que Jeongmin no había saludado las observaba desde la distancia.

—¡Pero dónde tengo la cabeza! Él fue compañero mío del posgrado, Sota. Vino a Corea desde Japón para estudiar, pero ahora está trabajando como diseñador en la sucursal coreana de una marca famosa. Ah, y su coreano es mejor que el mío, así que no te preocupes. Como yo no sé nada de japonés, él me iba imitando y ahora sabe mucho.

Con la explicación de Johee, finalmente se reveló la identidad de aquel hombre.

—Me preguntaba cuándo me ibas a presentar.

—¡Lo siento, lo siento! Ella es Jeongmin. Es la chica que se encarga de la cuenta de Instagram, de la que te he hablado antes.

Como si ya hubiera saludado a Jihye, Sota se acercó directamente a Jeongmin.

—¡Por fin nos conocemos! Ya decía yo que la cuenta de Instagram del taller había cambiado mucho, la Johee que yo conozco es incapaz de subir fotos y escribir cosas tan bonitas. Así que se lo pregunté, y me dijo que una amiga del taller la estaba ayudando. Siempre sentí curiosidad por saber quién era. Encantado de conocerte.

Ese día no paraba de recibir cumplidos. Y Jeongmin, que estaba avergonzada por tanta alabanza, no paraba de darle las gracias.

—Muchas gracias. Encantada de conocerlo.

Sota tenía un atractivo especial. Tenía la misma edad que Johee, pero cuando sonreía dejaba ver un encanto juvenil. Tenía el cabello rizado, pero nada despeinado. La marca para la que trabajaba era conocida mundialmente y al menos había una tienda por ciudad, así que Jeongmin también había oído hablar de ella. Quizá por esa razón parecía envolverlo un halo de singularidad, como si tuviera una sensibilidad fuera de lo común. De hecho, los pantalones chinos marrones y sus pliegues contribuían a dar esa impresión.

—No he podido venir hasta ahora porque he estado muy ocupado con la empresa. Pero cuando vi en Instagram que volvíais a dar clases de un día, me vine corriendo.

—¿Te preguntabas qué me había pasado?

Johee le terminó ofreciendo un café a Sota, que parecía estar sediento y se lo bebió de un trago.

—No me preocupé, sé que eres una persona fuerte. Solo he venido a felicitarte.

A medida que la conversación se desarrollaba, Jeongmin se enteró de cómo había sido el antiguo taller, el que nunca había visto y nunca llegaría a ver.

Originalmente, el taller Soyo había estado dirigido por una pareja. La esposa era ceramista y el esposo, Hosu, era florista y trabajaba en el escritorio que ahora estaba vacío. En un principio, detrás del «Ceramics &» ponía «flowers». Johee había hecho todas las macetas que había delante del taller para plantar las flores de Hosu. La pareja podía pasarse horas hablando sobre la conexión entre las flores y sus jarrones. Hosu solía pedirle a Johee que le hiciera un jarrón con el estilo que ella quisiera. Por el contrario, Johee le pedía que le dijera qué tipo de jarrón necesitaba. Hosu se inspiraba en los jarrones de Johee y hacía arreglos florales de acuerdo al estilo de cada pieza. A Johee le gustaba hacer obras que combinaran con sus arreglos florales. Pero hacer un jarrón requería mucho tiempo, y las flores se marchitaban de la noche a la mañana. Esa diferencia de velocidad siempre favoreció a Hosu como el ganador de las disputas.

Sin embargo, el otoño del año anterior, justo cuando Jeongmin iba a dejar su trabajo como redactora, Hosu falleció en un accidente provocado por un conductor ebrio.

Conductor ebrio. Jeongmin masticó las palabras que la hacían sentir tan culpable. Recordó por qué estaba allí, en Bamgash; su pasado era como una espina clavada en su costado. Era como si el pueblo perteneciese a una escena de una comedia romántica, en la que el guion siempre era el mismo y solo cambiaban las caras de los personajes. Incluso empezó a sospechar que los personajes y las escenas habían sido escogidos únicamente para sacar su pasado a rastras fuera de la cueva. Se sentía como si la sombra de su pasado se proyectara sobre su presente, oscureciendo cada rincón; y por mucho que lo intentara, no podía pasar a la siguiente escena. Quería gritar y preguntarse durante cuánto tiempo más repetiría esa única escena, pero era como si nadie hubiese autorizado ese diálogo.

Johee decidió cerrar el taller después del accidente. Habituada a trabajar siempre con Hosu, le costaba adaptarse a abrirlo sola cada mañana. Cuando estaba en el taller, sentía que en cualquier momento Hosu le hablaría desde su escritorio, contándole qué tipo de flores había comprado y qué clase de ramo planeaba hacer. Johee dejó de salir de casa. Se convirtió en una persona solitaria, y tenía miedo de enfrentarse al mundo. Sota era el único capaz de llegar hasta Johee, quien se había refugiado en una cueva con todo su dolor.

También había sido Sota el que le había dado los dos perros que ahora vivían con ella. Cerca de su despacho se encontró con una cachorrita de pomerania y un perro mestizo abandonados. Sota le puso a Johee los perros en los brazos, con un ridículo pretexto: «Se parecen a ti, así que deberías quedártelos». Todo esto fue posible porque Sota fue quien presentó a Johee y Hosu y a también fue el amigo que los ayudó con cada pequeño detalle de sus vidas, desde la boda hasta el funeral. Sota había sido testigo del amor entre la esposa ceramista y su marido florista. Gracias a su esfuerzo constante, Johee fue capaz de recuperarse poco a poco y volver a abrir el taller.

Cuando Johee decidió regresar al taller, los demás ya la estaban esperando. Kishik limpiaba todos los fines de semana para que el taller estuviera listo cuando ella decidiera volver. Se encargaba de la arcilla y del horno, y sacudía el polvo de las piezas de cerámica expuestas en los estantes. Jihye iba una vez por semana y regaba las plantas que crecían fuera. Nunca sabía cuánta agua darles, así que las flores acabaron por marchitarse y solo quedaron los cactus. Yeri se ocupó de alimentar a Hoya y le regaló un colgante con su nombre. Y el día en que quedó reinaugurado el taller, Jun fue el primero en entrar.

Belleza, tristeza y un poco de misterio. El taller Soyo era un espacio creado por la unión de cosas incompatibles. Jeongmin se conmovió aún más al ver a Johee y a Sota, que continuaban hablando tranquilamente. La tristeza de la soledad, de haber perdido a la persona que más amabas en el mundo... ¿Cómo puedes expresar todo eso con palabras? Decidió que ya no intentaría cuantificar ese vacío insondable. Pero conocía muy bien el miedo a salir de casa; lo que se sentía al tener un corazón indefenso que lo único que deseaba era alejarse del mundo, vivir como un ente inexistente, desaparecer de los recuerdos de aquellos que en el pasado te habían querido. Escuchar la historia de Johee las unió todavía más.

—Cada vez hay más alumnos en las clases de un solo día, así que tendremos que usar ese escritorio. Si no, no hay sitio.

Era una mesa de madera marrón que Sota les había dado como regalo cuando abrieron el taller. Hacía solo un año,

Hosu se sentaba allí y enseñaba a hacer arreglos florales. Ahora esa mesa era el único espacio en el taller donde Johee podía recordar a Hosu. Hacía mucho tiempo que el logo de la empresa de Sota se había decolorado.

—Solo si te parece bien. O también hay una nueva mesa con otro diseño, ¿la quieres? Es más grande que esta.

—No, no hay otra mesa que me pueda gustar más que esta. ¿Te acuerdas? Cuando la vimos por primera vez los dos gritamos al mismo tiempo: «¡Es esta!».

—Sí, a Hosu le gustaba mucho.

Sota bebió lo que quedaba de café y habló con claridad, sin ningún signo de condolencia o tristeza. Johee y Sota hablaban de sus recuerdos con tanta soltura. Asombrada por su actitud comedida y la resistencia de su relación, Jeongmin volvió a mirar la mesa. Se sonrojó al recordar que había tocado «la mesa que no se podía tocar».

Cuando los cuatro cambiaron la disposición de los muebles, el ambiente en el aula se volvió considerablemente más acogedor. Todos recuperaron el aliento antes de acomodarse alrededor de la mesa. Al sentarse allí por primera vez, Jeongmin experimentó una mezcla extraña de familiaridad y desconcierto. Sota, que se ubicó a su lado, comenzó a hablar:

—¿Entonces trabajas con algo relacionado con el marketing? Me he fijado en la cuenta de Instagram, y se te da muy bien. ¿Debería llamarlos relatos cortos, o pequeñas novelas, tal vez? A través del personaje principal, Yujeong, siento que estoy presenciando cómo consigue sanar su corazón gracias a la cerámica. Y a través de los escritos se aprecia cuánto esfuerzo requiere el proceso, así que dan aún más ganas de comprarla. Se nota que sabes lo que haces.

—En realidad, nunca he trabajado en marketing. Soy redactora de televisión. Mis estudios tampoco tienen nada que ver con el marketing, estudié japonés. Quizá se deba a que me parece muy sencillo controlar las redes sociales, porque mi trabajo requiere escribir con el propósito de captar la atención de los espectadores.

—¡Pues claro! El departamento de marketing de mi empresa también cuenta con una exredactora de televisión. Se le da muy bien. Hace un tiempo se complicó una colaboración que estábamos haciendo con otra marca, y tuvimos que trabajar con más prisa de lo normal. Nosotros entramos en pánico, pero ella mantuvo la calma en todo momento. Lo resolvió todo rápidamente sin que nadie tuviera que hacer nada, así que le pregunté cuál era su secreto. Dijo que recordaba una ocasión en que el manuscrito había desaparecido una hora antes de la transmisión en vivo, a las 6 de la mañana. Comentó que no recordaba un día más aterrador que ese.

Jeongmin se echó a reír. Todo redactor de televisión ha experimentado eso al menos una vez. Y entre sus superiores, hubo muchos que se trasladaron a departamentos de marketing o publicidad. Solían decir que: «No hay nada más vertiginoso que el ritmo de un programa televisivo». Cuando Jeongmin suspiró y dijo que ser redactora era un trabajo agotador, Sota rio.

Jihye y Jeongmin se sentaron una al lado de la otra frente al torno de alfarero, y Sota se dedicó a contemplar el trabajo de Johee. El taller, que había estado lleno de invitados y clientes, volvía ahora a su tranquila rutina. Johee respondía pacientemente a las preguntas de Sota sobre cerámica. Observándolos desde el fondo, Jeongmin pudo imaginar cómo habrían sido sus rostros hace diez años. Johee y Sota estarían disfrutando de una taza de café juntos como aquel día, paseando por el campus con su ropa de trabajo manchada de arcilla. Quizás en ese momento, Sota, que todavía estaba aprendiendo coreano, se dirigía a Johee utilizando todas las formalidades del idioma. Y se imaginaba a Hosu siempre al lado de los dos.

Sota lamentó tener que volver al trabajo. Al salir, dijo que mandaría traer un par de sillas a juego con la mesa; estaba claro lo mucho que apreciaba a Johee. Y ella, que nunca aceptaba la amabilidad de los demás, asintió tranquila ante aquellas palabras.

Era pasada la medianoche cuando Jeongmin abrió los ojos y se encontró en medio de una densa oscuridad, las calles estaban llenas de ruido; los sonidos contundentes que surgían de las obras eclipsaban el canto de los grillos, pero se dio cuenta de que, por extraño que pudiese parecer, aquellos sonidos y la negrura de la noche, de algún modo, se complementaban, lo que la ayudó a contener las ganas de maldecir. Últimamente, no era solo ella la que había comenzado a despertarse de un largo letargo, también lo hacía el barrio de Bamgashi. Los edificios comerciales cada vez tenían más ofertas de alquiler, y empezaron a ser renovados uno por uno. Aparecieron cafeterías pintorescas, restaurantes abiertos por jóvenes chefs, tiendas de muebles antiguos y salas de exposición de famosas marcas de diseñadores nacionales. Poco a poco, el boca a boca se mudó a las redes sociales con posteos del tipo «Recorrido perfecto para citas por el centro», y las calles que alguna vez habían estado repletas de gatos se fueron llenando de personas elegantes y mujeres con zapatos de tacón. Era agradable ver las calles cada vez más animadas, pero Jeongmin también estaba preocupada. Tenía miedo de que el establecimiento de sándwiches, la heladería o el taller Soyo desaparecieran.

Acarició la cabeza de Hoya, que ronroneaba dormido encima de sus piernas. Estaba convencida de que haberse quedado con Hoya era lo mejor que había hecho ese año. De lo contrario, podría haberse perdido entre las obras de construcción o entre las piernas de los transeúntes, o incluso podría haber muerto de hambre. Los mosquitos eran indomables y la luna llena, como un cuenco redondo, iluminaba la noche. El corazón de Hoya, que no había tenido ningún sitio al que ir, no había sabido que existía otro corazón que lo había estado esperando, desde la distancia. En ese momento, la luna iluminó a aquellos dos corazones, bañándolos con su luz.

UNA LEYENDA TRISTE

Jeongmin le mandó un mensaje a Johee para decirle que iba a descansar durante una semana. Quizá la culpa la tuviera la estación, capaz de hacer que hasta el individuo más resistente se sintiese solo, pero, de repente, la desidia se había apoderado nuevamente de ella. Junto a la brisa gélida, sus antiguos síntomas, aunque no eran graves, volvieron a aparecer. Jeongmin no pudo subir contenido a Instagram. Cubrió el escritorio con una manta. Había hecho bien al dejar el trabajo el año anterior. Si no lo hubiera dejado, tal vez habría acabado rompiendo algo o incluso tirando el televisor. Si Jeongmin estaba sola, se enfadaba fácilmente. Era como si todo lo que había estado reteniendo explotara; estaba enfadada con el vacío y con un dios en el que ni siquiera creía.

Johee respondió al mensaje.

«De acuerdo. Hace frío, así que enciende la estufa».

No eran más que palabras rígidas hechas de píxeles, mostradas dentro de una pantalla rectangular de cristal, pero ¿tenían también el poder de transmitir emociones? Johee siempre había respetado que los demás quisiesen poner distancia a veces. En lugar de preguntar sobre sus motivos, ofrecía café caliente y pan dulce para dejar que la otra persona hablara cuando estuviera lista. El café parecía tener un efecto medicinal. Una vez que lo tomaba, la persona podía empezar o concluir una conversación, y podía hablar con más facilidad. Quienes bebían ese café parecían liberarse de cualquier carga emocional y salían del lugar con una expresión renovada.

Justo cuando Jeongmin iba a apagar el teléfono, le llegó otro mensaje de Johee.

«Aunque no quieras venir a trabajar, pásate por el taller. Tengo algo que darte».

A Jeongmin no le quedó más remedio que levantarse de la cama.

Un sello con su nombre del tamaño de un pulgar dentro de una bolsita de la suerte coloreada. También se hacía con cerámica, y el logo servía para grabar el nombre del ceramista en las piezas. Johee mencionó que había pasado toda la noche trabajando en ello; era un pequeño trozo de arcilla suave, de forma cuadrada y del tamaño de una uña, que tenía grabado uno de los hanjas del nombre de Jeongmin, 珉 (*min*), que significa «piedra de jade». Poco después, Jeongmin recordó que unas semanas atrás Johee le había preguntado cómo se escribía su nombre en hanja. Fue Sota quien sugirió regalarle un sello. Habían pensado en varias ideas para agradecerle que se encargase de la cuenta de Instagram. La primera era un descuento en el precio de la matrícula, la segunda consistía en un sueldo como trabajo a tiempo parcial, y la tercera era el sello. Jeongmin se alegró de que hubiesen elegido esta opción. Ya no le cobraban la tarifa por el uso del horno, y Jeongmin había comentado más de una vez que con eso era suficiente. Cuando decidió encargarse de la cuenta de Instagram no había esperado nada a cambio.

Aunque solo estaba de paso, Johee le ofreció algo caliente para beber. Tardó en contestar porque sabía que si abría la boca se le saltarían las lágrimas. Después de un par de segundos, dijo que sí.

Jeongmin extendió un trozo de arcilla de forma redonda y fina y grabó su nombre. Una vez, dos veces… La arcilla se llenó de caracteres pequeños pero nítidos. No podía creer que ese sello tan chiquito hubiera soportado una temperatura de 1250 grados.

De los tres caracteres que formaban su nombre, el que más le gustaba era *min*. Cuando pensaba en una piedra de jade, imaginaba más bien una piedra descuidada cerca de un estanque en lugar de un jade brillantemente pulido. Una piedra cuya forma era casual y cuyo origen era desconocido; pero si alguien con buen ojo la recogía, descubría el verde del jade. ¿No es más hermosa una piedra de jade oculta? Cuando pronunciaba la palabra, las vibraciones de sus cuerdas vocales eran como una canica de jade rodando por el cristal.

—¿Por qué has decidido grabar *min*?

—Creo que la palabra «jade» te describe bien.

Jeongmin colocó con cuidado el sello en la bolsita. Durante su trabajo como redactora, nunca había sentido que era algo que la definiera. Solo lo hacía por los demás, y escribía aquello que los espectadores querían oír. Las palabras simples y negras sobre papel blanco no eran capaces de capturar la esencia completa de Jeongmin. Con la cerámica podía expresarse de verdad. A través de sus platos, podía convertir sus pensamientos, preocupaciones, esencia y corazón en algo tangible. Y para comunicar al mundo su identidad, estaba su sello.

Puso la diminuta bolsa de tela dentro el bolsillo de su cárdigan y siguió acariciando la superficie irregular del sello. De repente, pensó que debía volver a escribir cuanto antes. Jeongmin, que tenía dislexia, recordó la sala de exposiciones que la había frustrado tanto, cuando no había tenido más remedio que derrumbarse en el suelo y llorar. Frente a ella, una de las muchas mujeres pintadas por Chun Kyung-ja sonreía amablemente. Si después de ver el cuadro leía la descripción, automáticamente olvidaba la pintura. Si primero leía la descripción y después observaba el cuadro, olvidaba la descripción. Ni siquiera podía entender algunas oraciones de la breve explicación de la obra. El hecho de no poder disfrutar del placer de analizar la estructura de la obra y después conectarla con la vida del artista hizo que Jeongmin desfalleciese. Pero quería volver a ese lugar. Era una especie de secuencia de acontecimientos que aparentemente no tenían nada que ver entre sí. Se sentía como si estuviera pintando al azar con varios colores usando la técnica del puntillismo, pero al dar un paso atrás y contemplar la obra completa, emergía un paisaje tranquilo y sereno. De vez en cuando, a través de la emoción de un momento fatídico, se conectaban dos acontecimientos aparentemente inconexos. Causa y consecuencia van de la mano, haciendo posible el siguiente paso. Como en el caso del «sello» y la «escritura».

Kishik fue el primero en ponerse en contacto con ella para preguntarle por qué no iba al taller y dónde estaba. La repuesta de Jeongmin fue breve y concisa: «Voy a pasear por Seúl». Kishik le envió un emoticono de un gato agitando la mano, como si le propusiera ir juntos. Y pensar que se trataba de una persona con alergia a los gatos…

Después de haber renunciado a su trabajo, Kishik comenzó a ir al taller durante la semana. Esa vez, cuando terminó su tarea matutina en el taller, se dirigió a casa de Jeongmin. Desde la ventana, ella lo vio paseando y bajó rápidamente las escaleras de dos en dos. Al llegar al primer piso, necesitó un momento para recuperar el aliento. Kishik la saludó alegremente. La huella blanca en su dedo anular había desaparecido y la piel había recobrado su color natural. Jeongmin entendió que la relación de Kishik había terminado. Sin embargo, en los dedos pulgar e índice de la mano derecha tenía unas tiritas enormes.

—¿Te has hecho daño?

—Se me ha escapado el cuchillo mientras trabajaba. Pero la venda es tan exageradamente grande que ya no me duele.

—¿A que te estabas quedando dormido?

Jeongmin quería decir algo sobre la costumbre que tenía de cerrar los ojos mientras trabajaba la cerámica.

—Cerrar los ojos hace que tus manos sean más sensibles.

—Pero ¿qué dices? Así acabarás haciéndote daño de verdad.

—Cuando uso la lijadora no los cierro.

Jeongmin no pudo evitar reírse de los comentarios sarcásticos de Kishik.

—¿Te parece bien si vamos en metro?

—Sí, hoy no he traído el coche y me apetece caminar un poco.

Tomaron la línea 3 y fueron hacia la estación de Gyeongbokgung. La buena suerte les sonrió, porque el metro estaba prácticamente vacío, a pesar de ser un día entre semana, por lo que consiguieron sentarse y dejaron sus abrigos en los asientos de al lado.

Desde sus veinte años Jeongmin tenía la costumbre de visitar al menos una vez al año el Palacio Deoksugung y el Museo de Arte de Seúl. Era un momento importante para ella, un ritual que marcaba el cambio de las estaciones. Generalmente iba sola, pero a veces la acompañaba algún amigo. Cuando iba con otras personas, notaba cómo el pasaje familiar y acogedor del palacio se volvía incómodo y extraño. A medida que se acercaba al final de la veintena decidió dejar de autocompadecerse y aceptar la realidad, ya que comprendió que es normal que a algunas personas les guste estar solas. Sin embargo, terminó yendo con Kishik sin haberlo planeado. No le gustaban los planes improvisados, pero era difícil rechazarlos cuando los proponía Kishik. Jeongmin sabía muy bien qué era esta emoción y cómo llamarla, pero se esforzó por ignorarlo.

El breve viaje, que solía tomar unas seis horas en total, incluyendo tres horas de ida y vuelta y otras tres para hacer turismo y pasear, se lo había saltado el año anterior y lo había reanudado ahora. El año anterior, había atravesado lo que podría llamarse un «limbo». No sentía curiosidad por el mundo exterior y no lograba cumplir las promesas que se hacía a sí misma. Por lo tanto, el simple hecho de volver a su rutina habitual le pareció algo digno de admiración, incluso si contaba con compañía inesperada.

—Hoy el cielo está muy despejado. ¿Por qué has traído paraguas?

A pesar del cielo sereno que parecía haberle robado el color al mar, Kishik llevaba un paraguas.

—Dijeron que por la noche llovería. Tampoco sería raro que se pusiese a llover de repente, estamos en otoño al fin y al cabo, así que llevar paraguas cuando no llueve no es algo extraño.

Jeongmin ladeó la cabeza, preguntándose si en verdad existiría tal pronóstico.

En realidad, la probabilidad de precipitación era del veinte por ciento, pero Kishik trajo el paraguas porque no quería que nada estropease su día con Jeongmin. Si comenzaba a llover, los dos podrían abrirlo y caminar entre los otros transeúntes como si se estuvieran riendo de ellos.

Kishik, que había estado mirando de cerca el primer cuadro, se tocó la barbilla y comentó:

—Es la primera vez que estoy ante el trabajo de Chun Kyung-ja, es muy peculiar.

—¿A que es difícil de entender? A mí me gustaría presumir pero tampoco lo entiendo tanto. Simplemente me gusta.

—¿Por qué te comenzaron a gustar sus cuadros?

Jeongmin señaló una frase que había en la primera sección de la exposición.

«Parece que cada rincón de mi cuerpo está impregnado del dolor profundo y del fatalismo característico de una mujer.

No importa cuánto me retuerza o me revuelva, mi triste leyenda no desaparece». — Chun Kyung-ja, *Autorretrato (Página 22 de «Mi leyenda triste»)* (1977).

—Una leyenda triste…

—Todo el mundo tiene historias tristes. Después de leer estas palabras y observar la pintura, puedo entender a las mujeres que aparecen en ella. Me tomo mi tiempo para examinar los retratos mientras imagino las leyendas que cargan las mujeres.

Era un día entre semana, así que apenas había unos diez visitantes. Mientras Jeongmin observaba la exposición, iba compartiendo con Kishik su historia. Le habló acerca de los días en los que se culpaba y se castigaba a sí misma. Le contó todo en voz baja, asegurándose de que solo él pudiera oírla.

Kishik reflexionó detenidamente sobre todo lo que él había vivido y que pudiese compararse con la vida de Jeongmin. Tres cucharadas de pérdida, dos cucharadas de culpa, una pizca de impotencia y media taza de inevitable disgusto. Kishik también tenía historias en las que todo esto se revolvía y mezclaba, y al masticarlo quedaba un regusto desagradable en la boca.

El abuelo de Kishik siempre había sufrido de cataratas, y finalmente perdió la vista, por lo que jamás pudo ver el rostro de su nieto. Cuando era niño y vivía con su hermano en Goseong, recordaba que sus padres habían cambiado la iluminación de la casa como regalo de cumpleaños para su abuelo. Kishik no había entendido qué pretendían con ese regalo, su abuelo era ciego. Nuevas luces LED iluminaron la sala de estar y reemplazaron las luces fluorescentes llenas de insectos muertos. Los familiares fueron enseñando sus regalos uno a uno, pero el ambiente ya estaba cargado. La discusión entre los allí reunidos era inevitable. Cuánto costaba la cuidadora y los gastos del hospital, quién debía hacerse cargo del coste, quién hacía más y quién menos... Alzaban las voces y sus piernas se movían sin cesar sobre las cabezas de los hermanos pequeños, acurrucados en el suelo de la estrecha sala de estar.

—Aunque os peleéis, intentad no pisar a los niños. —El abuelo se impacientó y trató de detener a sus hijos para que no les hicieran daño a los nietos, pero lo único que podía ver era un espacio vacío.

Kishik sintió que estaban tratando a su abuelo como si no tuviera valor alguno y le sugirió salir a tomar el aire. Cuando llegaron al sendero que conducía a la montaña, el abuelo le soltó la mano y le dijo que tenía un lugar al que quería ir solo. Era la primera vez que él, que ni siquiera podía salir de casa sin la ayuda de alguien, decía que quería ir a algún lugar solo. El joven Kishik no logró retener la mano de su abuelo, que luchaba por soltarse con todas sus fuerzas. Ese día, el abuelo caminaba con pasos largos y rápidos. Así fue como se esfumó, y unos años más tarde lo declararon oficialmente persona desaparecida.

Cuando Kishik comenzó a olvidar el rostro de su abuelo, su padre perdió la visión del ojo derecho en un accidente laboral. No fue coincidencia, sino el destino. Sabía que si su padre perdía su ojo izquierdo, él sería el siguiente. Era su castigo por haberle soltado la mano a su abuelo.

Kishik había masticado y escupido esa misma historia tantas veces que se había convertido en una masa pegajosa. Pero no paraba de pensar en ella, era difícil saber cuándo parar. Para Kishik, esa historia seguía estando muy presente.

—Todos los días me repito que en cualquier momento podría perder la vista y el mundo podría convertirse en un oscuro cielo nocturno en un instante. Me hago controles periódicos y hasta ahora no hay ningún problema. Pero vivo con miedo. Me resulta más fácil. Aunque también estoy cansado de fingir que todo está bien, de aparentar que no me afecta.

Fue por esa razón que Kishik comenzó a usar su tacto para trabajar con la cerámica. Quería entrenar sus manos con el propósito de que fueran capaces de palpar la realidad cuando perdiera la vista. Debía prepararlas para que pudieran sustituir a sus ojos.

Jeongmin observó los ojos marrones y particularmente brillantes de Kishik. Era desgarrador pensar que algo tan reluciente pudiese llegar a ver solo negrura algún día.

—Por eso es que cierras los ojos cuando trabajas.

—¡Vaya! ¿Así que me has estado mirando mientras trabajo? —dijo Kishik, lanzándole una mirada juguetona y penetrante.

—Solo me fijo en la gente que lo hace bien…

Mientras hablaba con Jeongmin, Kishik encontró otra razón para volver a Goseong. Cuando estaba cerca de ella, experimentaba emociones y pensamientos que no había percibido antes. No llegaban de manera abrupta ni pesada; más bien, estas revelaciones lo envolvían con la misma suavidad con la que su abuelo solía taparlo con una manta en los días fríos de invierno.

Después de salir del museo, los dos pasearon por el Palacio Deoksugung. Tras visitarlo, se dirigieron hacia los jardines y disfrutaron del ritmo relajado de sus pasos. El palacio aparentaba ser espacioso, pero en realidad era pequeño, lo que permitía abarcarlo de un solo vistazo. Sin embargo, al caer el sol, se transformaba en un paisaje vasto e inabarcable, difícil de capturar con una única mirada. Cada vez que el paisaje cambiaba, Jeongmin se detenía para contemplarlo a lo lejos. Después de sentarse en un banco y ver que el sol se había ocultado por completo, empezó a llorar. Sus lágrimas continuaron fluyendo, como agua saliendo de una tubería congelada. Eran lágrimas que había estado reteniendo desde el año anterior.

Kishik le acarició con suavidad la espalda, tratando de consolarla.

Jeongmin sollozó y continuó llorando. Dejar salir las lágrimas que había estado conteniendo durante tanto tiempo la hizo sentir bien. Era como si estuviese cambiando el agua estancada y turbia por agua limpia.

—Me lo he pasado bien observando los cuadros y leyendo las descripciones.

—¿Entonces lloras porque estás feliz?

En lugar de responder, Jeongmin sonrió con la cara cubierta de lágrimas.

—Sí, pero es un poco triste. Qué injusto.

Durante todo el día, había sido capaz de observar los cuadros y leer las descripciones con atención. Pero aún tenía miedo. Si su dislexia había desaparecido, sentía que estaba obligada a volver a trabajar. Jeongmin tenía miedo de no mejorar, pero también temía volver a la normalidad. Se aferraba a la enfermedad como si fuera una excusa para tomarse un descanso. Sin embargo, ahora no necesitaba permiso para descansar. Dependería únicamente de ella decidir cuánto tiempo descansaba y cuándo se levantaba. La verdadera madurez de una persona se manifiesta cuando puede elegir cómo descansar, respetando su propio ritmo.

—Tengo hambre.

—¿Qué?

—Después de haber llorado tanto tengo hambre.

—¿Te parece si te llevo a un restaurante que conozco por aquí? Aunque no lo parezca, viví en Seúl durante más de diez años.

Hablaba con una postura erguida, pero sin importar cómo lo observaran, Kishik siempre daba la impresión de ser un niño sencillo del campo. Jeongmin sintió la tentación de bromear con él, pero se contuvo.

—Escucha, estás hablando con una persona autóctona de Seúl. Así que primero veamos el menú.

»Es un restaurante que sirve comida de un país exótico donde brilla el sol durante todo el año.

—Venga, voy a confiar en ti.

Los dos dejaron Gwanghwamun y comenzaron a caminar hacia Sokyeok-dong. El cielo seguía despejado, incluso cuando ya había anochecido. No había ningún indicio de que fuera a llover. Parecía que la noche nunca iba a llegar, quizá porque el sol se ponía con suma lentitud; era como si el verano aún no quisiera ser olvidado.

Llegaron a un restaurante especializado en comida del sudeste asiático, y Kishik comentó que ese lugar era muy popular. Jeongmin rio disimuladamente y dijo: «Pero si este sitio salió en el programa para el que trabajaba». Kishik, que quería mostrarle algún restaurante que no conociera, no pudo disimular su decepción.

—Pero no lo he probado, simplemente salió en el programa.

—¿Lo presentasteis en el programa aunque ni siquiera lo habíais probado?

—Normalmente lo hacíamos así. Siempre estábamos muy ocupados, ¿de dónde íbamos a sacar el tiempo para ir a probar todos los restaurantes, juzgarlos y escribir el guion? —respondió Jeongmin sin darle mucha importancia.

—Si yo fuera el productor, te enviaría comida a casa. Te sugeriría que comieras primero y luego escribieras, así podrías hacer tu trabajo con conocimiento de causa.

Jeongmin bajó la cabeza y empezó a comer para ocultar su rostro sonrojado. Tal vez si hubiera tenido a alguien como Kishik apoyándola, no habría abandonado el trabajo. Kishik, que no sabía lo que sentía Jeongmin por él, se alegró de que disfrutara con la comida y de verla comer tan rápido.

Después de despedirse de Kishik, Jeongmin regresó sola a Ilsan. Estaba tan feliz que ni siquiera correr y tomar el metro en la dirección incorrecta lograron arruinar su buen humor. El hombre a su lado sonrió amablemente cuando ella se sentó encima de su abrigo sin querer. Ese día, todo le salió bien. Jeongmin se tomó un momento para recuperar el aliento y decidió no escuchar música, quería prestar atención a los ruidos únicos de ese día en el metro.

JUN SIGUE SU PROPIO CAMINO

Después de los exámenes de ingreso a la universidad, llegó un período de frío intenso. Debido al mal clima, la puerta del taller permanecía siempre cerrada. Los peatones caminaban por la calle, exhalando vaho caliente que se condensaba como una niebla blanca, y abrían la puerta del taller con las manos enrojecidas.

Jun entró al taller con solo una chaqueta fina y una bufanda. Johee, Jihye, Kishik y Jeongmin se turnaron para regañarlo cariñosamente por su atuendo. Jun parecía distante, como si hubiera intentado relajarse durmiendo una siesta después de los exámenes. En enero comenzaban los exámenes prácticos para entrar a la facultad de artes. Los departamentos de cerámica y artesanía a los que Jun se estaba postulando evaluaban sobre la base de dibujos en lugar de esculturas de arcilla, al igual que los otros departamentos de la facultad. Jun estaba matriculado en una escuela de artes para prepararse para los exámenes, por lo que no tenía motivos para ir al taller. Pero como le costaba aguantar a sus padres, que lo reprendían y lo molestaban a la mínima de cambio, seguía yendo de vez en cuando. Los padres de Jun eran diseñadores de una marca de cerámica de alta gama y una famosa pareja de ceramistas. Estaban muy orgullosos de ser alfareros, así que naturalmente esperaban que su primer hijo siguiera sus pasos. Por eso, cuando empezó la escuela secundaria, comenzaron a prepararlo para que pudiera entrar a la facultad de artes y a enseñarle a hacer cerámica. Tenían que ponerlo en forma antes de que ingresara a la universidad para que estuviera por delante de sus compañeros. Sin embargo, siempre es algo difícil que los padres enseñen a los hijos, así que lo enviaron al taller Soyo y lo dejaron bajo el cuidado de Johee.

Cuando los exámenes de ingreso a la universidad aún parecían estar muy lejos, Jun también disfrutaba de la cerámica. Sentía que tenía un talento innato. Estaba orgulloso de sus padres y pensaba que debía seguir sus pasos. Cuando alcanzó la pubertad y empezó a ir a la academia de arte, sus objetivos cambiaron. Aprendió a dibujar y pintar, y aquello le resultó mucho más liberador. A Jun le emocionaba poder crear un nuevo mundo dentro del papel de dibujo. En particular, le fascinaban las líneas finas y las manchas de tinta, que le abrieron los ojos a la pintura de Asia oriental. Pero no se animaba a contarles a sus padres que prefería dedicarse al dibujo. Tampoco tenía la libertad de apartarse del camino que habían trazado para él.

Cuando le confesó a Johee que quería aprender pintura de Asia oriental, ella le dejó unos pigmentos para que decorase las piezas de cerámica. Jun rechazó de inmediato su consideración, lo que más le gustaba era experimentar sobre papel de dibujo. Pintar sobre cerámica era algo inaceptable. Para Jun, la pintura brillaba más cuando existía por sí sola.

Jun se quitó la bufanda e inmediatamente comenzó a trabajar con un terrón de arcilla de la marca Bungchondong. ¿De qué otra manera podía ocupar su tiempo antes de entrar a la facultad de artes? Hacer de mala gana algo que no deseas es como masticar chicle que ha perdido toda su dulzura y cuyo sabor se convierte en algo parecido al caucho. Jun apuñaló la arcilla inocente con sus dedos. Ese olor tan familiar ya solo lo asqueaba.

Johee no podía contener sus ganas de sonreír y pidió que le prestaran atención. La profesora sostenía un plato con un diseño que Jun nunca había visto.

—Es un plato de nachos que ha hecho Jeongmin. El diseño es impresionante, ¿verdad?

Era un poco más grande que un cuenco de arroz y tenía un mango que no combinaba con la composición general del plato. En un costado llevaba adherido un pequeño cuenco en forma de luna menguante. Era una pieza que ocuparía mucho espacio si se la colocara en la cocina, y probablemente no haría más que acumular polvo. Además, al cocerla al horno, era fácil que la unión de las dos partes se agrietara. Y no tenía sentido que fuera un plato para comer nachos, una pieza de cerámica pesada no parecía adecuada para este tipo de comida.

—En el plato se colocan los nachos, y en el pequeño cuenco se sirve la salsa de queso. No es necesario usar otro recipiente para la salsa, lo que permite comer cómodamente en la cama, por ejemplo. Además, al tener ambos recipientes juntos, puedes mojar los nachos sin preocuparte por derramar la salsa. Este plato también es ideal para servir ramen, usando el cuenco para el kimchi. ¡Es un plato que lo soluciona todo! ¿Qué os parece? —se explayó Jeongmin.

Aunque para ella era una pieza bastante ambiciosa, los demás no compartieron su emoción.

—Entonces, ¿qué os parece este otro?

Jeongmin mostró una pieza con forma de copa de vino baja. Kishik intervino con la intención de ayudarla:

—Oh, ¿es una huevera? Puedes poner un huevo cocido, echarle sal y…

—¿Cómo puede alguien que va a abrir un taller de cerámica no reconocer un bol de yogur? Este tipo de diseño está muy de moda…

Cuando el rostro de Jeongmin se volvió sombrío, Kishik intentó consolarla. Jihye y Johee abrieron los ojos al mismo tiempo. Desde la semana anterior, cuando Jeongmin se había tomado un descanso del taller, Kishik y ella parecían pasar mucho tiempo juntos. Aunque estuvieran muy cerca, no estaban incómodos. Jihye y Johee sonrieron y asintieron a la vez. Seguramente estaban pensando lo mismo: *¡Pegan mucho!*

Todos comenzaron a alabar a Jeongmin, quien parecía haber perdido la confianza a pesar de los intentos de Kishik por animarla. Jun fue el único que comentó que el bol de yogur era muy pesado porque tenía mucha arcilla dentro.

Jun se sentía incómodo cuando veía cómo la gente venía a aprender cerámica simplemente porque les resultaba divertido. Sentía que los otros podían percibir sus verdaderos sentimientos hacia la cerámica. Fue por eso que, al contrario de lo que quería decir, lo único que le salió fueron palabras de reproche.

Después de haber prestado atención a las indicaciones de Jun, Jeongmin tomó una herramienta y se sentó a su lado. Quería reducir el grosor del cuenco con el objetivo de disminuir el peso. Para Jeongmin, Jun era alguien con un talento natural para las artes, y pensó que sus consejos podrían serle útiles.

—¿Así te parece que está mejor?

—No me lo preguntes a mí. Todo el diseño está mal hecho, incluso el plato principal.

—Solo hago platos que quiero y necesito, así que tal vez no sea tan importante el diseño. Es divertido, ¿no crees?

—¿Y de verdad crees que basta con hacerlo por diversión?

Jeongmin agachó la cabeza como si fuera una tortuga y se sentó en su sitio, mirando hacia delante. La susceptibilidad de un adolescente en su último año de secundaria era peor de lo que imaginaba. Jihye, que había estado escuchando la discusión, intervino:

—Jun, tal vez tendrías que acabar los exámenes y venir más tranquilo la próxima vez.

—Eso no va a pasar. Este va a ser mi último día.

Todos suponían que en algún momento Jun dejaría de venir. Aún así, era natural no poder evitar sentir tristeza al escuchárselo decir. Jeongmin se acordó de Yeri; estaba segura de que a ella sería a quien peor le sentase la noticia.

—¿Quieres descansar un poco? —preguntó Jihye con un tono de voz suave.

—No. Los exámenes teóricos me han salido fatal, así que tengo que hacerlo muy bien en los prácticos. A partir de ahora, los fines de semana voy a concentrarme exclusivamente en ir a la academia de artes para prepararme. A mis padres también les parece bien.

—Ya veo, qué pena. Cuando acabes los exámenes, ven a visitarnos algún día.

Jun asintió, pero sabía que una vez finalizados los exámenes no volvería. Fue decisión de sus padres que se apuntara al taller Soyo. Para Jun, esa era una zona segura que le permitía llevarse bien con sus padres mientras preparaba los exámenes de ingreso. La arcilla en la que estaba trabajando terminó retorcida y destrozada. La arcilla, que era un material sincero, era capaz de reflejar los pensamientos de Jun.

La comida del último día de Jun consistió en fideos udon y sushi. Al principio querían ir a comer al restaurante de Seungho, que había comprado los platos de Johee, pero el sitio ya estaba lleno e incluso había lista de espera. Como era sábado, había gente que venía desde Seúl o desde Paju a visitar Bamgashi. Todos iban bien vestidos y se sentaban en grupos de dos, tres o cuatro, para comer en pareja o en familia. Los cinco, vestidos con camisetas negras salpicadas de arcilla, estaban fuera de lugar en ese entorno. Jeongmin sonrió ligeramente al notar cómo todo el mundo los miraba, estaba claro que no los habían estado esperando ese día.

Como de costumbre, pidieron el sushi para llevar y lo comieron en el taller. Jeongmin estaba un poco decepcionada porque había querido invitar a Jun a comer fuera para animarlo. Sin embargo, comer tranquilamente en el taller tampoco estaba tan mal. Cuando colocaron el sushi en los platos que Seungho había traído, fue como si estuvieran cenando en el restaurante. Poner la mesa con platos de cerámica hacía que los comensales se sintieran bien atendidos. Los platos seleccionados por Seungho combinaban a la perfección con la cocina japonesa, lo que hacía que todos disfrutasen aún más de la comida. El udon que les regaló como disculpa también estaba mejor de lo que esperaban. Los fideos suaves y el caldo de pescado eran excelentes, y además los platos estaban llenos de bolas de camarones y eomuk. A medida que saboreaban la comida caliente, la sensación de frío en sus dedos se iba disipando hasta equipararse con la temperatura del resto del cuerpo. Jeongmin se bebió todo el caldo, sin dejar ni una gota.

Cuando las piezas de sushi fueron desapareciendo una a una, Jihye dio unos golpecitos en la mesa y dijo que tenía un anuncio importante que hacer.

—¡Me han aceptado en el grupo KOICA de voluntarios en el extranjero! La semana que viene me voy a Bangladesh, así que creo que hoy será mi último día en el taller. De momento me iré durante un año, pero si es posible solicitaré estar más tiempo.

Era una noticia que nadie esperaba, pero todos aplaudieron y la felicitaron; aunque después también le reprocharon que no les hubiese dicho nada antes. Kishik comentó:

«¿Quieres que vaya a comprar un pastel?», mientras se ponía su ropa de abrigo, listo para salir corriendo, pero Johee agitó la mano y sacó un bizcocho de la nevera. El día anterior Jihye se lo había insinuado, así que había decidido hornearlo con antelación. Y aunque no fuera así, también quería hacer algo para animar a Jun con sus exámenes.

Jun no tenía muchas ganas, pero de todos modos se levantó y sopló las velas con Jihye. Después, volvió a su sitio de inmediato mientras ella cerraba los ojos y pedía un deseo. Tal vez porque tenía demasiadas cosas que le gustaría pedir. Repartieron los trozos de pastel, y Johee sirvió té o café dependiendo del gusto de cada uno. Después de refrigerar el bizcocho durante un día, su textura mejoraba y su sabor se intensificaba. En contraste con el viento frío del exterior, el taller se sentía aún más acogedor. El aroma del dulce llenaba el ambiente con una sensación que parecía tener color. Los tonos amarillos y naranjas llenaban el ambiente y envolvían a los miembros del taller.

—No sabía que a Jihye le interesase tanto ser voluntaria —dijo Jeongmin, que estaba muy impresionada por la decisión.

—Puede parecer una decisión un tanto repentina, pero en realidad desde pequeña siempre he querido ayudar a los demás. Pero tal y como el resto de la sociedad, pensaba que mi trabajo era algo mucho más urgente e importante. Cada fin de semana me prometía a mí misma que iba a hacer algún voluntariado, pero eran solo palabras. Poco a poco empecé a dudar. Si tengo algo que quiero hacer, ¿no puedo simplemente hacerlo? Después de pensarlo bien, solicité formar parte de KOICA. Era la primera vez que me inscribía después de años de ver anuncios publicitarios; me propuse dejar que las cosas fluyeran.

Jihye añadió que le había sido muy útil tener los certificados de idiomas extranjeros que había aprobado mientras se preparaba para buscar empleo.

—Una buena oportunidad solo la puede aprovechar alguien que esté preparado. Es triste que no nos podamos ver durante más de un año, pero tienes todo mi apoyo.

Mientras Jun se comía su trozo de pastel en silencio, recordó las palabras de Jihye. Ella le había sugerido que viniera al taller en cuanto acabara los exámenes. Sin embargo, para cuando Jun terminara, Jihye ya no estaría en Corea. *Pff, ni siquiera ella regresará al taller,* pensó Jun. Jihye, que había estado observando el silencio de Jun, le rozó el hombro.

—Jun, sabes que te apoyo. Me gustaría haber salido a comer todos juntos una vez que concluyeras tus exámenes...

—No importa.

—Qué frío eres. No nos vamos a poder ver cuando acabes, pero creo que lo vas a hacer muy bien.

Jun no estaba acostumbrado a ese tipo de apoyo sincero. Dudó de su respuesta, y se limitó a cortar el trozo de pastel con su tenedor.

—Pero ¿tú no habías estudiado química?

—Lo elegí al azar porque mis padres consideraban que las carreras de ciencias eran buenas para conseguir trabajo. Pero en realidad siempre me ha interesado más la enseñanza del coreano.

—¿Y tus padres no están decepcionados...?

—A raíz de esta última decisión no solo he decepcionado a mis padres; mucha gente está desilusionada conmigo. Pero, por otro lado, de todas las decisiones que he tomado hasta ahora, es la única con la que no me he decepcionado a mí misma.

—Yo también quiero elegir. Sea lo que fuere.

Jun bajó cada vez más la mirada.

—¿Sabes qué he aprendido después de estudiar más que otros y dudar sobre qué camino tomar? Nuestra vida nunca se reduce a una sola elección. El examen de acceso a la universidad no determina lo que vas a elegir durante toda tu vida y no te limita. En realidad, lo que hace es darte más oportunidades. A partir de ahora, vas a tomar muchas más decisiones. Por lo tanto, no te precipites juzgando tu decisión actual. Si no te detienes y simplemente sigues delante, vas a acabar recorriendo el camino que tú quieres. A partir de ahora, debes ser capaz de cambiar de dirección sin tener miedo a decepcionar a nadie. Y por experiencia personal... cuanto antes decepciones a tus padres, mejor.

Jun se quedó atónito ante las palabras de Jihye, que se le clavaron en el corazón. Seguramente había notado la expresión en su rostro mientras trabajaba la arcilla cada día.

Kishik llenó la taza de Jun con más té negro para intentar animarlo y dijo:

—Yo estudié ingeniería urbana y ahora trabajo en una compañía de televenta. Y el año que viene planeo abrir un taller de cerámica. Jeongmin estudió japonés pero acabó siendo redactora para programas de televisión. ¿Que esté trabajando de algo diferente a lo que estudié significa que tendría que arrepentirme de la decisión que tomé cuando tenía diecinueve años? De ninguna manera. Más bien, es justo gracias a esa decisión que soy quien soy ahora. Por lo tanto, déjate llevar por las decisiones, sean de quien fueren. Así se aprende a remar.

Para Jun fue extrañamente reconfortante saber que personas mayores que él habían tomado decisiones inadecuadas. Todavía no había logrado comprender del todo lo que querían decir, pero pudo reconocer que en sus consejos se escondía una pista, algo que había pasado por alto con las prisas por prepararse para el examen de ingreso. Tenía la sensación de haber empujado hacia abajo un grano de arena que bloqueaba el flujo en un reloj.

Jun fue el primero en marcharse y recordó que esa mañana se había vestido apresuradamente y había olvidado ponerse ropa de abrigo. Aunque todavía no hubiese nevado, era pleno invierno. Solo tenía su bufanda para protegerse del viento. Cuando esa sensación de urgencia que lo había invadido desde la mañana lo abandonó por fin, lo único que pudo hacer fue culparse por haberse ido de casa sin abrigo. De repente Kishik salió corriendo tras él después de haberlo estado observando mientras se ataba una y otra vez la bufanda alrededor del cuello.

—Ponte esto, siempre llevo uno en el coche por si acaso.

Kishik le dio un forro polar blanco. Jun era más delgado que él, así que le iba un poco grande, pero con la ropa de Kishik ya no le dio tanto miedo tener que enfrentarse al frío exterior.

—Gracias —dijo Jun mientras se ponía el forro y se abrochaba la cremallera hasta el pecho.

Kishik se acercó, le cerró la cremallera hasta el cuello y le dijo:

—¿Sabes cuál es el secreto para entrar a una buena universidad?

—¿Cuál?

—¡Salud, salud y más salud!

Los exámenes de acceso a la universidad, que parecían interminables, en algún momento acabarían. Todos los miembros del taller salieron para despedirse, sonrientes. Intentaron no mostrarse serios frente a Jun, quien probablemente era el que estaba más preocupado.

«Ya nos veremos a la próxima». Jun hizo una promesa que seguramente no cumpliría y se dio la vuelta. La única que no podía asegurarle que se volverían a ver era Jihye. Jun se despidió de ella y le dijo: «Vuelve pronto». ¿Cómo sería el taller sin Jihye, quien asistía todos los días, fueran laborables o de fin de semana? El calor del Soyo envolvió el cuerpo de Jun y le protegió del frío mientras caminaba. Al llegar a la parada de autobús, se dio la vuelta y pensó que el taller siempre había estado ahí, firme incluso bajo el feroz viento. Actuaba como un faro entre los callejones del barrio de Bamgashi, que parecían todos iguales, guiando a los transeúntes para que no se perdieran.

Jihye trabajó con el torno de alfarero hasta su último día, aunque sabía que no podría hornear nada antes de irse. Johee le prometió que acabaría la taza y el plato que había hecho. Entrelazaron sus dedos meñiques e imaginaron cómo serían en un año, en dos. ¿Les seguiría gustando cocinar? ¿Habrían perdido peso? ¿Jihye habría encontrado trabajo al volver a Corea? ¿Mantendrían las mismas amistades? Jihye esperaba que al cambiar el primer dígito de su edad, pudiera experimentar un mayor crecimiento personal. Sentía que la década de los veinte había sido demasiado larga.

Jihye había quedado a cenar con Hyoseok. Fue la primera en llegar al restaurante Izakaya y tomó asiento, pero su mente no paraba de dar vueltas. No era fácil decirle que se iba. Temía que su amigo pensara que lo que estaba haciendo era huir por ser incapaz de encontrar trabajo. Imaginaba que la iba a felicitar, ni ella misma confiaba plenamente en sus decisiones. Aunque se esforzara por darle consejos a Jun, no podía evitar preguntarse si estaría haciendo lo correcto.

Hyoseok no tardó en entrar dando saltitos y tomar asiento junto a ella. Jihye se sintió aliviada de estar allí, donde no tenían que sentarse frente a frente.

Cuando les trajeron los aperitivos, Jihye dijo que había tomado la decisión de abandonar Corea.

—¡Jihye Han, muchas felicidades! Siempre lo he sabido, pero eres tan…

Hyoseok pareció conmovido y dejó de hablar mientras le tendía su copa de cerveza para brindar.

—¿Se lo has dicho a los otros?

—Aún no. Tampoco planeaba hacerlo.

—¿Por qué? ¡Tenemos que organizar una reunión de despedida! Cuando íbamos a secundaria no había ni un chico a quien no le gustaras. Si saben que su primer amor se va sin decirles nada seguro que les sienta muy mal... —comentó en broma sin saber lo que le pasaba por la mente a Jihye.

—¿Qué dices del primer amor? Seguro que si ahora montamos una reunión de antiguos alumnos, voy a ser el centro de todas las miradas, y no para bien.

Tras haber ganado peso, Jihye había asistido a una reunión de excompañeros, en la que le habían dicho: «Parece que estás más feliz últimamente». Después de haber escuchado eso, nunca volvió a esas reuniones. Le molestaba tener que explicar que no había ganado peso por ser más feliz, y se sentía especialmente incómoda con apodos como «la definición de la decadencia» o «la chica que nos gustaba en aquel entonces».

—Pero tú también me dijiste que te gustaba y te rechacé. ¿Qué era lo que me dijiste mientras me dabas las entradas para ir al cine?

—Hmm, olvídate de eso.

Hyoseok se aclaró la garganta ruidosamente.

Después de pensar durante un momento, Jihye tomó un sorbo de cerveza y dijo:

—Tengo algo que quiero comentarte. Pero tengo miedo de que, si te lo digo, dejes de verme como tu amiga.

—Eso es imposible. Sea lo que fuere, dímelo.

—Todo comenzó cuando me rechazaron en la universidad mientras que a ti te aceptaron. Siempre habíamos ido juntos a la escuela, pero, por primera vez, nuestros caminos se separaron y nuestras rutinas cambiaron. Yo comencé a estudiar para volver a presentarme a los exámenes, mientras tú estabas ocupado con tu nuevo horario. Fue en ese momento cuando todo empezó a ir mal.

Antes de cumplir los veinte, Jihye nunca le había tenido envidia a nadie. Tal vez a veces tenía un poco de celos, pero se acababan rápido, y apoyaba con franqueza a aquellos amigos a los que las cosas les iban bien. No comparaba su vida con la de otros. Pero no entró a la universidad. Hyoseok, que tenía peores notas que ella, pudo entrar fácilmente. Además, volvió a fallar en el segundo examen de ingreso, y solo terminó siendo aceptada en la universidad que era su segunda opción. A partir de ese momento, Jihye comenzó a compararse con los demás y a sentirse inferior. Dado que había ingresado tarde, sentía la necesidad de inscribirse en más clases que nadie y a obtener siempre las mejores notas. Sin embargo, ya fuera porque sus metas eran demasiado ambiciosas o porque le faltaba la capacidad necesaria, al intentar encontrar trabajo nunca lograba hacerlo. Solo le ofrecían puestos como becaria. Como no había forma de lograr todo rápidamente, desde aprobar los exámenes hasta obtener un trabajo, se sentía atrapada en la convicción de que se estaba quedando atrás.

Antes de que se diera cuenta, Jihye se había convertido en la persona de más edad dentro del grupo de estudio para buscar empleo. Cuando empezaba a desesperarse, fue seleccionada para la tercera y última entrevista junto con una compañera. Pero la otra chica tuvo apendicitis y no pudo presentarse a la entrevista. Cuando Jihye escuchó la noticia, se compadeció y le envió un mensaje. Sin embargo, en el reflejo de la pantalla apagada de su teléfono, vislumbró una sonrisa sutil en su rostro. Dudó de si la persona astuta que veía reflejada era realmente ella. Más que nada, se sintió decepcionada consigo misma por tener tan poca empatía. Finalmente, a Jihye también la terminaron rechazando, y, como si estuviera huyendo, dejó de buscar empleo y decidió hacer un máster.

—La desgracia de los demás era mi felicidad. Pero mi propia desgracia también dolía. Odiaba en quién me había convertido, no podía soportarlo.

—Todo el mundo se desespera un poco a la hora de buscar trabajo. Es normal sentirse así.

A pesar de las palabras de Hyoseok, Jihye aún despreciaba a su antiguo yo. Y, dado que cualquiera podía desesperarse por conseguir un trabajo, se odiaba aún más por sus pensamientos poco empáticos. Además, también había sentido ese tipo de envidia hacia Hyoseok.

—Cuando entraste en la universidad, y también cuando conseguiste un trabajo, no me alegré por ti, no de verdad.

Mientras Jihye seguía estando desesperada, Hyoseok acabó el servicio militar obligatorio y volvió a la universidad. Él encontró trabajo con facilidad, incluso antes de graduarse. Jihye felicitó a su amigo, pero sus sentimientos eran contradictorios.

—Es normal. Yo también quería pegarles a los compañeros que habían conseguido trabajo y presumían de ello. Una vez casi lo hago y comienzo una pelea. Lo tuyo no es nada.

—No es solo eso... En secreto, te subestimaba por no haber encontrado un empleo mejor... Como siempre tienes tanta suerte, pensé que podrías conseguir un puesto más alto.

Hyoseok hizo una pausa para pedir unos pinchos.

—Tú crees que lo único que puedes hacer en esta vida es estudiar para los exámenes de ingreso a la universidad o conseguir trabajo en alguna empresa pública, ¿verdad? La felicidad también se encuentra en las decisiones que tomas. Si lo decides, ahora mismo puedes comenzar a ser feliz. Mira, si comes estas brochetas tan buenas, automáticamente estarás más contenta, ¿a que sí?

Hyoseok le puso en el plato unas cuantas brochetas de pollo y panceta de cerdo.

—¿No es eso lo que hacen los perdedores para intentar sentirse mejor? —Se burló Jihye de sí misma.

—¿Cómo que para sentirse mejor consigo mismos? Sigue mi ejemplo. Para estar feliz aquí y ahora, he decidido trabajar solo lo necesario. Trabajar en algo que también me permita cuidar de mí mismo y de las personas que me rodean, ganar solo lo que me haga falta, y divertirme... Estoy seguro de que otros piensan que no soy ambicioso. Pero ¿no es la «moderación» lo más ambicioso? Yo creo que estoy siendo muy ambicioso eligiendo vivir mi vida con moderación. Es cuestión de elegir.

—Yo creo que no tengo la opción de ser feliz. Hace mucho tiempo que no la tengo. Yo no puedo hacer como tú y ser feliz con lo que tengo.

Recordó las incontables noches en las que cocinaba platos complicados a propósito para evitar redactar cartas de presentación o apuntarse a ofertas de trabajo. Jihye no era feliz, era incapaz de serlo. Sentía que la felicidad se le había escapado de las manos. Por eso eligió el país al que podía ir más rápido.

—¿Por qué? Aquí tienes muchos motivos para ser feliz.

—¿De verdad crees que puedo llegar a ser feliz con lo que tengo?

Jihye giró su cabeza y miró fijamente a Hyoseok.

—Mirándote ahora... nada de lo que diga servirá. Creo que lo descubrirás cuando vuelvas a Corea.

—¿Y si no lo descubro?

—Entonces te lo repetiré, no te preocupes. Y mientras no estés, yo seré feliz sabiendo que tú también eres feliz allá donde estés.

Jihye lo siguió mirando fijamente. Hyoseok se rascaba la nuca, avergonzado.

—Qué suerte tengo de que seas mi amigo.

No acostumbraban decirse esas cosas. Jihye, que también se sentía avergonzada, se bebió su cerveza de un trago. Para no quedarse atrás, Hyoseok la imitó y se bebió el resto de su cerveza. Sin poder evitarlo, los dos eructaron al mismo tiempo. Después de haber estallado a carcajadas, pidieron otra. «¡Una cerveza, por favor!».

SALIR DE LA CUEVA

En diciembre, Jihye se fue al extranjero. Jun no regresó al taller. Era de esperar, pero al darse cuenta de que realmente no lo volverían a ver, los miembros del taller empezaron a extrañar su rostro impasible y su voz firme. Los puestos de Jun y de Jihye delante del torno de alfarero pronto fueron ocupados por nuevos alumnos.

Por aquel entonces comenzaron a matricularse mujeres de mediana edad, mayores que Johee. Los alumnos y alumnas se podían dividir en dos categorías. Primero estaban los que venían por hacer algo; las amas de casa, que se veían obligadas a pasar el día solas después de que sus maridos se fueran a trabajar y sus hijos al colegio, dejaban escapar toda su energía reprimida a través de la arcilla. Si trabajaban hasta el punto de notar cómo sus hombros se agarrotaban sentían que aprovechaban mucho mejor el día, mucho mejor que cuando quedaban con otras madres para ir a tomar café. Era como si a través de ese gasto de energía pudieran disfrutar de la juventud que les quedaba. Y sobre todo, cuando trabajaban en cerámica, nadie se refería a ellas como «la madre de», sino que las llamaban por sus nombres.

El segundo grupo eran aquellos que venían a recargar energías. Los oficinistas ingresaban al taller con expresiones exhaustas, pero al salir abrían la puerta con renovada vitalidad, capaces de olvidar que al día siguiente debían regresar al trabajo. La satisfacción de tener un nuevo pasatiempo hacía que sus voces se animaran, aunque Jeongmin pensaba que el café y los dulces de Johee jugaban un papel importante en su entusiasmo.

Sin embargo, el sábado, cuando llegaba la hora de comer, la mayoría abandonaba el taller temprano para poder pasar tiempo con sus familiares y amigos. Ese sábado, Johee y Jeongmin fueron las únicas que se quedaron a comer, pues no tenían otros planes.

—Solo somos nosotras dos. Pero menos mal que estás aquí. Si no fuera por ti, los mediodías del sábado serían muy solitarios.

—Si no fuera por ti, me habría quedado en casa todo el fin de semana.

El menú de ese día era ramen. A diferencia del verano anterior, cuando lo que podían comer en Bamgashi era limitado, en tan solo unos meses se habían abierto muchos restaurantes. Explorar los nuevos establecimientos que habían surgido se había convertido en un pasatiempo para Johee y los demás miembros del taller. En días como ese, cuando solo eran dos, no podían evitar entristecerse al recordar los rostros de los demás, pero al mismo tiempo también experimentaban una sensación de tranquilidad y armonía. Cuando Jeongmin se levantó para abrir el ramen, casi perdió el equilibrio; no sentía los pies. Por miedo a que la arcilla se secara, habían puesto la calefacción un poco más lejos, así que Jeongmin tenía los pies helados.

—Creo que te has convertido en alguien muy importante para el taller. El primer día que viniste coincidió con la semana en la que yo finalmente conseguí salir de casa.

Jeongmin también recordaba ese día con claridad. También había sido su primer día intentando escapar de ser una «persona inexistente» que se limitaba a quedarse en casa, como si estuviera muerta. Quizá la luz de ese verano le había querido susurrar algo. Dos personas con vidas distintas lograron salir de sus casas al mismo tiempo. Las trayectorias paralelas de sus vidas se curvaron y se cruzaron en un punto de encuentro. No sabía si era el destino o simplemente el resultado de las elecciones de cada una de ellas, pero de todos modos Jeongmin pensó que era un alivio haberla conocido. Esas trayectorias paralelas se convirtieron en líneas que se tocaban, y es importante reconocer esta realidad. Esas líneas, que en su momento se habían detenido, seguían avanzando. No importaba si lo hacían por el destino o por las decisiones que habían tomado, pero continuaban su camino a través de las olas. Johee cerró los ojos, como si estuviera escuchando el flujo del mar. Luego, los abrió y siguió hablando:

—Cuando te vi bebiendo café, pensé que éramos muy parecidas. Las personas que sostienen las tazas de café con tanto cuidado suelen ocultar una buena historia en su interior. Por eso te sugerí que intentaras hacer cerámica. Cinco minutos antes, le había dicho a Jihye que no quería aceptar más alumnos; tenía miedo después de haber visto la muerte tan de cerca. Pero supe que tenía que proponerte que te apuntaras justo después de conocerte. Desde que comenzaste a encargarte de las redes sociales, el ambiente general del taller ha cambiado. Vienen muchas personas nuevas, y también antiguos alumnos que regresan después de mucho tiempo para recordar todo lo que habían olvidado.

Jeongmin también sintió una atracción inexplicable la primera vez que vio a Johee. Cuando le sugirió hacer cerámica, notó una fascinación indescriptible por la palabra «hornear».

—Yo también he cambiado mucho desde que empecé, es algo que nunca pensé que haría. Hay muchos momentos memorables, pero lo que más recuerdo es la conversación que tuvimos antes de probar por primera vez el torno de alfarero. No era capaz de controlar la humedad de la arcilla, así que siempre estaba demasiado acuosa. Tú me dijiste que le limpiara las lágrimas. Tampoco es nada del otro mundo, pero por alguna razón me conmovió. Acariciarla, abrazarla, limpiarle las lágrimas... Mientras cuidaba de la arcilla, sentía que me estaba abrazando a mí misma.

Jeongmin reflexionó sobre sus palabras mientras removía los pocos fideos que le quedaban. Normalmente se dice que dependemos de los recuerdos del pasado para sobrevivir en épocas difíciles, pero ella siempre había temido que no tendría esos recuerdos. Sin embargo, tuvo la sensación de que estaba empezando a crear recuerdos mientras aprendía a hacer cerámica en el taller Soyo. De este modo, cuando la fatiga la alcanzara, tendría algo con qué enfrentarla.

—Hornear cerámica es como nutrir tu alma con calor. Cuanto más pules y moldeas la arcilla con cuidado, más bella y bonita se vuelve. Del mismo modo, si prestas atención a las partes sucias y desagradables de tu interior que evitas reconocer, eventualmente descubrirás lo que están ocultando. Pensabas que estabas llena de odio, pero descubres que en tu interior también hay amor y piedad. Allí dentro se esconden muchas emociones. Entonces llega un momento en que incluso esos sentimientos y emociones desagradables se convierten en algo digno de atesorar. Aprendes a querer incluso esas partes feas.

Jeongmin sintió que la calidez de su corazón aumentaba, no por el caldo del ramen, sino por las palabras de Johee. La tibieza se extendió rápidamente, calentando incluso los dedos de sus pies que hacía un momento estaban tan fríos como el hielo.

—«Hornear cerámica es como nutrir tu alma con calor». No puedo explicar exactamente por qué, pero creo que es una buena expresión.

—A veces, las cosas que no se pueden explicar resuenan con mayor claridad.

»Hay cosas que se sabe que son bonitas sin pensar en el porqué de su belleza, como las estrellas fugaces o las auroras boreales. Incluso aunque nadie lo comente, su belleza es inconfundible.

—Últimamente sonrío menos que antes, ¿a que sí? Creo que he empezado a ser más ambiciosa con la cerámica.

—No pasa nada por ser ambiciosa. Dicen que la felicidad solo la disfrutan quienes la han experimentado alguna vez y aquellos que no dejan de intentar alcanzarla. Debes aprender a ser feliz y esforzarte siempre por extender esa dicha; así podrás reconocerla cuando llegue.

Incluso si carecía de una felicidad natural, Jeongmin decidió que podría compensarlo. Al menos eso pensó mientras compartía una comida con alguien a quien valoraba profundamente.

El sábado por la tarde, antes de que empezara la clase para discapacitados, Hyoseok abrió la puerta del taller. Antes de dejar su mochila les habló de aquello que más les interesaba a todos: Jihye.

—La acompañé al aeropuerto y ha llegado bien. Os manda saludos.

Johee y Jeongmin se entristecieron.

—Me alegro mucho por Jihye pero también me preocupa. Podremos hablar con ella, ¿no? —preguntó Johee con cautela.

—Pues claro, ¡en qué sociedad piensas que vivimos! Existe una tecnología punta que se llama «videollamada».

Hyoseok se encogió de hombros.

—¿Solo estáis vosotras dos? Ah, Kishik dijo que se iría pronto, ¿verdad?

Hyoseok formuló su última pregunta mientras observaba a Jeongmin. En algún momento, los demás miembros del grupo habían empezado a dirigirle todas las preguntas sobre Kishik a Jeongmin.

—Ah, sí, Kishik también se irá. Ya ha dejado el trabajo y está a punto de vender el piso de Seúl.

—¿Aún te refieres a él con lenguaje formal?*

—Ah… sí.

—¿En serio…? Pensaba que erais amigos. Da igual, es una pena que se vaya, ¿verdad?

Jeongmin asintió, confundida ante las persistentes preguntas de Hyoseok. Y él mostró una expresión incómoda, como si no estuviera satisfecho con las respuestas de Jeongmin.

—Pronto van a venir los otros alumnos. ¿Nos preparamos?

Johee dio una palmada y se arremangó. Gracias a ella, Jeongmin pudo evadir las preguntas de Hyoseok.

—Ah, Hyoseok y Jeongmin, ¿podéis ayudarme a hacer la clase hoy? Se acerca la Navidad, así que vamos a hacer figuras de decoración para el árbol, pero son un poco difíciles. Como paga, ¡os invito a una barbacoa!

Al oír la palabra «barbacoa», Hyoseok aceptó gratamente. Jeongmin recordó que no tenía ningún plan para cenar, así que también asintió.

La clase comenzó cuando todos los alumnos tomaron asiento. La tarea de ese día consistía en diseñar patrones individuales en las piezas con forma de árbol que Johee y los demás ya habían preparado.

—Jeongmin, ¿me puedes ayudar?

Había pasado tanto tiempo desde la última vez que oyó la voz de Gyuwon diciendo su nombre, que se sobresaltó.

—Sí.

Cuando se sentó al lado del hombre y observó su trabajo se dio cuenta de que no controlaba muy bien la fuerza de la

* En el texto original, Jeongmin sigue usando un lenguaje formal con Kishik y lo trata con respeto, empleando las formas de cortesía correspondientes.

mano que sostenía las herramientas, por lo que la arcilla circundante se había despegado y el objeto tenía un aspecto tosco e irregular.

—Primero rellenaré esta parte que se ha caído con más arcilla.

Jeongmin tomó un trozo de masa del tamaño de un dedo y lo humedeció.

—Si rellenamos estas partes, quedará impecable, ¿verdad?

—Pensaba que había hecho un trabajo nefasto, pero al rellenarlas parece como si hubiera vuelto a su forma original.

Jeongmin colocó sus manos sobre las de Gyuwon para enseñarle a usar las herramientas, pero se detuvo.

—Creo que es la primera vez que te toco las manos.

Por un momento, ninguno de los dos dijo nada. Debían estar recordando el pasado.

—Lo siento…

Jeongmin comenzó a hablar con dificultad. Era también la primera vez que buscaba el perdón de Gyuwon. Después del accidente no surgió la ocasión de volver a verlo, y tampoco tenía el coraje para mirarlo a la cara.

—No digas eso, no fue culpa tuya.

Gyuwon retiró sus manos y con delicadeza las puso encima de las de Jeongmin.

—¿Así está bien?

Gyuwon le sonrió intentando hacer que se relajara. Esa forma de perdonar era mejor que un abrazo. Jeongmin sintió que en cualquier momento rompería a llorar, así que asintió mientras bajaba la cabeza.

—Durante todo este tiempo lo has pasado muy mal, ¿a que sí?

Tal vez fuera porque las manos de Jeongmin estaban cubiertas de arcilla, pero las de Gyuwon no le parecieron algo extraño y desconocido. Sus manos gruesas y ásperas daban palmaditas a las suyas.

Cuando Juran vino a recoger a Gyuwon al final de la clase se sorprendió al ver a Jeongmin junto a su padre. Pronto se acercó y comenzó a hablar:

—Papá, ¿Jeongmin te ha ayudado?

—Claro. Gracias a ella he hecho un árbol de Navidad.

El padre de Juran mostró con orgullo la pieza en la que había estado trabajando.

—Gracias, Jeongmin.

—¿Por qué...? Ah, le podéis añadir algo de iluminación dentro.

Jeongmin no sabía qué decir, así que mostró el lado vacío de la pieza y comenzó a sugerir cosas al azar. «Si le ponéis luces, será mucho más bonito. Aún no ha decidido de qué color pintarlo pero...».

—Así que te sigues poniendo nerviosa cuando alguien te da las gracias.

Juran se rio e interrumpió a Jeongmin.

—Cuando alguien te agradece algo, puedes simplemente aceptarlo. No lo he mencionado por alguna razón en particular, solo te lo he agradecido.

—Vale...

—Hoy hornearemos las piezas y estarán listas para antes de Navidad. ¡Habéis trabajado mucho!

Gracias a las palabras oportunas de Johee, pudo evitar la conversación incómoda con Juran. Fue a la trastienda, se quitó el delantal y se sentó. Aún sentía el tacto de las manos gruesas y ásperas de Gyuwon sobre sus palmas.

Mientras ayudaba a cargar la silla de ruedas en el coche, Juran aferró el brazo de Jeongmin y le dijo:

—Debes haber detestado verme.

—¿Qué?

—Estaba celosa. Me ha sorprendido veros sentados tan juntos. He pensado que tal vez os habíais hecho amigos, sin yo saberlo. Ahora entiendo que debías de odiarme porque llamaba «mamá» a tu madre.

—Sí, eso me sentó bastante mal.

Sin que se diera cuenta, sus palabras salieron con un tono de desaprobación.

—Éramos tan jóvenes…

El sonido de un grupo de transeúntes que pasaba llenó el silencio.

—¿Solo éramos jóvenes? También éramos demasiado sensibles. Pero, Juran, yo estoy bien. Ya estoy bien.

Jeongmin recordaba esos años, pero a la vez se mostraban difusos en su mente. Incluso dudaba de si realmente había experimentado todo eso. Había transcurrido mucho tiempo.

—Me alegro de que estés bien.

Al oír el crujido de sus pasos tenían la sensación de que lo que crujía eran castañas, pero esa estación ya había pasado y de repente había llegado el invierno y la nieve ya empezaba a acumularse; se amontonaba con rapidez y borraba las huellas de sus pisadas.

—Gyuwon, yo ya me voy.

Juran bajó la ventana del asiento del conductor e intervino en su conversación:

—Podrías haber intentado ser tan simpática desde el principio, ¿no?

—Sí, tienes razón.

Jeongmin dudó durante unos segundos y siguió hablando:

—Juran, ya sé cómo salir de la cueva. Simplemente estaba retrasando mi salida. Lo hice para protegerme porque temía consumirme. Así que saldré yo misma, no te preocupes por mí.

Jeongmin recordó a todos los miembros del taller. Cuando intentaba limpiarse las manos llenas de arcilla frotándolas entre sí, la suciedad solo se acumulaba más. Sin embargo, cuando los demás le tomaban las manos y las frotaban con las suyas limpias, era entonces cuando conseguía librarse de la suciedad.

—Pff, debes tener a mucha gente que piensa en ti.

En el rostro de Juran se dibujó una expresión de disgusto.

—No lo sabía, pero parece que sí. La próxima vez dame una oportunidad para disculparme. Podemos quedar para comer.

Juran asintió sin titubear.

—Vale. Hace frío, entra.

Jeongmin se quedó observando el coche de Juran hasta que desapareció. Decidió que la próxima vez que comieran juntas le diría todo lo que no había podido expresar hasta ese momento.

Cuando salieron del restaurante después de cenar, ya había anochecido. A pesar de los intentos de Johee por disuadirla, Jeongmin regresó al taller y la ayudó a limpiar. Después, al salir, el cartel del taller captó su atención.

SOYO

CERAMIC ART &

Johee, que también había salido para despedirse, comentó que estaba pensando en redecorar el cartel. Jeongmin siguió la mirada de Johee. Había pasado mucho tiempo desde que las hojas regresaron a la tierra en busca de nutrientes debido al frío sin precedentes. El letrero lucía considerablemente mejor. Ahora era el encargado de anunciar el taller, reemplazando a las flores, los cactus y la hiedra.

—Me gusta que no haya nada escrito después de «&»; eso deja la puerta abierta a hacer otras muchas cosas en el taller.

Jeongmin esperaba que Johee no se entristeciera al quedarse sola allí.

—A mí también me gusta. Creo que lo voy a dejar así una temporada. El letrero es como el guardián del taller.

Las dos comenzaron a pensar en los cambios que habían sufrido en apenas tres estaciones. Las causas y consecuencias de estos cambios no estaban del todo claras, y no bastaba con ordenarlos. Jeongmin optó por dejar de pensar en ello durante un momento y se concentró en cómo podría aprovechar esos cambios al máximo. Sin embargo, no había suficiente tiempo para seguir adelante sin más. El año estaba llegando a su fin, y nadie podía saber durante cuánto tiempo más podrían estar juntos. Durante el resto del invierno harían todo lo posible para ajustar sus temperaturas a las de los demás y hornear sus corazones. Ese fue el escenario de fin de año que Jeongmin imaginó.

También tenía una razón práctica por la que no podía permanecer en el taller más allá de ese invierno. Esa mañana se había cruzado con el dueño de la casa, y le había comentado que el contrato debía terminar un poco antes de lo esperado. Además, ese año, en lugar de ganar dinero, Jeongmin había gastado todos sus ahorros y no podía hacer frente al aumento del precio del alquiler. Al año siguiente se tendría que mudar. Por otra parte, le resultaba difícil seguir yendo al taller con unos ahorros limitados. Poco a poco había comenzado a preocuparse por su situación económica. Y si encima tenía que ocuparse de Hoya, sus responsabilidades también debían aumentar. Ahora los cambios eran inevitables. Había llegado el momento de decidir su propio futuro.

Caminó hasta su casa sin ganas y se detuvo frente a Gromit. El sabor del yogur helado de masa de galleta con pepitas de chocolate ya no estaba en el menú.

—Perdone, ¿el sabor a yogur con pepitas de… el de yogur… lo habéis eliminado?

Jeongmin tartamudeó mientras trataba de recordar el nombre largo.

—Ah, ¿el sabor a yogur helado de masa de galleta con pepitas de chocolate? No está en el menú pero aún lo vendemos.

El dueño de la heladería esbozó una sonrisa alegre al encontrarse con una clienta familiarizada con las opciones que ofrecían y añadió con entusiasmo:

—Hay un cliente que siempre lo pide. Dijo que se va a mudar dentro de poco. Así que lo vamos a mantener hasta que se vaya. Es un cliente habitual.

Era bonito imaginar a Kishik hablando de sus futuros planes de negocio.

—Pues póngame uno, por favor.

Jeongmin llegó a casa más tranquila al sentir el frío del helado en sus brazos. Ya no quería comer el sabor a vainilla. Al principio pensaba que el yogur y las pepitas de chocolate eran Ara y Kishik. No, más bien quería pensar eso, que no pegaban juntos. Pero pensándolo bien, esos dos sabores difíciles de mezclar se parecían a Kishik y a ella. A Jeongmin le entraron ganas de llorar. Pronto también tendría que decidir qué tipo de relación quería tener con Kishik.

LA PRIMERA NEVADA

El distrito comercial de Bamgashi se llenó de actividad y las calles se animaron. Dondequiera que fueras, podías escuchar las conversaciones de los transeúntes y distinguir el ritmo de sus pasos. Explorar y descubrir pequeñas cafeterías especializadas o restaurantes escondidos en los callejones resultaba divertido. En cada esquina, empezaban nuevas historias.

A medida que se acercaba la Navidad, los establecimientos habían empezado a competir por ver quién tenía el mejor árbol. En las cafeterías se escuchaban canciones pop extranjeras, y en los bares, baladas nacionales. Cuando Jeongmin salía a comprar, a correr o incluso de camino al taller, podía oír diferentes villancicos. Gracias a esto sentía que la Navidad estaba llegando a toda velocidad. Las parejas pensaban con entusiasmo qué regalos esconderían a sus espaldas, los padres empaquetaban los juguetes para sus hijos y se hacían pasar por Papá Noel, los niños compraban pequeñas postales navideñas con dibujos de Rudolph para regalar a sus amigos.

MERCADILLO SÁBADO 24 DE DICIEMBRE
DE 14 A 19

Todos en el taller estaban también muy atareados con los preparativos navideños. En Nochebuena se había organizado un mercadillo en el parque de Bamgashi. Para que el taller pudiera participar, Johee había estado trabajando incansablemente. Era la primera vez que Jeongmin la veía haciendo cerámica.

Era mucho más impresionante de lo que había imaginado. No, era algo que no se podía describir con el adjetivo «impresionante», era más bien deslumbrante. La Johee ceramista parecía más relajada y contenta. La pasión que le profesaba a su profesión era notable. Mientras Jeongmin se tomaba un descanso, la observó trabajar a la distancia. Era sorprendente ver cómo alguien tan pequeño podía tener tanta fuerza en los brazos.

—¿Qué vas a hacer hoy?

—Principalmente voy a hacer objetos de decoración. Hay muchos niños apuntados, así que creo que deberíamos apostar por hacer piezas graciosas, que llamen su atención, ¿no te parece? Se me había ocurrido hacer un posacubiertos en forma de gato o una caja con forma de caracola para guardar accesorios.

—¡Seguro que quedarán adorables! Supongo que se pueden hacer toda clase de objetos de cerámica, no solo platos.

—Pues claro. ¿A ti también te gustaría vender alguna de tus piezas?

—¿Yo? Soy la más principiante de los principiantes; además, no tengo tanto talento. Mis piezas no son lo bastante buenas como para venderlas.

Jeongmin le quitó importancia con un gesto displicente.

—La cerámica es cuestión de ideas. La idea del plato de nachos fue tuya, y es algo que nadie más pensó. Inténtalo aunque lo vendamos a un precio más bajo. Puede que alguien esté buscando exactamente lo que has creado.

Kishik, que estaba a su lado, también la convenció. Él planeaba poner a la venta algunos de sus jarrones. Johee le sugirió que podría ser una buena experiencia antes de abrir el negocio. Jeongmin mencionó que no tenía tanta experiencia como Kishik. Este la observó fijamente a los ojos, como si estuviese tratando de convencerla con la mirada.

—Vale, vale. Me apunto. ¿Contento?

Se dio por vencida. Kishik asintió satisfecho cuando Jeongmin le brindó la respuesta que quería escuchar. Johee añadió que cuanta más variedad de productos hubiera, más fácil sería llamar la atención de los clientes, y le ofreció a Jeongmin un descuento en la tarifa del horno y también arcilla.

Jeongmin decidió hacer un juego de tazas y un juego de conos para filtrar el café, además de otros platos para nachos. Los rediseñó teniendo en cuenta lo que le había gustado y lo que no cuando había usado el que se había hecho para ella. A Jeongmin le gustaba planificar las cosas con antelación, por lo que trabajar para algo inminente no era precisamente su estilo, pero la reconfortaba tener a Johee y a Kishik a su lado. Retocó las junturas de los platos para los nachos e hizo tazas de café de diferentes tamaños. Cuando terminó de hacer los agujeros para el filtro, se dio cuenta de que hacía rato que había anochecido. Los días se acortaban y las noches se alargaban, pero a Jeongmin le gustaban las noches más oscuras. Se alegró de poder contemplar el paisaje nocturno a través de las ventanas del taller.

Los tres estaban exhaustos después de pasarse todo el día trabajando. Johee trajo algo para picar, y comentó que había estado tan ocupada que no había tenido tiempo de hornear pan. La cesta de mimbre estaba llena de mandarinas y galletas de arroz. El locutor de la radio estaba leyendo una historia triste pero a la vez divertida sobre la soledad navideña. El relato que había provocado los suspiros profundos y las risas de los oyentes venía contada por el nombre de usuario «yosolaacapella». «Yosolaacapella», cuyo nombre ya daba pena de por sí, había reservado un hotel caro con vistas a la torre de Seúl para ir con su novio esas Navidades. Reservarlo fue una verdadera odisea debido a la alta demanda, pero todo lo que había aprendido al comprar entradas para los conciertos de sus ídolos de KPop cuando era más joven le resultó de lo más útil. Sin embargo, hacía apenas unos días su novio la había dejado. El narrador abrió un paréntesis y añadió: «No solo me dejó, sino que me abandonó sin piedad». El problema era que había hecho la reserva en noviembre, así que acabó perdiendo el dinero porque ya había pasado el plazo de devolución. Pero el día anterior, su ex exnovio —no especificó exactamente qué número era— la llamó. El narrador comentó: «¿Debería ir con él para no desperdiciar el dinero?». Luego, cuando añadió que había borrado el número de su exnovio y que no recordaba quién era exactamente el que la había contactado, por lo que se lo tendría que preguntar, los tres se echaron a reír.

—Creo que no hay nada que pueda superar esa historia. —comentó Kishik después de que comenzaran a emitir los anuncios.

—Yo tengo una historia mucho más triste que esa. —Jeongmin les lanzó una mirada burlona para llamar su atención—. Una vez rompieron conmigo el día de Navidad.

—Que horror de hombre. —Johee se estremeció como si estuviera muy disgustada.

—Pero de todas las relaciones que he tenido hasta ahora…

Mientras Jeongmin doblaba los dedos contando el número de relaciones que había tenido, hizo contacto visual con Kishik y dejó de contar con rapidez.

—Siempre me han dejado. Así es como funcionan las cosas.

—¿Y no será que ellos son un poco raros? Si tú no has roto con ninguno de ellos, ¿qué razón tendrían para romper contigo?

—Todos me dijeron que no importaba el tiempo que pasaran conmigo, sentían que nunca me llegaban a conocer. Me dijeron que era como si no estuvieran con una persona, que parecía una estantería o un armario… Ni siquiera me consideraban un animal.

«Nunca dices nada». Jeongmin sentía que hablaba mucho, pero la respuesta a sus palabras siempre era la misma. Creía que sabía más o menos qué «palabras» querían escuchar, pero como tampoco escondía nada, no pensó que fuera algo por lo que se tuviera que preocupar. Pero como ellos tampoco preguntaban mucho, no tenía la necesidad de contar nada. No ocultaba las cosas a propósito, simplemente dejaba un espacio entrelíneas abierto a la interpretación, como en las novelas. Jeongmin creía que en las relaciones también era necesario un mínimo de espacio.

—Tienes músculos, carne y sangre, aunque eso no sea visible a primera vista. Y mira, incluso se te puede tocar.

Johee la agarró de los hombros y la miró con afecto.

—Uff, menos mal que aún soy humana y no un mueble.

—¡Pues claro! Eres una de las personas más importantes de nuestro taller. Debo decirte que me aterra la idea de que algún día nos dejes.

Aquellas palabras se clavaron en el pecho de Jeongmin como un puñal. Seguramente Kishik también lo había sentido así.

—No me iré a ninguna parte, no te preocupes.

Jeongmin tomó de las manos a Johee.

—Solo quiero vivir el presente y emocionarme por el ahora.

La segunda parte del programa empezó con el presentador haciendo la voz más aguda que podía para parecerse a una mujer. La canción que había solicitado «yosolaacapella» comenzó a sonar: «Underneath the Tree» de Kelly Clarkson. El presentador del programa bromeó diciendo «Underneath the Seoul Tower» y les deseó que pasaran unas felices fiestas juntos.

Mientras escuchaba la canción, Jeongmin recordó las Navidades anteriores, que las pasó sola, y otras muchas que compartió con exnovios cuyos nombres tampoco podía recordar. Seguramente había vivido momentos bonitos, pero ninguno digno de rememorar. Su día favorito del año no era su cumpleaños en abril, era el día de Navidad; y pese a eso, no podía mencionar un solo año que hubiera sido memorable, tal vez porque tenía demasiadas expectativas.

Johee estaría recordando su última Navidad con Hosu, y Kishik los últimos cuatro años junto a Ara. Todos parecían estar cautivados por la canción. Cuando la música acabó, los tres se levantaron y comenzaron a limpiar. Estaban aturdidos, como si hubieran viajado al pasado, pero con la Navidad a la vuelta de la esquina no podían pararse a pensar en las fiestas de los años anteriores.

—Jeongmin, marca las piezas con tu sello antes de meterlas en el horno.

—¿Con mi sello? Mi nombre como ceramista no es muy conocido, ¿no es mejor que no ponga nada? Como las cerámicas que venden en los supermercados…

—De ninguna manera. El sello no solo tiene la función de indicar quién ha creado esa pieza. También sirve para que las personas que compran cerámica recuerden ese día con mayor claridad. Con quién vinieron a Bamgashi en Nochebuena, qué compraron en ese mercadillo, por qué eligieron esa pieza. Un sello es un recurso que ayuda a recordar mejor. Nadie confiaría sus preciados recuerdos a cerámicas sin marcas de grandes supermercados.

Después de escuchar la explicación de Johee, Jeongmin decidió marcar sus piezas. No quería que sus cerámicas terminaran en algún rincón del armario de alguna cocina sin ningún recuerdo atado a ellas. Si tan solo sus obras pudieran ayudar a alguien a crear unos recuerdos navideños más duraderos… Jeongmin grabó su sello a un lado de los platos de nachos y bajo las tazas de café. La arcilla se hundió suavemente. El hanja *min* de su nombre se inscribió en las piezas. Solo esperaba que sus cerámicas le alegrasen el día a alguien, como el sonido que hace una piedra de jade al rodar.

Ya habían acabado de trabajar, pero a Jeongmin y a Kishik aún les quedaba algo por hacer. Decidieron subir una publicación al día para publicitar la participación del taller en el mercadillo. Se había empezado a poner de moda subir blogmas o, más bien, vlogmas, en los que se mostrasen los preparativos navideños. Las «Series del corazón» de Jeongmin habían tenido más éxito del que esperaba y la cuenta ya tenía más de tres mil seguidores. Gracias a eso, la cantidad de pedidos online aumentó considerablemente. También aumentó el número de clientes presenciales, así como los grandes pedidos para restaurantes. Jeongmin colaboraba de vez en cuando en la preparación de pedidos, y debido a que era ella quien se ocupaba de la cuenta de Instagram, además del descuento en la tarifa de encendido del horno, comenzó a recibir un salario como empleada a tiempo parcial. La ambición de Jeongmin empezó a crecer cuando vio las respuestas positivas que recibían en Instagram. Leer los mensajes directos que decían cosas como «las fotos y los textos son muy buenos» o «me ha llegado al corazón» se había convertido en un nuevo hábito antes de irse a dormir. Aunque la mayoría de los comentarios fueran de Hyoseok, o de Sota.

Mientras Kishik hacía fotos de las piezas decorativas que había hecho Johee, Jeongmin pensaba en cómo presentar el nuevo contenido. Necesitaba algo que fuera más breve que lo publicado con anterioridad, pero que pudiera crear expectativas.

—Me está costando un poco esta vez.

Kishik notó lo nerviosa que estaba mientras terminaba de tomar las fotografías y las transfería al ordenador. El cuaderno de Jeongmin estaba vacío y parecía bastante frustrada. A Kishik le gustaba su expresión pensativa. La miraba con respeto mientras ella pensaba con detenimiento en qué escribir, sin importar lo corto que fuera. Además, esa expresión concentrada estimulaba la imaginación de Kishik. Imaginaba cómo habría sido Jeongmin cuando trabajaba como redactora.

—¿Qué puedo escribir? Tiene que ser algo que conmueva a los lectores.

—Entiendo que lo quieras hacer bien, pero cuanto más ambiciosa seas, menos creatividad tendrás, así que intenta tomártelo con calma.

Kishik se sentó a su lado y le mostró las fotos que planeaba subir, con la excusa de que, a lo mejor, así se le ocurría algo que escribir debajo. Eran fotografías que reflejaban el trabajo diario del taller. Kishik parecía haber adoptado el rol de líder al organizar las imágenes A para publicaciones y las B para historias. Al comenzar a tomar fotografías para practicar para su nuevo negocio, se había terminado convirtiendo en todo un profesional.

A diferencia de los productos industriales, era imposible replicar un producto hecho a mano. Nunca había dos piezas con la misma forma o igual tamaño, ni siquiera con el mismo diseño. Además, las condiciones climáticas o la humedad del día en que se esmaltaban las piezas podían influir en el color final. Estas diferencias podían parecer insignificantes para quienes no estaban familiarizados con la cerámica. Por lo tanto, se requería un texto promocional y un reportaje fotográfico que las resaltara. Era por esta razón que los dos empleaban tanto tiempo en pensar distintas formas de promocionar las piezas. Era habitual que mientras Jeongmin escribía, los dos tuvieran pequeñas charlas sobre toda clase de temas, y de repente a ella se le ocurriera una idea. Ese día Kishik quería ayudarla fuera como fuere, por lo que, aunque sin mucho éxito, estaba esforzándose por sacar distintos temas de conversación.

—Vale, volvamos a lo principal. Aunque sea algo muy simple. Los lobos cuando no consiguen una presa en concreto vuelven al sitio donde la vieron por primera vez y repiten sus pasos, poco a poco. Hagamos lo mismo: plantear el tema poco a poco. Navidad, ¿qué es para ti?

—El mejor día del año. Me gusta más que mi cumpleaños. Es el día en el que tengo mayores expectativas y deseo ser más feliz.

—«Me gusta más la Navidad que mi propio cumpleaños». Es la primera vez que oigo algo así.

—Mi cumpleaños es solo eso, mi cumpleaños. Un día en el que únicamente yo puedo estar feliz. Pero la Navidad es como el cumpleaños de todo el mundo. ¡Todos se convierten en protagonistas! Es un día para felicitarnos sin ningún motivo aparente y disfrutar. Me encanta esta clase de felicidad.

—Supongo que tienes razón... En Navidad, todos somos los protagonistas; el cumpleaños de todo el mundo. Y lo que más producimos en el taller Soyo son vasos y platos. Platos para poner comida. Vasos para poner bebidas.

Jeongmin aplaudió. «¡Eso es!». Y como si una presa se desbordara, comenzó a recitar palabra por palabra todo lo que se le ocurría.

—Un banquete de cumpleaños para el cumpleaños de todo el mundo: Navidad. Podemos recomendar diferentes platos que combinen con comidas típicas de esa celebración, por ejemplo, pollo asado, lasaña, christstollen, caldo, vino caliente... Incluso podemos añadir una breve receta. Una de las características de los platos hechos con cerámica es que se pueden meter en el microondas o en el horno. También deberíamos enfatizar ese punto fuerte.

Jeongmin escribió sus ideas en el ordenador de Kishik. Ella solía decir que, como las ideas son volátiles, se deben escribir rápido.

El rostro de Jeongmin estaba impregnado de un brillo inocente, y Kishik no podía dejar de mirarla. A veces su semblante se iluminaba con esa inocencia. A través de esa expresión, Kishik había comprobado que Jeongmin era alguien a quien le encantaba escribir.

Cuando Jeongmin acabó de redactar sus ideas, extendió la mano hacia Kishik. Su mano, pequeña, y la de él, grande, encajaban a la perfección. Las manos de ella no eran particularmente pequeñas, pero al lado de las de Kishik parecían minúsculas.

—¿Y qué es la Navidad para ti? Me he emocionado tanto que se me había olvidado preguntártelo —preguntó Jeongmin mientras le devolvía su ordenador.

—En realidad, a mí la Navidad siempre me ha parecido deprimente. Siento que el año, que empezó lleno de propósitos, está a punto de acabar y no he logrado hacer nada de lo que me había propuesto. La rutina diaria me desanima, y siento que caigo en la costumbre. Aunque comience un nuevo año, seguiré trabajando en la misma empresa, saldré con las mismas personas, viviré en el mismo sitio y comeré lo de siempre. A veces incluso me pasa con la cerveza. No tengo nada por lo que emocionarme, así que no me queda otra que deprimirme.

Al tener constantemente las comisuras de sus labios elevadas, siempre parecía que Kishik estaba sonriendo, aunque nada más lejos de la realidad. Decía que en Navidad se sentía incómodo con la gente. Mientras que todo el mundo esperaba el final del año con ganas e ilusión por un nuevo comienzo, a él le costaba verlo así. Siempre se había sentido como un extraño para estas fechas.

—Pero siento que este año va a ser diferente. El año que viene va a ser muy distinto a este, así que supongo que estoy un poco emocionado. Goseong es un lugar nuevo, y allí conoceré a nuevas personas. Antes no entendía lo que la gente quería decir con eso del espíritu navideño, pero creo que estoy empezando a comprenderlo.

Una mujer que ama la Navidad pero que no hace nada especial durante estas fechas. Un hombre que odia la Navidad pero que empieza a entender lo que tiene de especial. Realmente no esperaban que sucediera nada interesante, solo querían que fuera un día un poco más feliz de lo normal.

—Está nevando.

Jeongmin tiró de Kishik hacia la calle.

Era la primera nevada del año, y llegaba particularmente tarde, por lo que todo el mundo hacía tiempo que la estaba aguardando. Esa nieve blanca y fría había estado esperando hasta que todos hubieran salido a la calle para caer, pero por fin había llegado. La primera nevada siempre es la más importante, por lo que aquellos primeros copos siempre eran los más especiales, y habían elegido aquel momento con mucho mimo, haciéndolo aún más especial. Aquello tenía que significar algo…

Jeongmin y Kishik extendieron las manos. Un breve y gélido copo de nieve les mordió las palmas. Cuando Jeongmin miró la mano de Kishik, los copos ya se habían derretido al entrar en contacto con su piel.

CON GANAS DE HABLAR

Para alguien de Ilsan, no hay nada peor que Gangnam. Jeongmin se mareó un poco mientras intentaba meterse en el estrecho asiento del autobús M, que se dirigía a la estación de buses de Gangnam. El autobús iba por la autopista Gangbyeon y solo había llegado hasta el puente Wonhyo, aunque Jeongmin tenía la impresión de que ya habían pasado por allí. Gracias a un mensaje directo que había llegado a la cuenta de Instagram del taller, Jeongmin se había embarcado en un viaje hacia Gangnam que duraba unas tres horas entre ida y vuelta. Una editorial la había contactado; y aunque no era famosa, su nombre era bastante reconocido.

Tal vez fue porque mientras preparaban el mercadillo subieron más contenido, pero la cuenta de Instagram del taller ganó quinientos seguidores en tan solo dos semanas. Uno de ellos era «Zorro Antártico», la editorial que tenía como foto de perfil en redes una ilustración muy mona de ese animal. Se pusieron en contacto con ella mediante mensaje directo para proponerle publicar un libro. El editor hablaba sin parar, como una locomotora.

Jeongmin, sin embargo, no terminaba de comprender por qué le habían escrito. Los pies de foto que subía a Instagram eran todos muy cortos, y ni siquiera podía imaginar qué tipo de libro querían hacer con eso. A pesar de su reticencia, el editor le propuso que se reunieran la semana siguiente para enseñarle lo que tenían pensado. Algo no encajaba, no sabía si ver su comportamiento como una muestra de pasión o de considerable mala educación, pero aquello bastó para despertar la curiosidad de Jeongmin. En ese momento, no tenía claro qué era lo que quería escribir, pero estaba segura de que quería seguir haciéndolo. Para ella, que vivía flotando eternamente en una nube de incertidumbre, tener algo claro por primera vez en su vida era extraordinario.

Cuando el autobús llegó a Gangnam, se tuvo que poner a la cola de un enorme atasco. Jeongmin, cubierta con varias capas de ropa, comenzó a sudar. Al salir del autobús, el viento frío le secó el sudor y su temperatura corporal descendió de golpe, poniéndole la piel de gallina. Un presagio de cómo se desarrollaría el día.

Entre aquellos edificios enormes e idénticos, las oficinas de la editorial se encontraban en la planta 12 del más antiguo de todos. Las oficinas, que tenían un concepto abierto, ocupaban toda la planta. El intenso olor a libros que la recibió al salir del ascensor casi la hizo bajar la guardia. Cuando la rodeaba ese aroma a papel, que le gustaba más que cualquier perfume, siempre estaba más animada, e incluso era como si caminase mucho más ligera.

—Buenos días. ¿Es usted Yoo Jeongmin? Tenía una reunión a las 10, ¿verdad?

—Sí, soy yo.

—Gracias por venir hasta aquí. Soy Kim Jitae, el editor jefe.

Su expresión denotaba cansancio, y las gruesas gafas redondas parecían tratar de disimular su agotamiento. La primera impresión que causaban sus pantalones azul marino y la camisa roja de cuadros era completamente diferente a lo que se había imaginado al hablar con él por mensaje directo. Por Instagram le había escrito: «La animamos encarecidamente a que acceda a publicar con nosotros». Sin embargo, la primera impresión que le dio al verlo en persona fue mucho más fría que la que le había dado por mensaje, mucho más entusiasta. El editor jefe la condujo a una pequeña sala de reuniones. Comentó que durante unos días no había parado de mirar las publicaciones de la cuenta del taller, incluso las más antiguas. Mientras caminaban, le contó a Jeongmin que le habían encantado las nuevas publicaciones y que, por primera vez desde hacía mucho tiempo, la emoción que lo había llevado a convertirse en editor se había despertado de nuevo. Continuó hablando sin parar.

—He leído muchas cosas, pero hacía tiempo que nada conseguía llenarme del todo. En cuanto leí sus textos, sentí la misma emoción y satisfacción que sentía al principio, como si hubiera tenido el privilegio de descubrir a una escritora prometedora en este mundo editorial tan árido y estéril.

Por su tono de voz, parecía que no esperaba una respuesta, sino que simplemente estaba recitando un monólogo, dándole un toque teatral. Su monólogo continuó durante todo el tiempo que Jeongmin estuvo sentada. Incluso se preguntó si el editor jefe habría estudiado dramaturgia, como la mayoría de sus compañeros en su antiguo trabajo.

Una joven empleada entró y le ofreció a Jeongmin un café con el dibujo de un zorro en la taza, parecido al de la foto de perfil. Se sentó al lado del editor, pero él, al no cesar de hablar, se olvidó de presentarla. La mujer, que se mantenía en el anonimato, le lanzaba sonrisas incómodas y no dejaba de levantar y bajar la tarjeta con su nombre. La empleada, que buscaba el momento oportuno para hacer la presentación, parecía saber a la perfección lo desconsiderado que era en realidad el editor.

—Este es el plan que le comenté. ¿Lo quiere leer?

Al título principal, «1250 grados», se le añadía el subtítulo: «Propuesta de publicación del ensayo de Yoon Jeongmin». Jeongmin frunció el ceño ante la palabra «ensayo».

—Gracias a mis años de experiencia, sé cómo redactar correctamente una propuesta. Honestamente, creo que su escritura necesita pulirse un poco. Sé que fue redactora de programas televisivos y, como ya sabrá, redactar para un programa y escribir un libro son dos cosas totalmente distintas. Es una cuestión de lenguaje hablado o escrito. No quiero hacerla sentir mal, pero creo que debería retomar las clases de escritura creativa. Pero el tema del que tratan sus publicaciones me parece muy interesante. El libro que tenemos en mente sería una colección de textos que capturen sus impresiones en forma de diario mientras dedica su tiempo y esfuerzo a la cerámica. Es como reintroducir los valores del cuidado y la paciencia en la sociedad actual. Sería como una reflexión sobre lo que significa el término «corazón» para las personas de hoy en día. Durante mucho tiempo, la gente ha pensado que la cerámica era tan solo un pasatiempo de ricos, algo que tenía que ver con el mundo del arte, pero que no estaba hecho para ellos. Pero la realidad es muy distinta. Una ejecutiva asqueada y harta de su rutina logra sanar en parte su corazón mientras trabaja la arcilla. La industria editorial está llena de ensayos que tratan esa clase de temas: cuidado personal, pasatiempos artísticos, etc., pero no he visto muchos que traten sobre la cerámica. Y por eso justamente queríamos aprovechar esta oportunidad, ahí es donde entramos nosoros.

Jeongmin no pudo acabar de leer los documentos porque el editor no le daba respiro. Hablaba tanto y tan alto que su voz le hacía daño a los oídos.

—Ah, supongo que se debe de estar preguntando por qué ese título, «1250 grados». Es provisional, es algo de lo que queríamos hablar con usted. «La arcilla solo se convierte en cerámica si consigue soportar la temperatura del horno. No importa cuánto esfuerzo hayas empleado, depende totalmente de la arcilla resistir a esa temperatura. Al igual que nuestras relaciones». Usted escribió esto en sus «Series del corazón». Cuando lo leí, lo comprendí. Temperatura, ¡es exactamente eso! Acostumbro a trabajar rápido, pero hacía mucho tiempo que no planeaba algo de la noche a la mañana. Cuando se te ocurre un título, planear el resto del libro se vuelve mucho más fácil.

Hablaba de «sentido» y «sentimiento» como quien habla del tiempo, sin percatarse de que justo eso delataba su falta de experiencia.

—La realidad es que no soy una experta de la cerámica, por lo que no me siento del todo cómoda con ese título.

—De todas maneras, como es su primera publicación, cobrará un anticipo más los royalties por ventas…

El editor parecía estar tan entusiasmado con su trabajo que no podía o no quería escuchar las palabras de Jeongmin. Continuó hablando sin parar mientras que la empleada a su lado, que no se sabía si era del departamento de marketing o de corrección, sonreía torpemente mostrando su ortodoncia. Con su mirada parecía querer decir: «No se lo tenga en cuenta. Espero que pueda considerar la participación en este proyecto».

Jeongmin rectificó su postura, e interrumpió al editor:

—Un momento. Tengo algo que decir. Sí que me interesaría publicar un libro, pero no quiero que sea un ensayo. Si ha visto el perfil de Instagram habrá podido comprobar que normalmente trabajo con una estructura de novela. Nunca me he planteado escribir un ensayo. Además, no me considero una persona con suficiente sabiduría vital como para enfrentarme a algo así.

—¿La protagonista de sus escritos, Yoojeong, no es en realidad una representación de usted? Es verdad que tiene estructura de novela, pero si miramos el tema, es un ensayo en toda regla. Además, la tendencia actual es a publicar ensayos. También es lo más fácil para escritores noveles.

—Tiene razón, Yoojeong soy yo. Pero todavía no tengo el valor o la confianza como para escribir en primera persona. Me tengo que esconder detrás de un personaje para poder contar mi historia.

El tono de Jeongmin, fuerte y firme, pareció tomar por sorpresa al editor.

Nunca le habían gustado los ensayos. Siempre había creído que eran como una especie de trofeo para sus autores, que habían tenido que pasar por un periodo de depresión e inercia, del que ella misma no parecía lograr salir. En ese momento, Jeongmin se sentía tan débil que ni siquiera podía esperar a estar mejor. En lugar de consolarla, las historias de personas que habían superado la debilidad destruían su autoestima. Incluso las envidiaba. Llegó a plantearse si podría escribir algo así algún día, pero la respuesta era siempre que no. Hacía falta mucho valor para compartir tu historia con las masas. Para Jeongmin, que ni siquiera podía contarles a sus propios amigos cómo se sentía en realidad, aquello le parecía una hazaña imposible.

Jeongmin se acabó el café. El costo de su presencia allí había sido de 3000 wones, y el viaje de ida y vuelta sumaría 6000, lo que equivalía al precio de un café en una franquicia. Con este pensamiento, intentó mitigar la sensación de haber expuesto sus emociones ante el editor. El café le dejó un regusto poco agradable en la boca. Como el sabor no era muy diferente al de los cafés de las franquicias, con ello reforzó su idea de considerar aquel encuentro como si se hubiese ido a tomar un café a cualquier sitio de esos, en vez de tener una reunión editorial.

El editor no intentó retenerla, pero antes de que se marchara le entregó su tarjeta y le pidió que se pusiese en contacto con él si cambiaba de opinión. Sus labios temblaron como si quisiese seguir hablando. La empleada que había permanecido sentada su lado también le entregó su tarjeta. Jeongmin sintió una extraña conexión con aquella mujer, que nunca llegó a participar en la conversación.

Perder el autobús hacia Ilsan significaba tener que esperar treinta minutos a que llegara el siguiente. En un día laborable, Gangnam estaba tranquilo; todos estaban en sus oficinas con la calefacción encendida. Lo único que se movía eran los coches, que iban y venían generando corrientes de viento frío que se colaban por el abrigo de Jeongmin y la hacían estremecer. No quería sacar las manos de los bolsillos, pero se vio obligada a hacerlo cuando escuchó que le sonaba el móvil. Era la redactora Yoo, con quien no había hablado en mucho tiempo.

—¿Hola?

—Sí, hola. Soy yo.

Jeongmin y la redactora Yoo habían pasado por toda clase de situaciones mientras trabajaban juntas. Era la primera vez que se ponía en contacto con ella desde que Jeongmin se había enfrentado al productor principal.

—Cuánto tiempo. Tendría que haberte llamado yo primero.

—No, no pasa nada. Solo me preguntaba si ya estarías trabajando. Dijiste que te ibas a tomar un descanso.

Quizá la había llamado por lo que pasó. Al recordar ese incidente Jeongmin se mareó un poco, como si estuviera usando gafas con una graduación mucho más alta.

—Sí, sigo descansando.

—Tengo algo que comentarte, algo personal.

Por su tono de voz, no era nada sobre la empresa. Eso la tranquilizó. Pero al decirle que era un tema personal, Jeongmin predijo que la llamada duraría más de diez minutos. Hacía mucho tiempo que conocía a Yoo, por lo que ya sabía cómo iba a desarrollarse aquella conversación. Siempre la llamaba de improviso, e iba directa al grano. Pero, por lo general, siempre era para algo que no podía considerarse una urgencia en absoluto, y que probablemente podría haberse hablado por mensaje.

Intentó ir cambiando el teléfono de mano, pero el problema eran sus pies. Todos los inviernos se le quedaban los pies y las manos helados, pero siempre se olvidaba de ponerse varias capas de calcetines. Al final, terminó decidiéndose por volver en metro. Con el bus iba directamente hasta su casa, pero con el metro debía hacer varios trasbordos.

—Hace poco trabajé en unos *book trailers* de los ensayos ganadores de un concurso para una plataforma que se llama «Different». Un conocido me comentó que este año también se tenía pensado celebrar el concurso. Pero mientras trabajaba me di cuenta de que las obras ganadoras tampoco eran tan especiales. Pensé que tal vez te gustaría intentarlo, así que por eso te he llamado. Hay bastante competencia pero... ¡Ah! ¿Puedes hablar ahora? Se escucha un poco de ruido.

Para entrar a la estación de metro debía pasar por el centro comercial subterráneo, que estaba lleno de gente. Todas las tiendas ofrecían ropa de mujer bastante similar a precios muy bajos, y era inevitable preguntarse si adquirir esas prendas suponía una verdadera ganancia o una pérdida. Era imposible no perderse.

—Acabo de entrar en el metro. ¿Me oyes bien?

Jeongmin esperó que Yoo colgara, pero era inútil. Inmediatamente dijo: «Hablaré rápido», y los deseos de Jeongmin se vieron frustrados.

—Hay mucha competencia, pero he trabajado durante más de quince años como redactora. Yo también me voy a presentar. Llevo trabajando desde hace un año en un ensayo, y me gustaría presentarlo; se podría decir que es un escrito confesional que revela en detalle la corrupción de la emisora. Desde los secretos de los índices de audiencia hasta el salario de los redactores, que representa el porcentaje más bajo de los costes de producción, y las malas condiciones laborales. Lo voy a presentar bajo un seudónimo, pero hay algunas partes que el productor podría identificar, y tengo algo de miedo. Más de la mitad son insultos dirigidos a él. De todas maneras te voy a enviar el enlace, ¿puedes votar por mi trabajo? También te agradecería mucho que lo compartieras con tus contactos.

—Recuerdo que siempre decías que querías publicar un libro. Te mando muchos ánimos. Si me envías el enlace, lo compartiré. También votaré.

Jeongmin escogió las palabras que Yoo quería escuchar y habló con rapidez.

—Gracias, si te creas dos cuentas y votas dos veces te lo voy a agradecer mucho.

Por fin la llamada terminó. No era que Yoo hubiera pensado en Jeongmin, tan solo quería hablar de su ensayo. Si no hubiera estado en la estación de metro, estaba segura de que le habría hecho un adelanto del ensayo entero. Le dolía la cabeza. No sabía si era por el repentino cambio de temperatura al entrar a la estación o por esa llamada interminable. Su teléfono no paraba de sonar, porque Yoo le había enviado el enlace y otros tantos mensajes más.

Jeongmin tardó todo el viaje en responder a la avalancha de mensajes de Yoo y, cuando levantó la vista, estaba frente a su edificio. Llevaba noventa minutos en el metro mirando fijamente la pequeña pantalla de su teléfono; tenía los ojos secos y estaba agotada.

Me lo leeré esta noche.

Quizás era porque hacía tiempo que no hablaban, pero Yoo parecía insistir más de lo habitual, así que Jeongmin se vio obligada a dejar de responder a sus mensajes. Ese día, ella también tenía mucho de lo que quería hablar, así que llamó a Kishik.

Tan pronto como él respondió, Jeongmin dijo: «Si empiezo a hablar de lo que me ha pasado hoy…». Kishik, que estaba sentado en el sofá viendo un programa de entretenimiento, imaginó que esa llamada iba a ser larga. Cambió de posición para evitar que se le durmieran las piernas y no tener que interrumpir a Jeongmin. Bajó el volumen a cero para poder concentrarse en ella. Mientras los comediantes seguían hablando y riéndose, Kishik se dispuso a prestarle toda su atención.

Hay días en los que solo quieres hablar de ti. Al igual que el editor jefe, que ahora mismo se estaría rasgando las vestiduras por tener buscar a otro escritor novel; al igual que Yoo, que estaría llamando frenéticamente a sus otros compañeros de trabajo; al igual que Jeongmin, que ahora estaba hablando por teléfono con Kishik. Hoy querían desahogarse.

MERCADILLO NAVIDEÑO

El deslumbrante azul del cielo de Nochebuena avergonzó al del día 23, cuando llovió hasta altas horas de la noche. Las pocas nubes que nadaban tranquilas en el firmamento contrastaban con el parque central de Bamgashi, que estaba lleno de visitantes. Johee, Jeongmin y Kishik atendían a los clientes y Sota les echaba una mano. Los visitantes disfrutaban de la Nochebuena mientras paseaban con sus bufandas. A las dos de la tarde, salían de los restaurantes con el estómago lleno y regresaban al parque. El puesto del taller Soyo estaba situado a la entrada, en un punto de encuentro para quienes entraban y salían del parque. Era un lugar estratégico que atraía la atención de los visitantes al menos dos veces.

La primera venta fue un éxito. Una pareja de recién casados, que se había mudado a un complejo de apartamentos cercano, les contó cómo querían decorar su nuevo hogar. El hombre, que quería llenar la casa con objetos duraderos, tomó la mano de su esposa. Los platos redondos de Johee encajaban con lo que buscaban. Unos platos simples, sin decoraciones extraordinarias y que durasen mucho tiempo. Las huellas del trabajo manual eran claramente visibles, era normal que quedaran marcas allí donde el ceramista había tenido que trabajar más la pieza. La forma en la que el artista observaba la cerámica con cariño y la acariciaba se parecía a las miradas que compartía la pareja.

Jeongmin preparó el paquete y añadió una tarjeta. Esa idea se le había ocurrido a Johee. Cada tarjeta llevaba inscrito un villancico y la razón de su recomendación. Debido a la influencia de Hosu, un amante de la música y coleccionista de discos de vinilo, Johee también poseía un gran conocimiento musical. La tarjeta estaba doblada, así que no había forma de saber qué canción contenía, pero dado que era para una pareja recién casada, Jeongmin esperaba que fuera una un tema de jazz. Deseaba que con ese plato y la canción escondida en la tarjeta la pareja pudiera crear su primer recuerdo en su nuevo hogar ese invierno.

La segunda clienta fue una mujer de cabello blanco recogido en una coleta alta. Lo que más llamaba la atención era su cuello largo y recto. Aunque a simple vista parecía tener unos sesenta años por las arrugas en su rostro, no era más que una suposición.

—¿Tienen algún plato que se pueda usar para hacer lasaña en el horno?

Su voz era comedida y grave. Kishik golpeó ligeramente a Jeongmin con el codo y le susurró: «Creo que la tienes que atender tú». Jeongmin enseguida le enseñó los platos y dijo:

—Estos son los platos que se pueden usar para hacer lasaña. Todos son de color turquesa y es posible elegir entre tres medidas.

Aunque la única diferencia era la medida de los platos, la mujer los examinó cuidadosamente y al final eligió el más grande. Sota tomó a su vez la caja más grande y se la entregó a Jeongmin. Mientras envolvía el plato en papel de periódico y lo enrollaba en plástico con burbujas, ella le preguntó:

—¿Ha venido después de haber visto nuestra cuenta de Instagram?

—¡Así que a eso se le llama Instagram! Mi nieta, que ha regresado a Corea después de unos años, me dijo que le apetecía comer lasaña. Cuando era pequeña vivió conmigo en Praga, y los domingos después de ir a misa comíamos lasaña. Creo que debe echar de menos el sabor. Pero no tengo nada que se pueda usar en el horno, así que le pedí que me enviara alguna página web donde comprar algún recipiente, y me mandó una foto de este plato. Como vi que lo estaban vendiendo en el mercadillo, decidí pasarme después de hacer la compra.

La mujer señaló su bolsa de la compra, repleta de ingredientes. Su entusiasmo se reflejaba en los alimentos que asomaban ligeramente.

—Tengo curiosidad por esa lasaña.

Lasaña en un día frío de invierno, a Jeongmin se le hizo la boca agua.

—En realidad no es ninguna receta especial. Tampoco es tan diferente a la receta que publicasteis en Instagram. Quizá lo que ella quiera recordar no sea el sabor de la lasaña, sino el invierno en Praga, a sí misma cuando iba a la escuela y a una versión un poco más joven de su abuela. Así que no me quedaba otra opción más que venir a por el plato y prepararle esa lasaña. Se parece mucho al que usábamos en Praga. Al ver este tono turquesa un poco descolorido, creo que puedo entender por qué mi nieta lo escogió.

La publicación que Jeongmin había subido a Instagram, titulada «Recipiente apto para hacer lasaña», había hecho que esa chica recordase Praga. Es increíble cómo los viejos recuerdos afloran a partir de cosas aparentemente insignificantes.

—Nuestra maestra dijo que tenía muchas ganas de hacer algo de color turquesa. ¡Así que supongo que esto ha sido cosa del destino!

Jeongmin le entregó la bolsa, con la sensación de que ese plato había estado destinado desde un principio a encontrar a aquella mujer.

—Hace mucho tiempo que no veo a mi nieta, ¿podré reconocerla? O tal vez ella no me reconozca a mí, he envejecido mucho... —comentó la mujer.

Explicó que cuando su nieta comenzó la escuela secundaria sus padres también se trasladaron a Praga, y ella decidió volver a Corea porque echaba de menos su país. Así que hacía unos diez años que no la veía.

—Es imposible que no la reconozca. Su nieta la va a reconocer. Incluso recuerda el plato donde usted cocinaba lasaña.

La mujer sonrió, relajada.

—He hablado mucho, ¿verdad? Aún estará en el avión... Antes de que llegue tengo que preparar la comida.

Cuando la mujer ya se empezaba a alejar, se volvió y le dijo a Jeongmin:

—Que tenga un buen día.

Podría haber dicho «Feliz Navidad», pero estas palabras cotidianas le parecieron aún más sinceras. Jeongmin le sonrió y contestó: «Usted también». Para esa mujer, poder pasar el día con su nieta era mucho más especial que la Navidad en sí. En el segundo dedo de su mano izquierda, con la que sostenía la bolsa de la compra, brillaba un anillo de rosario. Jeongmin pensó que en su tarjeta quedaría muy bien algún villancico tranquilo en otro idioma. Esperaba que fuera una canción con una melodía parecida a una alfombra mágica, que condujera a la abuela y a su nieta al pasado, a los inviernos en ese país desconocido.

Los jarrones de Kishik eran los más populares. Las macetas verticales pequeñas se vendían muy bien, y las que tenían un patrón de diamantes sobre un fondo carmesí eran las más originales. Un hombre vestido con ropa sucia y con un intenso olor a sudor se quedó mirando un jarrón durante mucho tiempo.

—¿Busca algo en concreto?

El hombre se quedó callado. Kishik esperó pacientemente a que respondiera.

—El patrón este… ¿cómo lo has hecho?

Hablaba a cuentagotas, tartamudeando, y de manera informal, aunque se acabasen de conocer.

—Antes de hornear la pieza, la pintamos con un pigmento negro. El pigmento es de muy buena calidad, así que resiste bien a las temperaturas del horno y el color no se desgasta.

El hombre deslizó el dedo índice sobre las líneas de la cerámica, como si intentara comprobar si podía borrar el color. Sus uñas estaban llenas de suciedad.

—Esto… ¿puede aprender a hacerlo cualquier persona?

Kishik se inclinó hacia él y le enseñó su mano.

—¡Pues claro! Esto lo ha hecho alguien con unas manos tan poco delicadas como las mías.

El hombre sacó dinero en efectivo de su chaqueta. Un billete de 50 000 wones, dos de 10 000, otro de 5000 y cinco de 1000. No le prestó atención a Kishik, que le preguntaba si lo quería en una bolsa, y se dio la vuelta con la maceta en brazos.

La mayoría de los clientes se limitaban a preguntar por lo que podían hacer con la cerámica, pocos sentían curiosidad por cómo se hacía. Sin embargo, lo primero que preguntó ese hombre, tal y como lo había hecho Kishik cuando compró cerámica a Johee por primera vez, fue: «¿Cómo lo has hecho?». Tal vez, a partir de un análisis minucioso de la pieza, ese cliente había descubierto el encanto y el esfuerzo que requería la cerámica. Kishik pensó que, al plantar algo en esa maceta, el hombre también podría experimentar la sensación de estar creando. Se alegró de los cambios que sus macetas podían inspirar en otras personas.

No había muchos clientes, pero dos o tres personas siempre rondaban cerca de la pequeña tienda. Al menos un veinte por ciento de la clientela había llegado gracias a la publicación de Jeongmin titulada «El cumpleaños de todo el mundo, Navidad». Ella se sentía increíblemente satisfecha. Era un milagro de Navidad que sus escritos pudieran inspirar a alguien y dirigir a esa persona hacia el mercadillo.

Los platos y objetos de decoración de Johee y las piezas de Kishik se vendieron como churros, pero los platos de nachos y las tazas se mantenían intactas. Jeongmin no podía ocultar su decepción por no haber vendido nada, a pesar de que sus piezas se ofrecían a precios muy económicos, que oscilaban entre 5000 y 10 000 wones. Sota le dio a Jeongmin un bungeoppang*.

—¿Lo quieres de judía roja o de crema?

Jeongmin se sorprendió al escuchar tal pregunta de un extranjero, y sin darse cuenta se echó a reír. Sota intentó animarla diciendo: «Hablando como diseñador, puedo decir que tus piezas son espectaculares». Pero había pasado mucho tiempo desde que Jeongmin había descubierto que el «espectacular» de Johee y Sota en realidad quería decir «tampoco es para tanto, pero te quiero soltar un cumplido». Mientras Jeongmin y Sota discutían sobre qué había que comer primero, la cabeza o la cola del bungeoppang, un niño se acercó.

—¿Qué es lo más barato?

Tenía la piel oscura y unos ojos grandes con párpados dobles inusualmente profundos, y le recordaba a alguien.

—Lo más barato es esta taza, que cuesta 10 000 wones. El plato de nachos, que es un poco más grande, está a 15 000 wones.

Le daba vergüenza presentar sus piezas como las «más baratas» en lugar de considerarlas como la opción adecuada para el propósito que buscaba el cliente. El niño inspeccionó todos los objetos, mirando de un lado al otro con sus ojos redondos.

—¿Es barato porque tiene alguna grieta o algún error? —preguntó el niño, serio, mientras miraba fijamente los ojos de Jeongmin.

---

* Pastel con forma de pez.

Cuando Jeongmin se sentó a la altura de los ojos del niño y lo miró a la cara, finalmente supo a quién le recordaba.

—No, nada de eso. Solo vendemos piezas fuertes que no tienen ni una grieta. Simplemente lo ha hecho una alumna principiante, por eso lo vendemos un poco más barato.

Una sombra cayó sobre Jeongmin, que estaba en cuclillas. Miró hacia arriba y vio a Yeri.

—Es mi hermano pequeño. Estamos buscando un regalo de cumpleaños para nuestra madre.

Eran tan parecidos que si le hubiera dicho que eran gemelos se lo habría creído. La única diferencia era que Yeri era más alta que los niños de su edad, y su hermano era más bajito que sus compañeros.

—¡Yeri! Cuánto tiempo. ¡Así que el cumpleaños de tu madre es el día de Navidad! Lo debéis disfrutar el doble.

Yeri se encogió de hombros y contestó sin darle mucha importancia: «Es lo mismo». Yeri se había mudado lejos, por lo que no podía visitar el taller y la casa de Jeongmin con tanta frecuencia. Le confesó a Jeongmin que no podía llevarse a Hoya con ella porque el tamaño de la nueva casa era muy similar al anterior. Jeongmin quería ofrecerles algún objeto gratis, pero no podía hacerlo, ya que los hermanos estaban examinando cuidadosamente todas las piezas expuestas.

—¿Qué uso tiene el plato de nachos? ¿Para qué sirve este platito pequeño pegado al plato grande?

Yeri le preguntó directamente por la utilidad del plato en nombre de su hermano menor.

—Está pensado para poder poner los nachos y la salsa de queso en el mismo plato. Cuando se come ramen, en el platito pequeño se puede colocar kimchi para acompañar. Si se utiliza para comer mandu, en el bol pequeño se puede poner salsa de soja. Aunque su apariencia puede ser algo rústica, es versátil y se puede usar para comer diversos platos.

—Se nota que lo has hecho tú. Además, así hay que fregar menos, no está mal.

Yeri convenció a su hermano para que lo compraran. Como su madre siempre estaba ocupada y ellos se encargaban de fregar los platos, les iría bien. El niño no parecía muy convencido, pero asintió.

Mientras Jeongmin preparaba el paquete, Yeri saludó al resto de los miembros del taller. Y entonces sucedió algo que preocupó a Jeongmin: Yeri descubrió que Jun ya no estaba asistiendo al taller. Aunque fingió que no le importaba, sus mejillas parecieron temblar. Aun así, Yeri dijo que iría a la pequeña fiesta de Navidad que habían organizado después del mercadillo. Johee les regaló a Yeri y a su hermano pequeño un caramelo, y como si fuese la bruja malvada les dijo que si venían a las siete al taller, podrían comer muchas cosas ricas. Con tranquilidad, Yeri dijo: «Profe, Halloween pasó hace mucho tiempo», pero prometió ir.

A partir de ese momento, más clientes se interesaron por las piezas de Jeongmin. Niños que, al igual que Yeri y su hermano, compraban regalos a sus padres, estudiantes universitarios que intentaban comprar algo con su escaso sueldo de trabajo a tiempo parcial, o amas de casa que elegían las piezas de Jeongmin para gastar el poco dinero que les quedaba en el vale comercial. Fuera cual fuere la razón, Jeongmin se sintió satisfecha al pensar que sus piezas cumplirían un propósito específico en las cocinas de esas personas. Finalmente, cuando se vendió la última taza de café blanca, los estantes quedaron vacíos. Lo habían vendido todo. En ese momento, Jeongmin experimentó una extraña mezcla de ligereza y pesadez, como si algo hubiese estado oprimiendo su corazón durante mucho tiempo y por fin lo hubiese liberado.

—Como ceramista, he tenido esta misma sensación cientos de veces, pero nunca me acostumbro. Es extraño: tener el puesto vacío después de haberlo vendido todo te hace sentir bien, orgullosa, pero también vacía.

—Johee, a mí también me pasa. Me siento vacía, como si todo el tiempo que he empleado en crear las piezas hubiera desaparecido.

Sota les pasó los brazos por los hombros a las dos.

—Eso significa que habéis empleado mucho esfuerzo en vuestro trabajo.

Jeongmin se sintió aliviada al pensar que el vacío era un sentimiento natural, que sentirse así era una prueba de todo el esfuerzo que había empleado. A diferencia del año anterior, cuando temía ese vacío y no tuvo más remedio que huir, ahora deseaba sumergirse en su trabajo y dedicarle todo el tiempo necesario. Quería volver a experimentar la alegría de trabajar.

Después de que cerrara el mercadillo, todos regresaron al taller para limpiar. El taller estaba tan helado como el exterior. A pesar del calor humano de los cuatro presentes, una frialdad persistía en cada rincón. Johee afirmó que ese era precisamente el momento más especial del día y se apresuró a sacar la comida. Mientras calentaba el pollo asado, la pasta al horno con queso y la pizza que habían pedido en un restaurante cercano, el frío que los rodeaba comenzó a disiparse. Sota encendió las luces del pequeño árbol de Navidad que habían montado el día anterior mientras Jeongmin y Kishik ponían la mesa.

—He traído vino para celebrarlo. No sé si os gustará a todos, pero me lo ha recomendado el encargado de la tienda.

Kishik sacó dos botellas de diferentes tipos de vino tinto y se las mostró al resto.

—En Navidad se debe beber vino tinto. Queda de maravilla con la comida. Has escogido muy bien.

Johee sacó las copas y sonrió.

—Debemos celebrar el gran éxito del mercadillo. Además, hoy también es mi último día. Traer el vino era lo mínimo que podía hacer.

Kishik había planeado ir a Goseong antes de la inauguración oficial del nuevo taller para preparar algunas cosas. Jeongmin, que estaba estirando el mantel, casi se echa a llorar al escuchar sus palabras. No sabía cómo despedirse de él, no estaba preparada.

—Este es mi regalo. Es un pastel hecho por un profesional. Tengo la tradición de comer pastel de crema con fresas por Navidad.

Jeongmin puso una cara alegre y sacó el pastel que había comprado ese día por la mañana.

—Jeongmin, ¿tú también? Gracias. Y yo que quería ser quien os mimase el día de hoy…

Johee juntó sus manos, conmovida.

Fue solo cuando colocaron la comida en los platos y llevaron a la mesa el pastel decorado con galletas glaseadas en forma de Papá Noel que finalmente se apoderó de ellos el sentimiento navideño. En ese momento, alguien abrió la puerta del taller.

—¡Jun!

—¡Nos estábamos preguntando cuándo llegarías!

—¡Entra! ¡Entra!

Uno por uno le dieron la bienvenida. Jun sonrió con timidez y respondió brevemente.

—Me olvidé de devolverle el polar a Kishik. No sabía que había una fiesta.

Como aún estaba preparándose para los exámenes, los miembros del taller no esperaban su visita. Johee lo abrazó, le repitió cuán orgullosa estaba de su esfuerzo y le preguntó si ya había cenado. Jun ya había comido, pero mintió y dijo que todavía no. Kishik y Sota trajeron un sofá de dos plazas de un rincón del taller para que Jun se pudiera sentar. Cuando llegó Yeri, ya estaban reunidos todos los miembros importantes del taller, a excepción de Jihye.

Cuando Yeri vio a Jun sonrió y se sonrojó. Desde el verano, Yeri se lamentaba de la diferencia de edad entre ella y Jun. Quería que las Navidades pasaran pronto para ser un año mayor en edad coreana, para que así la diferencia fuese menor. Jeongmin le dejó un sitio al lado de Jun en el sofá.

Sota fingió ser un camarero de algún restaurante de élite mientras iba persona por persona y les servía vino en sus copas. Todos se echaron a reír ante su pequeño teatro. No hacía excepciones, incluso cuando giró la botella para poner zumo de naranja en las copas de Jun y de Yeri continuó con su papel y dijo: «Que disfruten». Y hasta las personas que le pedían que parase de una vez estaban grabando la divertida escena con sus teléfonos móviles.

Se preparó una mesa de cumpleaños navideña para todos. Mientras Sota seguía con su espectáculo, la vela en medio de la mesa se iba consumiendo. Justo cuando la cera de la vela estaba a punto de caer sobre el pastel, todos respiraron hondo y la apagaron. Mientras los adultos gritaban al unísono «¡Feliz Navidad!», Yeri juntaba sus manos y rezaba en silencio. Los rostros de los otros miembros, que aguardaban respetuosamente a que Yeri terminara su plegaria, estaban llenos de picardía. Cuando Yeri, tras un buen rato, abrió los ojos y se dio cuenta de las miradas, se sintió avergonzada y exclamó: «¡¿Qué hacéis mirándome así?!». Y entonces se volvieron a echar a reír a carcajadas.

—Tengo algo que decir.

Estaban charlando sobre los clientes más memorables del mercadillo, cuando de repente Jun empezó a hablar. Dado que se trataba de un hecho insólito que quisiese hablar, todos lo miraron sorprendidos. Jun se apartó ligeramente de la mesa, como si estuviera agobiado.

—La verdad es que no me lo esperaba, pero me han aceptado en el grado de cerámica de la universidad que era mi primera opción, así que ahora tengo todo el tiempo libre del mundo.

Todos aplaudieron y se alegraron por él. Kishik dijo que él ya se lo esperaba y le dio un brusco golpecito en la cabeza.

—Al principio no quería venir al taller a contarlo porque no sabía si estar contento o triste. No quiero hacer cerámica, quiero dibujar. Hablé con mis padres, y como era de esperar, se enfadaron. Es como si estuviésemos constantemente peleados. Pero de todos modos lo quería intentar, estudiar cerámica no significa que no pueda volver a dibujar nunca. Se puede dibujar encima de la cerámica, y cabe la opción de hacer un doble grado. A partir de ahora, quiero empezar a tomar mis propias decisiones. Creo que las palabras de Jihye me ayudaron a decidirme, aunque ella ya no esté aquí.

Jun lo soltó a la carrera y luego tomó un sorbo de su zumo de naranja. Se sentía incómodo bajo la mirada de cinco pares de ojos.

—Jun, aquí tenemos pinturas de sobra, así que si el taller de allí no te gusta, ¡ven cuando quieras! Aquí siempre habrá un hueco para ti.

Jun, que parecía nervioso, se relajó con las palabras de Johee. Jeongmin se conmovió al ver por primera vez la sonrisa tranquila de Jun y se cubrió el rostro con las manos. Descubrió que, a pesar de su apariencia de robot, el chico también tenía emociones y ambiciones. Las dudas que había albergado con respecto a él desaparecieron por completo, y se alegró de que ahora pudiera hablar de sí mismo con tanta naturalidad. Las buenas noticias de Jun hicieron que la temperatura navideña del taller aumentara.

—Jeongmin, creo que tú también tienes algo que decir —dijo Kishik en voz alta, mientras cortaba un trozo de pastel y se lo ponía en el plato.

Jeongmin abrió sus ojos y le indicó que callara.

—Hace poco tuviste una muy buena oportunidad. Se debe hablar de las cosas que merecen ser celebradas.

Todas las miradas se posaron en Jeongmin. Yeri preguntó: «¿Qué ha pasado?», y Johee había clavado la mirada en su rostro, esperando una respuesta. Como no había previsto hablar sobre la oferta que había recibido con los demás miembros del taller, Jeongmin no supo qué decir. Trató de desviar la atención y de ignorar la pregunta, restándole importancia, pero Kishik le guiñó el ojo, como si tratase de animarla con ese gesto, como si quisiese decir: «¡Tú puedes!».

—Hace poco, una editorial envió un mensaje a la cuenta de Instagram del taller. Mencionaban que les gustaba el estilo de los textos que había bajo las fotos y que estaban considerando la posibilidad de publicar un libro.

Eso fue lo único que les contó, pero todos se pusieron a aplaudir.

—¡Un momento! Es demasiado pronto para felicitaciones. Al final, la publicación se canceló.

—¡Que te hayan propuesto algo así ya es motivo de celebración! Hay muchísima gente que escribe libros, y tú has debido de destacar. Jeongmin, muchas felicidades.

Sota se jactó de su perspicacia, afirmando que él había sido el primero en reconocer el talento de Jeongmin. Johee le puso las manos en los hombros y espetó:

—¡Estate quieto! Este es su momento. ¿Puedo preguntar por qué dijiste que no?

—Esperaban que escribiera un ensayo, pero yo lo que quiero es escribir una novela. Así que rechacé la oferta. Yo tampoco sabía muy bien qué era lo que quería escribir, pero gracias a esa reunión me di cuenta de que lo que quiero escribir en realidad es una novela. Así que he decidido organizar los escritos de Instagram, redactarlos y presentarlos en algún concurso, además de enviar el manuscrito a varias editoriales. Nunca pensé que llegaría el día en el que volviese a intentar escribir. Todavía recuerdo lo frustrada que me sentía a los veinte cuando presentaba mis relatos en toda clase de concursos literarios y no ganaba nada. Supongo que, al final, terminé renunciando a ese sueño, aunque al parecer no del todo. Parece que no me conocía tan bien como pensaba.

—Jeongmin, creo que me voy a echar a llorar.

Johee añadió: «Me debo estar haciendo mayor», y después simuló limpiarse las lágrimas.

—Es todo gracias a ti. Creíste en mí y me dejaste a cargo de las redes sociales. Es gracias a eso que he podido tener esta oportunidad.

—Cada vez que subías algo siempre pensaba que tus textos eran preciosos, pero nunca imaginé que podrías escribir una novela con eso… ¿Puedo ser tu primera lectora?

Johee le tendió una copa a Jeongmin.

—¡Pues claro! Aunque aún no se ha publicado.

—Espera, entonces yo seré tu fan número uno.

Kishik también tendió una copa hacia Johee. Sota, Jun y Yeri alzaron sus copas y brindaron. Johee dijo: «Por el éxito del mercadillo, los exámenes de Jun, la propuesta de publicación de Jeongmin, el negocio de Kishik y…», paró un momento y siguió: «¡Por todos!». Todos brindaron por los cambios de ese año, que habían sucedido tan rápido que era difícil ser consciente de todos ellos. Ese momento era tan precioso que parecía que se fuera a esfumar con rapidez; todos decidieron disfrutarlo al máximo.

Medianoche, solo quedaban los adultos. La conversación durante la cena se prolongó hasta que la pasta se enfrió. Gracias al vino que había traído Kishik, todos estaban de excelente humor, y la segunda ronda comenzó con el aperitivo que Johee preparó rápidamente. Kishik, que poco antes estaba en el otro extremo del taller, se acercó a Jeongmin en un instante.

—Jeongmin, ¿quieres venir conmigo a Goseong? —dijo mientras se servía un canapé.

Johee y Sota parecían estar perdidos en los recuerdos del pasado, así que no estaban oyendo la conversación. Jeongmin sintió como si se despertara de golpe. Kishik, por su parte, tenía una expresión que hacía difícil saber si estaba borracho o sobrio. Como siempre, su piel estaba tan pálida que daba la impresión de ser un oso polar. Lo que Jeongmin había imaginado mientras acariciaba a Hoya estaba sucediendo. *¿Y si algún día me dice que vaya con él a Goseong...?* Se sintió un poco avergonzada al darse cuenta de que sus fantasías parecían haber sido descubiertas. Además, aunque siempre había estado esperando esa propuesta, escucharla no resultó tan placentero como había imaginado.

—Tú te encargarías de la cafetería y cada día podrías escribir con vistas al mar. Desde la cafetería el mar parece inmenso. Ahora es invierno, pero en verano siempre hay surfistas. Y si te apetece hacer cerámica, simplemente tienes que cruzar la sala y podemos trabajar juntos. La cafetería y el taller están unidos por un pasillo. Y como en la cafetería podrás oír todo tipo de conversaciones, tal vez te ayude con tu escritura. No solo te lo estoy proponiendo por esto pero... Supongo que el vino me ha quitado el filtro.

La voz de Kishik se fue apagando cuanto más se fijaba en la reacción de Jeongmin.

—Esto es demasiado repentino, necesito algo de tiempo para pensármelo. Supongo que me resulta un poco abrumador.

Jeongmin se esforzó por que no se notase que el alcohol ya había empezado a hacer de las suyas con su lengua. Tenía treinta años, no podía simplemente decidir ir a vivir a Goseong con él así como así.

—Sí, tienes razón. Ha sido demasiado repentino. La verdad es que llevo ya un tiempo pensándolo, pero para ti debe de haber sido toda una sorpresa. Sí, tienes razón. Creo que me he precipitado…

Kishik se movía de un lado a otro.

—¿Qué es esto? ¿Una oferta de trabajo?

Sota interrumpió su conversación, parecía haber escuchado algunas palabras.

—Ah, sí, bueno, digamos que se puede decir que sí. Jeongmin es alguien con mucho talento y ambición.

Gracias a Sota, Kishik pudo evitar seguir sintiéndose incómodo.

—Tienes razón. Yo también le ofrecí trabajar para mi empresa, pero ella me dijo que no le gustaba estar atada a nada, y rechazó la oferta de inmediato. En ese momento, casi me sentí mal por su rechazo, pero al escuchar sus planes de escribir una novela, lo comprendo. Lo que deseamos hacer ocupa un lugar muy grande en nuestros corazones y deja poco espacio para otras cosas.

—A nadie le gusta estar atado…

Kishik repitió las palabras de Sota. Su expresión reflejaba sutilmente sus sentimientos, de una manera que solo Jeongmin podía captar.

No era su intención y tampoco lo que quería, pero temía que su propuesta hubiera sido como la de Sota para Jeongmin. Consideró que mientras para él ir a Goseong significaba un nuevo reto, para Jeongmin podía ser algo extremadamente solitario y frustrante. Recordó cuando Ara había rechazado su oferta. En ese entonces, Ara le había dicho: «Tú solo piensas en lo que puede ir bien». Lo que le había dicho a Jeongmin quizá también fuera solo una representación idealizada de lo que él imaginaba que podría salir bien. Escribir mientras contempla el mar, preparar café, hacer cerámica los fines de semana… Se arrepintió al momento de haber sido tan desconsiderado. Estaba enfadado consigo mismo por no haber podido pensar más allá de lo que él quería. Kishik levantó su copa hacia Jeongmin en un intento por pedirle disculpas. El vino dulce tenía un sabor amargo. Ni siquiera tenía las fuerzas para refrescarse la boca con algo de queso. Bebió más a propósito, pero lejos de conseguir emborracharse, sentía que estaba más sobrio que nunca.

Después de la inquietante respuesta de Jeongmin, Kishik le dio la espalda y comenzó a hablar con Sota. No, más bien solo lo escuchaba.

Jeongmin lo miró de reojo y se dio cuenta de que ya no estaba tan borracho. Mientras Jeongmin imaginaba su vida en Goseong junto a él, una sonrisa se dibujaba en sus labios. Pero al recordar las cosas a las que tendría que renunciar, su sonrisa se desvaneció. Era un momento crucial de su vida, no quería embarcarse en una aventura imprudente cuando estaba intentando perseguir un nuevo sueño. Mientras Jeongmin mantenía una pelea interna, Kishik había decidido entrar en su corazón. Pero para Jeongmin era imposible aceptar esa situación y dejarlo entrar tan fácilmente. Tal vez todavía no hubiera lugar para lo que ella quería hacer, para su libertad. El corazón de Jeongmin latía con incertidumbre.

Sota, a pesar de parecer el que más había bebido y de tambalearse por los efectos del alcohol, puso sus manos en los hombros de Johee y dijo: «Déjamela a mí, me encargaré de que llegue bien a casa». Johee apartó sus manos, mostrando descontento, y dijo que sería ella quien lo llevaría a casa, pero les pidió a Jeongmin y a Kishik que se encargaran de limpiar el taller. Jeongmin quería evitar a toda costa estar a solas con él, pero viendo el estado de Sota, no tuvo más remedio que quedarse. Kishik comenzó a limpiar en silencio.

Mientras ordenaban la mesa ninguno de ellos dijo una palabra. Les resultaba incómodo incluso romper la incomodidad. Fue cuando Jeongmin se estaba preparando para ir a tirar las últimas bolsas de basura que Kishik la detuvo.

—Aún quedan cosas.

—Creo que ya lo hemos limpiado todo.

Kishik se dirigió hacia la parte de atrás donde estaba el horno. Jeongmin lo siguió y descubrió una montaña de piezas de cerámica desechadas, acumuladas desde el verano pasado, cuando el taller había reabierto. Era una enorme tumba. A ese montón se sumaban todos los intentos fallidos en los que habían trabajado para el mercadillo. Las piezas estaban agujereadas, agrietadas o, en los casos más extremos, incluso rotas, y algunas estaban tan deformadas que había sido imposible hornearlas.

—A final de año tenemos que acabar de romper todo esto. De esa manera es más fácil tirarlo.

Cuando terminó de hablar, agarró una de las piezas y la tiró a un bidón grande. Hizo un sonido estridente y se rompió en pedazos. Sin dudarlo, Kishik comenzó a romper todas sus piezas fallidas. El sonido la hizo encogerse, pero, curiosamente, también experimentó una especie de catarsis. El número de piezas de cerámica fallidas de Jeongmin era mucho mayor que el de los otros miembros. Entre ellas, tomó una taza de café que se había agrietado, probablemente debido a la temperatura demasiado alta del horno. Al lanzarla con cuidado, giró en una pequeña parábola antes de chocar contra otra pieza de cerámica y romperse con un sonido sordo. Jeongmin se puso a romper todas las piezas una a una. Las que se habían deformado antes de ser horneadas se rompían con facilidad. A medida que iba quebrando los fragmentos con un martillo y veía cómo volaban en todas direcciones, se iba desestresando e incluso empezó a divertirse. «Siempre había deseado que las piezas no tuvieran ninguna grieta; quién iba a decirme que romperlas sería tan divertido».

—Creo que casi todos los jarrones que has hecho están aquí.

Kishik alzó uno de los jarrones deformados de Jeongmin. Era un intento torpe de imitar las piezas de Kishik.

—A todos mis jarrones les salían grietas o se rompían directamente. Y los que salían decentes los regalé... Es un buen regalo, un jarrón. Tal vez es por eso que en mi casa no tengo ni uno.

Finalmente, Jeongmin lanzó un plato de nachos, una pieza a la que el recipiente para la salsa se le había despegado completamente. Uno de los trozos rebotó y terminó rodando hasta sus pies. Era un fragmento desafilado. Recogió esas piezas que alguna vez habían albergado sus expectativas y su sinceridad, y sus manos se llenaron de fragmentos.

—¿No te sientes vacío después de romperlas?

—Siempre puedes volver a hornear más y más. Así que nunca me importa si una pieza se agrieta o se rompe, porque sé que continuaré haciendo cerámica. Sea la cerámica o las personas, nada toma un aspecto definitivo de forma inmediata. Además, es mucho más valioso un buen resultado después de varios intentos fallidos.

Kishik empuñó el martillo y rompió una de las piezas grandes mientras pensaba en lo que había dicho antes. Quería arrojarlas junto con la cerámica y destruirlas por completo; quería acercarse al corazón de Jeongmin, cada vez más y más.

Jeongmin le tendió un trozo de cerámica que tenía en la mano.

—¿Me lo puedes volver a proponer más adelante...?

Para Jeongmin el comienzo de una relación era muy doloroso. Por su experiencia, los finales siempre eran terroríficos. Pensar en el final de una relación antes de que empezara se había convertido en un hábito. Solo esperaba que esta vez fuera diferente. Necesitaba más tiempo.

Kishik tomó el fragmento que le ofrecía y asintió. Decidió que la próxima vez se acercaría a su corazón de una manera más efectiva.

Ya era pasada la medianoche. Jeongmin aún no sabía cómo recordaría la Navidad de ese año, lo único que quería era no olvidarse de ella jamás.

PRECISAMENTE BAMGASHI

Cuando terminaron las vacaciones del año nuevo lunar y decir «feliz año nuevo» se convirtió en un saludo de lo más vergonzoso, Jeongmin decidió quedar con Juran. Ella había tomado la iniciativa de ponerse en contacto, pero Juran le respondió que prefería reunirse cuando se sintiera mejor. Dos semanas después, Juran la llamó. Había dejado su trabajo y ahora tenía mucho tiempo libre, así que le propuso quedar a tomar algo.

Comentó que estaba recibiendo tratamiento en un hospital de Ilsan, y como tenía que ir a la estación de Baekseok la próxima semana, le ofreció que se vieran el jueves para comer. Jeongmin quería preguntar qué le había pasado y por qué había dejado el trabajo, pero recordó a la joven Juran y cómo prefería hablar de estos temas más extensos y complicados en persona. Se acordó de aquella niña que solía imaginar el avance de la conversación días antes de mantenerla. Jeongmin sabía que en esos casos lo último que debía hacer era agobiarla con preguntas.

Quedaron en un restaurante de estofado de mandu cerca de la estación de Baekseok. Juran iba vestida con varias capas para combatir el frío del invierno, pero no pudo disimular su aspecto demacrado. En unos pocos meses había perdido muchísimo peso.

—¿Te acuerdas de cuando guardábamos unos pocos wones para comprarnos algún mandu? Ahora ya somos adultas que comen incluso estofados de mandu. Es curioso —dijo Juran mientras envolvía el bol de arroz con ambas manos, como si estuvieran frías. Sus dedos parecían ramas de árbol en invierno, y estaban enrojecidos.

—Sí, es curioso.

Jeongmin le puso en el plato algún mandu, carne y sopa. Sintió que hablar con ella era mucho más cómodo que antes.

—Ah, he visto que los escritos que publicas en Instagram han ganado muchos seguidores últimamente.

—¿Los lees?

Jeongmin se sentía un tanto avergonzada y no sabía qué hacer. En la historia de Yoojeong, la protagonista de la novela, aparecía un personaje inspirado en Juran. Esperaba que no se hubiera dado cuenta...

—Sí, Hyoseok me lo recomendó. Lo he leído todo, de principio a fin. Incluso he activado las notificaciones, me encanta la historia. Pero si aparezco yo al menos me tendrías que pagar algo... Hagamos esto, ¡tú invitas! Salgo un poco cara.

—Ah, así que sí que te lo has leído todo, todo.

—Pues claro. He visto que incluso te han dejado unos cuantos comentarios, es bastante popular.

Johee, Jihye, Hyoseok y Sota siempre dejaban comentarios, y también había algunos de cuentas desconocidas. Pero ya. Y los de cuentas desconocidas eran claramente obra de Kishik. Sus comentarios siempre usaban el mismo tono y la misma gramática.

—Siempre son los mismos los que lo leen. ¿Tú también dejas comentarios?

—No, yo solo leo. Ah, pero le doy «me gusta».

Si después se publicara como libro, ¿Juran también lo leería? ¿Qué opinaría? Al escuchar que no había dejado ningún comentario, Jeongmin pensó que aún le quedaba mucho por mejorar.

Juran removía el contenido de su plato y solo había comido algunos trozos de brotes de soja y repollo. Tenía bastantes mandu y trozos de carne, pero los evitaba. Jeongmin se preocupó, la había hecho venir hasta Ilsan y tal vez el restaurante que había elegido no era de su agrado.

—Te quería preguntar algo. ¿Por qué vas al hospital?

—No me tires de la lengua, he estado muy ocupada. Hasta la semana pasada, entre semana iba a la empresa, y todos los fines de semana venía aquí, me estoy sometiendo a un tratamiento de fertilidad. A mi marido le recomendaron un médico que trabaja en esta clínica. En realidad, esa es la razón por la que he dejado el trabajo. Ir siempre bien vestida y estar sentada todo el día haciendo de secretaria no es una tarea tan fácil como imaginas. Mi jefe tenía viajes de negocios por todo el país y yo lo tenía que acompañar a todas partes, estaba siempre pegada al teléfono por miedo a perder alguna reserva de avión, tenía que complacer a todos los socios, terminaba siempre agotada. Temía no quedarme embarazada debido a trabajar en exceso, así que decidí dejarlo.

El marido de Juran era seis años mayor que ella. Juran confesó que sus suegros estaban preocupados por la edad de su hijo, y que los presionaban. Pero eso no era un problema para ella, la que más deseaba tener hijos era ella misma.

—¿Y aún no sabes por qué no te quedas embarazada?

—No. Mis suegros dicen que es por la edad de su hijo, pero tampoco es tan mayor, y ninguno de los dos padece ninguna enfermedad, estamos sanos. Los médicos no paran de repetirnos que evitemos situaciones de estrés. Supongo que no se les ocurre otra cosa que decir.

—Pues debe ser estrés. Siempre has soñado con ser madre.

Jeongmin sabía cuánto deseaba ser madre, lo que le rompió el corazón.

—Quizá sea cosa mía. Sé que muchas parejas terminan divorciándose pero yo… no lo quiero. Lo que realmente deseo es que seamos una familia: una madre, un padre e hijos. Puede que suene extraño que lo diga yo, pero creo que he elegido a un buen marido. Es sensato, diligente y siempre está a mi lado. Me siento segura en mi relación, como si pudiera evitar terminar como mis padres y divorciarnos. Pero cuando sufrí el aborto incluso maldije a Dios. Pensé que era injusto, no he hecho nada malo y soy buena persona. Todo lo que quería era una familia normal, ¿es mucho pedir?

Las comisuras de los ojos de Juran se enrojecieron. Era evidente que estaba conteniendo las lágrimas. Jeongmin le tendió una servilleta. Siempre se le había dado mejor escuchar que hablar. Cuando un amigo lloraba frente a ella, se limitaba a tenderle servilletas y a escucharlo con atención. Podía parecer algo frívola desde fuera, pero esta era su manera de escuchar con atención sin sentir lástima hacia la otra persona.

—No quería contarte todo esto, pero cuando quedo contigo me sale solo. Otras personas intentan consolarte hablando de sus propias experiencias o manteniendo un tono esperanzador. Pero tú no.

Juran se echó a llorar. Se sonó la nariz y sonrió, desanimada. La Juran de quince años también sonreía después de haberse sonado la nariz... Jeongmin se perdió en sus pensamientos y arrugó la nariz.

Cuando acabaron de cenar y los ojos inyectados en sangre de Juran ya iban volviendo a su apariencia normal, Jeongmin le tendió una bolsa. Creía que era un buen momento para dárselo.

—Ten. Te dije de quedar para darte esto. Estaba preocupada porque no sabía qué tipo de plato podrías necesitar, pero luego recordé que te gustaba la tortilla que se servía como acompañamiento en nuestro restaurante. Aquí se puede poner tortilla o cualquier otra cosa.

Jeongmin le entregó un gran cuenco. Era la primera pieza que había hecho cuando encontró el equilibrio en el torno de alfarero. De ese día habían salido dos piezas; la otra era el jarrón que le había regalado a su madre. Se preguntaba qué rostro surgiría después del de su madre, y entonces la expresión de Juran empezó a cobrar forma en su mente. Finalmente, quedó claro que esa pieza debía ser para su antigua amiga.

—¿Lo has hecho tú? Cuando nos vimos en clase aquel día no parecía que se te diera muy bien, pero has mejorado bastante. Es la primera vez que recibo un regalo que ha requerido tanto esfuerzo. Gracias.

Aunque la respuesta desenfadada de Juran incomodó a Jeongmin, sabía que lo decía con sinceridad.

Para buscar una cafetería se dirigieron a Bamgashi. Tuvieron que caminar unos treinta minutos hasta la estación de Jeongbalsan. Las dos caminaron lentamente, rememorando recuerdos del pasado, como cuando el padre de Juran le regalaba un cepillo de dientes negro a Jeongmin cada vez que se quedaba a dormir en su casa. En el suelo, la última capa de nieve de ese invierno aún no se había derretido por completo y todavía quedaba una delgada franja de hielo. Sin embargo, incluso esa capa desaparecería al llegar el mediodía. La primavera estaba acercándose con sigilo. En el camino que conducía al barrio, Jeongmin preguntó con cautela:

—¿Tú te acuerdas de ese día?

Juran, como si estuviera recordando el pasado, comenzó a hablar lentamente.

—Sí. Mi padre me dijo de ir a dar una vuelta con el coche al anochecer. Era la primera vez que me subía a su furgoneta y me puso muy triste. Era como si estuviera encerrado en ese minúsculo espacio día tras día distribuyendo la felicidad y la tristeza de la gente. Aparte de esto, no me acuerdo de nada más. Solo de cuando os vi a tu madre y a ti en la comisaría. Con los años, he ido reconstruyendo los acontecimientos de aquel día a través de mis conversaciones con mi padre.

—Después del accidente mi padre se fue sin decir palabra alguna, así que nunca nunca tuve la oportunidad de oír sus excusas. Había tanto que quería preguntarle, tanto que quería que me dijera. Pero también había algo que quería preguntarte a ti.

Jeongmin se detuvo y la miró fijamente.

—Te quería preguntar si estabas bien. Recuerdo que la camiseta de mi padre estaba manchada de sangre. Estaba más preocupada por él, ese imbécil, que por ti, cuando tú y tu padre estabais ahí, delante de mí. Es horrible, ¿verdad? Tal vez soy exactamente igual que él, tal vez sea algo irremediable… Así que pensé que no tenía ningún derecho a estar a tu lado, pensé que debía alejarme lo antes posible para no volver a hacerte daño. Eras una de mis mejores amigas.

Cuando Jeongmin dijo esto último, se sintió aliviada. Juran pensó en lo que había dicho Jeongmin, y respondió con calma.

—No solo una amiga, sino una «de tus mejores amigas», no sabes lo mucho que quería oír eso… Pero ¿no es natural que primero te preocupes por tu padre? Es tu familia.

Jeongmin sintió que por fin podía aflojar los puños que había estado apretando con todas sus fuerzas durante tanto tiempo. Aunque estaba enfadada porque sentía que el mundo era despiadado y a veces incluso violento, pudo reconocer que el mayor daño se lo había hecho ella sola. ¿Hay algo más despiadado que hacerse daño a uno mismo? ¿Hay algo más violento que traicionarse a uno mismo? Ahora, sin embargo, se sentía como si le hubiesen extirpado el corazón y le hubiesen lavado todas las manchas malolientes que lo cubrían. Su vida se sentía imposiblemente más ligera.

—Lo siento, Juran. Siento mucho lo de tu padre.

Jeongmin se disculpó por primera vez. Durante todo ese tiempo había reprimido esa disculpa por miedo a que Juran pensara que lo que en realidad quería era simplemente escuchar: «No pasa nada».

—Olvídalo. Ya te has disculpado bastante.

Juran no le dijo que la perdonaba. La persona a la que debía perdonar no era Jeongmin.

—Cuando nos vimos por primera vez en tanto tiempo, ¿cómo fuiste capaz de sonreír tanto?

—No lo sé… al principio yo también te odiaba. Cada vez que nos encontrábamos en el instituto, tenía que apretar los dientes para contener la rabia que me invadía. Pero los años pasaron, y un domingo, mientras estaba en misa, me acordé de aquel día. Una vez viniste con nosotros a la iglesia y te marchaste corriendo a la mitad. Nosotros nos referimos a Dios como «padre», pero tú dijiste que odiabas esa palabra. ¿Cómo podía odiarte…? Habría sido mucho más fácil si realmente hubieras sido alguien malvado, alguien a quien fuera sencillo detestar.

Un viento tibio les surcó la piel. Las ramas de los castaños, con brotes nuevos asomando, se mecían al unísono con el viento de principios de primavera.

—¿Por qué crees que nos hemos reencontrado justamente aquí?

Juran dijo «hmm», y fingió estar pensando. Jeongmin sonrió ante sus propias palabras, a las que en realidad no esperaba ninguna respuesta.

—Juran, ¿sabes por qué Bamgashi se llama así?

Se instalaron cámaras por todo el taller. Cuando terminaron de prepararlo todo, llegó la redactora Yoo.

—¡Yoo! Cuánto tiempo. ¿Cómo has estado?

—Yo estoy muy bien. Jeongmin, muchas gracias por organizar lo de hoy, ¡me has salvado!

Yoo no había cambiado nada. Saludó al director y al productor, que habían llegado primero, y luego se acercó a Johee amistosamente.

—Empezaremos a grabar en diez minutos. Puede mirarse un momento al espejo y luego siéntese aquí —le dijo el productor a Johee.

Johee parecía estar nerviosa y no paraba de peinarse ante el espejo. Para animarla, Hyoseok dijo:

—Estás guapísima. Si sigues tocándote tanto el pelo se te pondrá grasiento. Estate quieta.

Hyoseok, que había venido a ver el rodaje, se ofreció como su asistente y le arregló el cabello.

—Vale, ¡ya! No te lo toques más. Ya está bien.

Jeongmin le dio una botella de agua.

—Creo que ya puedes ir a sentarte.

Johee sonrió y se dirigió a su asiento. Johee estaba como siempre, pero Jeongmin estaba un poco nerviosa. Yoo la había llamado hacía poco. Con el apoyo de la Oficina de Educación, estaba trabajando en un proyecto para YouTube llamado «Presentando varias profesiones» y recordó que Jeongmin hacía cerámica. Le preguntó si conocía a alguien en su taller interesado en aparecer en el programa.

Al principio Johee lo rechazó. Pero después notó la expresión desesperanzadora de Jeongmin y le preguntó:

—No te gusta pedir favores e insistir, ¿a que no?

—No, si la otra persona dice que no, es que no... Así que cuando iba a la universidad mis compañeros de carrera que iban a cursos más avanzados siempre me reñían. Me decían que el rol de un redactor es conseguir que suceda lo que deba suceder en el producto final, incluso si al actor no le gusta.

—¿Te molesta que lo rechace?

—¡No! Para nada. Ni siquiera es mi trabajo, simplemente es un favor que me ha pedido una compañera.

Después de pensárselo largo y tendido, Johee aceptó la propuesta de Jeongmin, diciendo que quizá podría ser divertido. Jeongmin se sentía incómoda, tenía la sensación de haberle encomendado una tarea demasiado tediosa.

La redactora Yoo y el productor se comunicaban con señas.

—Vale, dé una palmada, entonces comenzaremos a grabar.

Johee juntó sus manos y las cámaras se pusieron en marcha. Las preguntas no eran difíciles. Cómo se convierte alguien en ceramista, qué sentía al hacer su trabajo, y a qué tipo de personas le recomendaría su profesión. Pero cuando empezaron a grabar, la actitud de Johee cambió por completo, parecía estar muy cómoda, como si los nervios de hacía unos minutos nunca hubieran existido. Las bromas, sus gestos, parecía haber nacido para estar frente una cámara.

—Se le da muy bien —dijo Hyoseok en voz baja.

—Sí… tan bien que parece haber ido a alguna academia a que le enseñasen a hablar delante de una cámara.

—Es porque antes era una ceramista muy famosa. Hizo muchas entrevistas, así que se acostumbró.

Entonces los nervios eran mentira. Jeongmin se sorprendió. Gracias a la destreza de Johee, la entrevista concluyó con rapidez.

—Ahora la última pregunta. ¿Cuáles son sus planes de futuro como ceramista?

—Me gusta enseñar, así que dar clases en este taller me encanta. No obstante, estoy pensando en retomar la creación y realizar exposiciones, como solía hacer antes.

—¡Genial! Se le da muy bien, así que hemos terminado muy rápido. Vamos a tomarnos un descanso de veinte minutos y después grabaremos varios planos.

Jeongmin vaciló ante la respuesta de Johee. ¿Decir que estaba pensando en volver a crear significaba que ya no daría más clases en el taller? Quizás incluso había decidido aceptar la entrevista para tener un último recuerdo del taller. Se lo iba a preguntar directamente, pero Yoo se interpuso entre las dos. Le propuso ir a comprar el café juntas. Parecía que tenía algo que decirle, así que Jeongmin se vio obligada a aceptar.

—Tienes mejor aspecto.

Mientras regresaban al taller con las manos llenas de los cafés que había pedido, Yoo la comenzó a interrogar mientras la miraba detenidamente.

—¿Yo?

—Sí, también parece que has ganado algo de peso... Tu rostro se ve más brillante, con más luz. Como era de esperar, dejar este trabajo hace que recuperes la salud.

Jeongmin también se había dado cuenta de que había engordado. No era peso que hubiese ganado de manera poco saludable, sino de forma natural. Quizá se debiera a que, mientras hacía cerámica, también había aprendido a cocinar.

—Ah, te quería preguntar algo. ¿Ya no haces programas de televisión? La grabación de hoy solo era para YouTube, ¿verdad?

—¡Jeongmin! ¿Cómo puede una persona joven estar tan desconectada...? Ahora todo el mundo ve contenido en YouTube y transmisiones en directo, la televisión ya no llama. Eso me recuerda que te quería hacer una pregunta... ¿Te apetecería volver a trabajar conmigo? Estaba pensando en abrir mi propio canal de YouTube. No sería nada demasiado grande, solo un grupo de productores y escritores con ideas afines.

—Ah, gracias por pensar en mí, pero he decidido dejar de escribir guiones para siempre —dijo Jeongmin con una expresión incómoda.

—¿Es por lo que pasó...? Si es por eso, lo siento. En ese entonces no pude ponerme de tu parte. No lo hice bien.

Yoo añadió que desde hacía un tiempo había estado pensando en disculparse. Confesó que cuando la llamó y hablaron por teléfono, se había sentido avergonzada por no haberse disculpado antes. A Jeongmin la conmovió su disculpa.

—Ya me he olvidado de todo eso. Yo tampoco hice las cosas bien. Y además, quería probar otra cosa.

—¿Qué cosa? ¿Periodismo? ¿Trabajar en alguna empresa de publicidad? ¿O desarrollo IT? Últimamente es bastante popular. Con tu edad, puedes empezar de nuevo en cualquier campo; aún eres joven.

Era muy típico de ella no poder aguantar su curiosidad. Si tuviera que categorizarla, diría que era el polo opuesto de Johee. Pero eso no significaba que le cayera mal. Y así, aunque era difícil para Jeongmin decir lo que quería hacer a continuación, porque sabía perfectamente qué era lo que iba a responder Yoo al respecto, sabía que tenía que hacerlo.

—No es eso… he pensando en escribir una novela.

Yoo la observó con escepticismo.

—Muchos redactores de televisión deciden escribir lo que quieren en forma de novela o ensayos. Pero el resultado no siempre es muy… Yo también aproveché la experiencia que tengo para escribir algo, pero no he ganado ninguno de los concursos a los que me he presentado. ¡Hace que no confíes en ti misma! No es suficiente con escribir bien para ser escritora, no es un camino fácil. Además, no te garantiza poder ganar lo suficiente para vivir.

Sus últimas palabras fueron como un puñetazo en el estómago para Jeongmin. Pero ahora que había tomado una decisión, no había vuelta atrás.

—Yoo, ¿recuerdas cómo solía imprimir los guiones de todo el equipo para leerlos?

—Pues claro que me acuerdo. Solía decir que eras una «ladrona de guiones». Aunque también hablaba con el resto del equipo de lo mucho que los estudiabas. Te apasionaba la escritura.

—Cuando empecé a trabajar como ayudante de redacción, solía imprimir todo lo que escribía. Me gustaba corregir las faltas de ortografía en papel y disfrutaba del sonido que hacía. Pero creo que fue el verano pasado… Recogí todo lo que había escrito y lo metí en una maleta. Entraba perfectamente en una maleta de sesenta centímetros. Creía que había escrito mucho, pero no recordaba ni una sola frase de esos textos.

Yoo, que escuchaba atentamente, respondió con amargura:

—Eso es porque los guiones de televisión desaparecen rápidamente. Es un texto que la gente debe escuchar, no se puede leer. Si se acaba el programa, se acaba el manuscrito. Si los espectadores cambian de canal, todo se termina.

—Yoo, quiero escribir algo que pueda recordar.

—Sabes que escribes bien, ¿verdad?

— …

Era la primera vez que escuchaba a alguien que había sido su superior alabar su escritura.

—Aún hace frío en febrero —comentó Yoo, y luego abrió la puerta del taller, como si ya no pudiera soportar estar fuera un minuto más.

—¿No entras?

—Ah, ¡sí! Ahora voy.

El rodaje concluyó después de haber grabado a Johee trabajando en el torno de alfarero y colocando piezas en el horno, y a Hyoseok haciendo una aparición especial para mostrar cómo enseñaba a los demás miembros. Una vez que los encargados del programa se fueron, el taller regresó a su ambiente habitual. Hyoseok y Jeongmin estaban agotados y se desplomaron en las sillas. La única que parecía seguir teniendo energía era Johee.

—Johee, yo me canso con solo estar diez minutos delante de una cámara. Eres impresionante.

—No es nada. Parecéis cansados, ¿qué os parece si vamos a buscar algo rico para comer?

Jeongmin se acordó de que quería preguntarle algo a Johee.

—Te quería preguntar algo. ¿Vas a dejar de dar clases en el taller?

—Te lo quería decir a ti primero, pero no sabía que saldría esa pregunta en la entrevista. Lo siento. Decírtelo a ti primero era lo correcto... Como he dicho antes, voy a enfocarme en mi trabajo como ceramista. No lo haré de inmediato; cerraré el taller de manera gradual y me trasladaré al taller de mi padre. Siempre ha soñado con hacer una exposición conmigo. Siento haber roto la promesa de que siempre tendríais un lugar seguro en este taller...

—No tienes nada por lo que disculparte. Cuando hagas la exposición, no dudes en avisarme —dijo Jeongmin alegremente.

Hyoseok también intervino:

—¡A mí también!

—¡Pues claro que os avisaré!

Por alguna razón, el final del taller Soyo no parecía algo repentino. Con cada miembro que lo abandonaba, Jeongmin se había estado preparando para la despedida final.

—Jeongmin, ¿puedes esperar un momento?

Johee sonrió y sacó un jarrón de detrás del horno.

—Creo que te lo tengo que dar ya. No es un regalo mío, Kishik lo horneó antes de irse. Me dijo que, si aún no tenías ningún jarrón, te lo diera cuando se acercara la primavera.

—¿Pero cuándo...?

¿Cómo sabía que no tenía ningún jarrón? Jeongmin suponía que lo había averiguado el día que rompieron las piezas de cerámica. Aferró con fuerza el pequeño jarrón con dos curvas elegantes que recordaban a las olas del mar. Y a diferencia de las piezas habituales de Kishik, que siempre estaban estampadas en negro, esta tenía un color verde mate cálido y sutil. Un mar cálido. Jeongmin recordó la conversación que había tenido con Kishik esa vez que dieron un paseo a altas horas de la noche. Incluso la expresión de Kishik al preguntarle qué color le venía a la mente cuando pensaba en el mar. Él fue el que le dijo que regalaba las piezas de cerámica a las personas en las que pensaba al hacerlas. Entonces había estado pensando en ella desde el invierno. Jeongmin también había estado pensando en él. Todas aquellas piezas de cerámica que había hecho pensando en él se habían ido acumulando sin poder ser regaladas.

Le pidió que se lo volviera a proponer más adelante, pero no esperaba que lo hiciera de una manera tan discreta. Qué típico de él. Esta vez, sí que supo cuál sería su respuesta.

—¡Johee! ¡Hyoseok! ¡Creo que me tengo que ir a Goseong!

UN MAR VERDE

Después de bajar del taxi, Jeongmin estuvo deambulando alrededor del taller durante treinta minutos mientras temblaba de frío. ¿No se suponía que en marzo empezaba la primavera? En Ilsan hacía menos frío, pero en Goseong, tal vez por el aire gélido del mar, todavía hacía una temperatura propia de invierno. En algunas ocasiones había ido al Mar del Este de vacaciones, pero era la primera vez que veía la playa de Kajin. A diferencia de la playa Anmok en Kangreung, famosa por las numerosas cafeterías, en la playa no había mucha gente y el mar parecía estar mucho más agitado. El agua era de un color azul con diferentes tonalidades. No era nada similar a un tono esmeralda, era más bien como si hubieran cortado zafiros en rodajas en forma de almendras y las hubieran esparcido por todos lados. El color verde no se podía encontrar por ningún lugar, pero si Kishik hubiera dicho que era verde, Jeongmin habría estado de acuerdo.

DAUM

CERAMIC STUDIO & CAFÉ

Kishik debía estar en esa cafetería, justo frente al mar. Kishik había enviado la ubicación del taller por el chat grupal, y Jeongmin la había memorizado. Ese edificio color marfil justo frente a la playa. Estaba segura de que estaba en el lugar correcto. El taller no aparecía en el mapa virtual. Supuso que era normal, *aún no ha abierto*. Recordaba que había mencionado que quería abrir en dos semanas. El nombre, «Daum», ¿qué significado tendría? Mientras Jeongmin reflexionaba sobre todas estas preguntas, se sentó en un banco frente al mar. El sol aún brillaba, por lo que se estaba bastante bien fuera.

—¿Qué haces aquí?

Kishik apareció sin previo aviso. Todavía no había ninguna campana colgada en la puerta, así que Jeongmin no se dio cuenta de que se había abierto.

—En Goseong aún hace frío en marzo. Deberías haberme dicho que vendrías.

Kishik tendió una manta sobre sus rodillas y se sentó junto a ella.

—Te he visto a través de la ventana del taller. Pensaba que querías pasear, por eso no te saludé, pero cuando te sentaste he pensado que a lo mejor te pasaba algo, así que he salido a ver.

Jeongmin se sintió avergonzada al pensar que tal vez la había visto como una mujer que no tenía nada que hacer; se cubrió por completo con la manta, como si fuera un edredón.

Su cuerpo se encogía y temblaba de frío, y se abrazó las rodillas debajo de la manta.

—Uno nunca se cansa de ver el mar, ¿verdad? —preguntó Jeongmin.

—Nunca, por eso este es el lugar donde creo que debo estar. Aquí puedo ser yo mismo. Por eso se llama «Daum».*

—¡Vaya! —soltó Jeongmin sorprendida. Kishik tenía un talento natural con las palabras, incluso más que ella, que se dedicaba a escribir.

—Vamos dentro. Te enseñaré el taller.

Mientras abría la puerta, Kishik dijo: «Eres la primera clienta». La primera siempre es especial. Jeongmin entró al

---

* En coreano, 나다움 (*nadaum*) significa «algo propio de mí».

taller sintiéndose especial. Dentro del taller se estaba mucho mejor; la temperatura era mucho más cálida, como si hubiese tenido la calefacción encendida toda la mañana. El toque de Kishik era evidente. Había algo más de seis mesas, y los asientos variaban desde mesas para cuatro personas hasta barras individuales que daban hacia el mar. La cocina, visible detrás de la máquina de café, estaba ordenada y limpia. Aunque parecía la cocina de una casa, carecía de las tendencias de decoración populares en las redes sociales, lo que le daba un encanto auténtico. Cuando pensó en todo el esfuerzo que había hecho yendo y viniendo de Seúl a Goseong para decorar el taller, se sintió tan orgullosa que le dieron ganas de abrazarlo.

A través de una entrada en forma de arco se podía ver el taller de cerámica. El banco donde había estado sentada y el mar se podían divisar a través de la ventana que había sobre el escritorio ordenado de Kishik. Así que la había estado observando desde allí…

—Te ha quedado muy bien todo.

—Tómate tu tiempo. Aquí está tu café.

Mientras Jeongmin examinaba el estudio, Kishik le había preparado una taza llena de café americano. Y cuando ella la sostuvo con sus dos manos, sintió que volvía a su primer día en el taller Soyo. Sí, era exactamente esa sensación.

—Está muy bueno, y le queda muy bien el color rosa pálido de la taza.

—Menos mal. Aún tengo muchas dudas sobre qué tipo de cerámica combina bien con según qué grano de café. Incluso me he planteado que los clientes escojan ellos mismos las tazas que quieran.

—Ya que he venido, degustaré todos tus cafés.

—Será un placer.

Con su sonrisa característica, Kishik se inclinó noventa grados y la saludó. Jeongmin siempre quedaba fascinada por su sonrisa, admiraba que hubiera personas capaces de sonreír de esa manera... Llevaba una chaqueta gruesa, pero el delantal que se asomaba por debajo parecía estar tan sucio como siempre. Una infinidad de hilos sobresalía por uno de los bolsillos.

—Gracias por el jarrón. Me ha gustado mucho.

—Me alegro. Comentaste que no tenías ninguno. Cada día mejorabas más y más, pero nunca habías hecho un jarrón. Para colmo, regalabas todo lo que te salía bien.

—No me salían bien muchas cosas porque veía tus piezas y me llenaba de codicia, quería hacer objetos que estaban muy por encima de mis capacidades.

—Me lo tendrías que haber dicho antes. No sabes cuántos jarrones he hecho pensando en ti...

—Yo también tenía muchas piezas que regalarte. Pero como a ti se te da tan bien, me daba vergüenza ofrecerte lo que había hecho yo. Para compensarlo, toma.

Jeongmin le dio una caja en mal estado y añadió: «Aunque sea un poco tarde...».

—Es un delantal.

—El primer día tomé prestado el tuyo. Y creo que ya va siendo hora de que lo cambies...

—Es justo lo que necesitaba.

Kishik se quitó la chaqueta y se lo puso; era un delantal vaquero forrado de cuero color marrón, y le quedaba muy bien.

—Espero que puedas hacer mucha cerámica con ese delantal. Y mucho café, como Johee.

Pero a juzgar por la expresión pensativa de Kishik, parecía estar preocupado por algo.

—En realidad no estoy seguro. ¿Crees que podré crear un refugio como el taller Soyo? Me siento extraño en este espacio, no estoy acostumbrado a no tener a Johee, a Jihye, a Jun, a Yeri o a ti.

Kishik recorrió su taller con la mirada. Se había sentido muy solo durante los últimos tres meses, mientras creaba las primeras piezas de cerámica para decorar su nuevo negocio. Aunque claramente le había costado mucho esfuerzo, sus ojos no se detenían durante demasiado tiempo en ningún rincón; todo le recordaba los rostros que echaba de menos del taller Soyo. Esos rostros hacían que su corazón se hinchara como si fuera algodón de azúcar; el último semblante que recordó fue el de Jeongmin. En ese nuevo espacio vacío de recuerdos, Kishik no podía evitar pensar en el taller Soyo.

—Es normal que te sientas así. Aquí tampoco está la tienda de sándwiches a la que íbamos tanto, ni la heladería. Tendrás que buscar nuevos restaurantes.

Jeongmin se rio entre dientes. Kishik percibió algo diferente en esa risa. Estaba seguro de que Jeongmin escondía algo que deseaba decir. Kishik decidió proponerle salir a dar un paseo junto al mar.

—Vamos a ver la playa.

La arena crujía bajo sus pies. Hablaron de todo lo que había pasado durante ese tiempo; de que el taller iba a cerrar, de lo mucho que Hyoseok echaba de menos a Jihye, de la visita de Yeri y Hansol y de cuánto habían crecido, de que Jun acababa de entrar en la universidad y bebía demasiado, de lo bien que estaba Hoya… Al contrario de Kishik, Jeongmin tenía mucho que contarle.

Desde que había llegado a Goseong, Kishik no había hecho nada. Su rutina diaria consistía en levantarse tarde y hacer cerámica por la mañana, pensar en qué granos de café elegir y visitar otras cafeterías para hacer un estudio de la competencia. Kishik hablaba sin parar de lo bien que se sentía al poder despertarse tarde; era como alguien que, después de toda una vida sin poder dormir la siesta, finalmente tuviera la oportunidad de hacerlo.

Jeongmin siempre había visto a Kishik dentro del taller. En ese espacio desconocido, su rostro era lo único familiar para ella. Quizá por eso, aunque tuviese delante el pintoresco paisaje del mar, sus ojos regresaban instintivamente a su rostro. Era como si estuvieran solos en una isla desierta, rodeados por la inmensidad del océano.

—¿Cómo va la novela?

—Estoy trabajando en ella, pero no es fácil.

—A mí me gusta mucho cómo escribes. No paro de leer todo lo que publicas en Instagram.

Jeongmin se echó a reír. Cuando pudo calmar su risa le mostró a Kishik todos los nombres de cuentas que había anotado en la aplicación de notas de su móvil. Kishik fingió no saber de lo que estaba hablando, y evitó mirarla a los ojos.

—Gracias, me has animado mucho.

—Quería ir cambiando de perfil, pero te has dado cuenta. Das miedo. No se te puede esconder nada.

Kishik se cubrió el rostro con las manos. Sus orejas estaban rojas.

—No tienes remedio, sabías que comentaba con diferentes cuentas y ni siquiera me enviaste un mensaje.

Kishik parecía molesto; había estado aguardando ansiosamente un mensaje suyo. Aunque no fuera una respuesta a su propuesta, esperaba que le escribiese para hablar de cualquier cosa. Evitó ponerse en contacto con ella por miedo a que lo malinterpretara y pensara que era demasiado insistente. Kishik sabía ser paciente, pero no pudo evitar sentirse algo herido.

—Te dije que soy muuuy lenta.

Aunque no había querido poner a prueba su paciencia, era cierto que se había tomado su tiempo, y lo lamentaba. Pero ya no podía alargarlo más.

—¿Te acuerdas de la heladería? ¿Del sabor de yogur helado de masa de galleta con pepitas de chocolate? Todavía no lo han eliminado del menú.

Jeongmin había conseguido aprender de memoria ese nombre tan largo y lo dijo sin titubear.

—¿De verdad?

—Debe haber mucha gente que apoya la combinación de yogur con galleta de chocolate.

Mientras hablaba, un sabor dulzón le impregnó los labios. No tenía ni idea de cuántas veces había ido a comprar ese helado en nombre de Kishik, con la esperanza de evitar que terminase en el cementerio...

—¿Y tú estás entre esa gente?

—¡Pues claro! Al principio no entendía por qué te gustaba. Pero no paraba de pensar en ello. A medida que iba comiendo, me di cuenta de que no era tan dulce como pensaba. El yogur elimina el sabor dulce del chocolate.

—Así que ya has descubierto su encanto. Estoy orgulloso de ti.

—Pero ahora sí que va a desaparecer. Dicen que su última fan también se va de Bamgashi. La que vive en el apartamento 201 del edificio 4... su contrato se ha acabado. Dicen que está pensando en dar la bienvenida a la primavera en Goseong.

Jeongmin observó atentamente el perfil de Kishik. Él se volvió hacia ella y la observó fijamente. Jeongmin sintió un hormigueo en el pecho. Mientras pensaba en lo que quería decir, Kishik le tomó la mano. Parecía querer susurrarle: «Dime todo lo que tengas que decir».

—Creo que la novela que estoy escribiendo tratará de un taller de cerámica con vistas al Mar del Este.

—Y al lado habrá una cafetería donde se sirve café en las tazas que hace el dueño del taller, ¿verdad? —Kishik esbozó una sonrisa sutil.

—Exacto, y también habrá un gato. Pero... ¿qué haremos con tu alergia?

—Ya pensaré en algo.

Los dos se echaron a reír.

Jeongmin quería darle la bienvenida a la primavera aquí, junto al mar. Encontrar los motivos por los que dos personas debían estar juntas era sencillo; lo complicado era convertir esa razón en un compromiso mutuo. Antes de que cayera la noche, el sol hizo un último esfuerzo y esparció su luz más brillante sobre el agua. Se abrió camino poco a poco, recorriendo las cálidas olas del mar verde con su luz y llegando hasta su isla. Tenían las manos entrelazadas, y a pesar del viento gélido, allí donde sus pieles se encontraban solo había calor. Las estaciones, al igual que las olas, iban y venían.

PALABRAS DE LA AUTORA

Amo todos los significados del hanja 소요, «Soyo».
소요(所要): «Necesario» o «exigido».
소요(逍遙): «Pasear tranquilamente».

¿Alguna vez habré intentado invertir tiempo y avanzar lentamente, ya sea en un objeto o en una relación interpersonal? ¿Alguna vez habré salido a pasear y me habré maravillado de todas aquellas cosas que logran conservar su esencia a pesar de los pequeños y grandes cambios que ocurren durante el día? ¿Cómo podría no encariñarme con todos estos «Soyo», que me llevan a cuestionar todo esto?

También existe el «Soyo» de amasar arcilla y cocerla en el horno (塑窯). De nuevo, me planteo algunas cosas. ¿Mi materia es blanda como la arcilla o dura como la cerámica? Para encontrar la respuesta, no me queda más opción que seguir haciendo cerámica. En el instante en que la puerta del horno se cierra y ya no puedo hacer nada más, siento cómo se extiende por todo mi cuerpo una sensación de ligereza. Esperar en ese estado es lo único que me queda por hacer.

Gracias a mi profesora, que me dio permiso para usar el taller Soyo como escenario para mi novela. Como si acariciara y sostuviera entre mis manos pequeñas piedras suaves y lisas, recogí y aproveché con cuidado los nombres del barrio y del taller, pero la historia que se desarrolla en estos espacios proviene totalmente de mi imaginación. También agradezco a los dos amigos que me permitieron usar sus nombres. Las palabras de todas las personas a mi alrededor que siempre me recibieron con amabilidad, incluso cuando mi saludo era algo torpe, se hallan esparcidas a lo largo de la novela.

Espero que vosotros, los lectores, al igual que la arcilla suave, podáis recibir con alegría las obras y manualidades algo imperfectas de los demás. Aprended a valorar sin temor todo lo que es valioso y preciado. Descubrid el cuenco hondo que alberga a cada uno de vosotros. Te envío esta novela a ti: a esa alma que, como las historias que aquí se narran, horneará su vida con una lentitud apasionada y una devoción sincera.

NOTA DE LA TRADUCTORA

En ciertas partes del texto original, el uso de formalidades del idioma como *unnie, oppa* y *nuna* tiene un propósito específico dentro del contexto. Por ello, he decidido mantener estas formalidades en esos casos y añadir notas al pie de página para explicarlas.

Relacionado con lo anterior, en el texto original todos los personajes utilizan un lenguaje formal al hablar entre ellos a lo largo del texto. En español, no es común que dos personas de la misma edad o que son cercanas conversen de manera formal. Por lo tanto, he decidido ir eliminando las formalidades en el lenguaje a medida que los personajes estrechan su relación.

¿TE HA GUSTADO ESTA HISTORIA?

Escríbenos a...

plata@uranoworld.com

Y cuéntanos tu opinión.

Conoce más sobre nuestros libros en...

plataeditores

PlataEditores